辽宁省作家协会第十四届
签约作家2023年度作品集

滕贞甫 主编

春风文艺出版社
·沈阳·

图书在版编目（CIP）数据

辽宁省作家协会第十四届签约作家2023年度作品集 /
滕贞甫主编 . —沈阳：春风文艺出版社，2023.12
ISBN 978 - 7 - 5313 - 6589 - 1

Ⅰ . ①辽…　Ⅱ. ①滕…　Ⅲ . ①小说集 — 中国 — 当代
Ⅳ. ①I247

中国国家版本馆CIP数据核字（2023）第238840号

春风文艺出版社出版发行
沈阳市和平区十一纬路25号　邮编：110003
辽宁新华印务有限公司印刷

责任编辑：孟芳芳　　　　　　　责任校对：赵丹彤
装帧设计：黄　宇　　　　　　　幅面尺寸：142mm × 210mm
字　　数：230千字　　　　　　印　　张：9.75
版　　次：2023年12月第1版　　印　　次：2023年12月第1次
书　　号：ISBN 978-7-5313-6589-1
定　　价：76.00元

目 录

contents ----------------------------------

音声轶话（外二篇）

牛健哲

　　那年初冬明明有人跟我谈得来。我参加了一个有点无聊的家宅聚会，是餐桌上安静到需要逐个唱歌、其他人拍手击节的那种。一首据说是用洛佐语唱的情歌得到了最多称赞。因为没人在音准音色方面放胆评论，所以语种成了好话题。唱歌的女人已经不年轻了，却红了脸，她的名字丹芳这才被我记住。很多人说这种洛佐语好听，还有几个人表示想学。丹芳就说说起她在大洋洲研究继生社会群落时学习当地语言的事，当大家转而出门去逛院子时，她只能把没说完的话对着我说。我能感觉到她的耳朵和脖颈散发出的温热。

　　在院子里，她不禁又哼唱了那首歌，却没有吸引经过她身边的人。她走向角落里的一棵秃树，我跟了过去。这一次我才真的觉得洛佐语悦耳。我们交换了联系方式。

　　隔天，我和丹芳私下约会了一次，我喜欢上她了。她有一些白头发，可唇舌粉嫩，乐意讲她所深入的偏僻地区中移民和当地人组建家庭的故事。后来她给我寄了东西，我妻子取来邮包交给我，没问是谁寄的什么。我把它拿到书桌上打开，里面主要是册子和笔记本，有几张单页纸和一个存储盘。我翻看了那些注解残缺的文字和图画，试着播放了那个存储盘，还找出耳机悄自听了几段录音。当晚我很兴奋，对妻子既刚猛又温柔。洛佐语学习材料让我这样，我自己也有点意外。

在一张颜色暗沉的手绘地图上，一个岛屿占据当央，边缘的大陆海岸偏安一角。岛的名字涂抹过，又用洛佐语文字重写了，我相信它就是"提门诺岛"。先后听过的洛佐语声音让我可以想象岛上的清新与幽僻，至于丹芳在那里的研究工作她无意提及，我也不会多嘴问起。做知音不需要太多相处，同样不需要太多的相互了解。洛佐语的发音含几分童真，却也带几分炫技。那些录音片段有一半像是丹芳自己的嗓音，其余的有男声也有女声，有一两段应该是老者的。言说者无论什么性别和年纪，听来都元音饱满辅音清爽，音节过渡圆润流畅却又边界清晰，长句子说出来仿佛古泉欢腾。有一段歌声似乎从山谷另一边传来，但连韵尾的辅音都悉数脆生地敲弹入耳，不像有些主流语言那样，很多轻弱音素需要听者根据情景和经验猜出。我明白寻常的学习方式无法傍近洛佐语的美妙，口舌咽腮的大量肌肉训练是必需的。

没必要把已经明白了的道理说给丹芳听，我自己开始了密集的发音练习。轻巧、硬朗和整洁纷至沓来，从唇舌到耳朵，直觉告诉我洛佐语有一定的成瘾性。慢慢地，我觉得人能随时说话给自己听是一桩美事。我选择那些典型而有难度的多音节单词反复诵读，累了就在其间穿插一些整句连读。由于不甘于只是默读，那段时间我常常被人问起嘴里在说什么，我不想多说，随口给出了形形色色的回答，比如在练歌、在背诗词。

"别骗我，你背诗？"有一晚妻子说，"是不是最近账目出问题了？"

她担心我丢了这份工作，我就顺势扭开脸，让她别问了。我知道我练习的样子已经相当投入了。可以预见地，我的舌根和舌边开始肿痛，喉咙也发炎了，有几天几乎没法吞咽，发音一度十分蠢笨，可我心里毫无惊慌还愈发欣喜。丹芳说提门诺岛上很多人患过某种口咽腔炎症，自愈后语言能力才显著长进，学习材料里也有一段几次提及"腔道炎症"和"愈后语音"。而妻子这妇人竟试图让我吃药消炎。

果然在病症自行退去几天之后，我忽然漂亮地发出一个相当难掌握的发音，随之像是可以地道地说出很多包含这种发音的单词了。我如此兴奋，在路上一直重复那些词。时而有人迎面走过，见我把舌头像蛇吐芯子一样伸出，迅即利落地从唇间抽回，那种特别润滑的语音似乎在我闭嘴后才生发，在他们听来一定格外新异。我不知道该加快脚步还是该放慢脚步。我想到如果修改那首情歌里的一个短句，就可以连续两次那样发音。在到家之前我拐进一条僻静的巷道，手抖着拨通了丹芳的电话。

"树叶刚刚落入河水。"我第一次真正使用洛佐语，其中的"落"含带了久经等待和翻转飘荡的意思，但本身极其简单短促，它前后都是我刚学会的那种润滑、滞后彰显的发音。

电话听筒里静默了一会儿，丹芳终于轻笑一声，"树叶刚刚落入河水。"

我没有多说一个字，挂断了电话。

丹芳给我的学习材料就只有那些，我一度认为只够爱好者赏玩，不足以传授可供应用的表达技能。可出乎我料想的是，随着发音水平的提高，我常常会自然而然地知晓有些缺少释义的词句如何使用，也能不大刻意地把某些想法转化为一串语音，其组成部分未必都是我学习过的。这个难以形容的学习过程或许比我主观感受到的历时更久，也不乏些许曲折，但总的来说，我正在舒服地滑进洛佐语沼泽。

几周时间里，我很少开口和别人说话。有几次持续十几分钟的所谓谈话，我居然只是用"嗯""哦"来完成的。

有一天下午，我去主任办公室报几个数字，交了相应的单据。回来坐下不久主任就打电话来，让我重把一个数字说给他，我记不准，也翻不到那份单据的副本，只嘀咕说刚刚汇报过。主任训斥了我，让我别废话，快点告诉他。我必须说点什么，可这时我突然口吃了，说不出任何一句临场该说的话，也讲不出真正想讲出来的东西，除非用洛佐语。那是个难忘的下午。在极度尴尬的冷场僵持期，我突然想到另一串数字，以平常口音微调重音，说出它可以很精彩地模拟洛佐语"你他妈真够恶心的"的音调。这让我为之一振。

"四千零七十一点五三。"我说。

"再说一遍。"听得出主任用铅笔在纸上速记。

"四千零七十一点五三。"

"好了。"他平静地挂了电话，好像从来没对我发过火一样。

之后的几天我有时会想一想这串纯粹用来模拟音调的数字会引发什么后果，但仍然用几乎所有空闲时间学习洛佐语，包括和丹芳通电话。欣慰的是，那数字居然没有引起任何不良影响，至少对我来说是这样。一两个月之后有一次主任灰头土脸地从外面回来，让人帮他在桌子上乱翻一气，不知道哪里出错了似的，但也没什么事找上我。

从那天起我就频频遭遇口吃，仍然是一个正常的词都说不出来、一下子憋住的那种。但我没有为此烦恼，因为这并没有发生在我学说洛佐语时，相反倒给了我更多的机会抚摩我的心爱——只要我用原本语言的短语和句子模拟想说的洛佐语的音调，便能流畅地说出话来。我飞快地适应着这种语言反应模式，照这样下去真的无伤大雅，只是别人很难听到我心里的意思而已。起初我做转换时还有点生涩，比如在电话里听到妻子说身体不舒服时，我对她说"朝久久没有动静的地方看"就令人费解，稍加重复她便恼火了，而我脑子里的洛佐语其实是"数一数你有几天没这么麻烦吧"。一两周之后，我就渐愈轻车熟路，屡屡为洛佐语心念找到更合乎情境的模拟语句，我把"劳驾你让一让"说成"这条路应该走得通才对"就是相当成功的例子，对方斜了我一眼，闪开了。我当然不会指望总是有这么好的效果，但把别人拉进涉及洛佐语的交流本身就带有十足的新鲜感和欣快感，我要告诉别人"半个小时后我去楼下把东西交给你"，就开口说"要看见我就站在路边的大石头上"，然后对方又认真地跟我谈了几个回合才开始急躁起来。

生活呈现出有趣的面貌，我就像回到了被未知围绕的幼童时期。我周围的人真的就像那些小孩子朋友，对我时好时坏，有时会突然吵一架，回头听我开口说几句话就又望着我若有所思了。发生了几次出乎意料的工作调动，我甚至有了一两次艳遇，不知道我的话在两厢默对时有多意味深长，如果不是最后几句运气欠佳她们就要去淋浴了。一段时间之后这种人际关系的动荡才略得平息，我终于获得了更多的独处时间去听、读乃至书写。如同我重温了童年便很快成长起来，变成一个享受孤独假期的书呆子中学生。只可惜这段时间缺少了丹芳分享体验，好多次我试图联系她，她先是显得很忙，没法好好听电话，后来就怎么也找不到人了。我成了一个孤单的洛佐语学习者，但我并没有感觉空虚，这使我要去分辨自己的情感。我把妻子拉上床，边亲热边哼唱丹芳唱的那首歌让自己兴奋起来，我眯上眼去想丹芳的样子和声音，但到了最激越的几秒钟，我狠狠吼出的却是最新学会的一句洛佐语，直到疲累地翻身仰躺下去我嘴里都是那一句。这样试过几次之后，我怀疑自己是否还喜欢丹芳，或者有没有真正喜欢过她。

妻子怀孕了，是我们婚后多年的第一次。我想我可能只是利用了妻子的皮囊和丹芳的做媒，跟洛佐语有了个孩子。有一天我像要给孩子找妈妈家一样，心血来潮地从一个嚷着会去新西兰旅游的同事那里借来一本大洋洲地图册。回到家我把自己关起来，专心对比丹芳那张手绘地图和这本地图册上的各种形状和曲线，双手并用地旋转图纸方向，奢望能咔嗒一声地发现吻合。我翻查多遍，累到眼花也没能在地图册上找到提门诺岛，手绘地图又全无方位和比例尺信息，我连疑似是它的岛也没找到。许久后我站起来呼一口气，把用色俗气的地图册扔进垃圾桶。我不能太肤浅太贪心，有洛佐语其实已经足够了。时间、心力和嘴巴耳朵都是不该枉费的。

天气又寒冷起来，我瘦了，一副畏冷的样子，却时而觉得有无限深长的气息。丹芳寄来的册子和笔记早成了另一副样子，我把每一页都翻捻得又脏又软。我学到的洛佐语知识已经远远超过那些材料所包含的，它们寄生在我头脑里，施展着自我增殖之能。或者借助一句洛佐语格言的意象来说，就像一个耳郭大的水洼向外慷慨地分发了若干条疾溪狂流。幸亏没有人要我解释这是怎么发生的，我可以任由那些溪河之水源源不断地流淌，汩汩作响地奔拓。

　　儿子出生，我多请了几天假，得以专心誊写那些笔记。春天，我被派公出到另一个城市。任务不多地方也不远，计划是火车往返，当天早上出发次日中午就回来。我出门前查点了要带的材料和证件，然后竟然带了两套夏装和整理过的笔记。这说明我早就隐隐地感觉到了什么。到达后气温很低，对方先安排了晚餐接待我，我们喝了点酒，杯盘之间我朗声说了很多话，也见他们交换了几次眼神。换了地界，拟调法更亲密地伴我唇齿。他们扭捏地提出了一些令人厌恶的要求，我用斥责的劲头爽快地答应下来。第二天我起床吃力，没有按时完成核算。下午他们帮我另行安排行程，我的意思是只要上半夜能回返到家就好，然后他们就按我说的，给我买了凌晨飞去南方的机票。

　　我不清楚这是不是自己想见到的情势，但我似乎已经准备好了置身这种历险。一转眼我这样说话已经说了几个季节，在享受混沌的妙味之余，有时也很想宣告本意、要挤出口吃的阻障。这种时候我会有瞬间的惧怕，怕别人看出我的张口结舌，担心自己已然面红耳赤，幸好可以随时回头，重投洛佐语音韵，靠模拟语调安然渡过。庆幸之外我对平日所面对的人暗生了怨尤，因为连那些貌似知近的人也对内情毫无察觉。妻子照料孩子时我把那点关心连连表述成了别的迂邪词句，她竟然懒得开腔似的只是冷笑着摇头，后来更是漠然冷对充耳不闻。我话语的余音萦绕当空。试问当着无邪的婴孩说出了那些怪里怪气的话，我怎么可能不生他妈妈的气。

之后偶尔她要我帮手托抱着他时，我望着这粒团团软软、睁眼看我的小东西，不想在她近旁对他嘟囔出什么，难受得很。

丹芳继续音讯全无，其他人都不配知道我和洛佐语之间的事。南飞时舷窗外云海浩瀚，我想象自己正在飞去提门诺岛，随后又体味了一种自知无法抵达的凄美。飞机落地后，我没有再打开手机。我随最密集的人流乘坐巴士，来到一个长途客运站。在队列里我慢慢被挤到前面，学着别人的样子朝售票窗口里面喊了几次，窗孔传音效果差，我每次喊出的又都是不一样的词，但售票员后来居然听懂了一样，卖了票给我，是去四个小时车程之外一个从未耳闻的小城的。

车往西南开，车上多数人用很难懂的口音说话。我累了，在嗡嗡人声中饱饱地睡了一觉。

到了小城，我暂住一店，同时开心起来。当地人听北方话时耐心谦逊，对我语言表达的偏斜并不会皱眉，好像只会为他们自己的浓重口音而自卑。这样比觉得别人不对劲却不真正在乎可爱多了。我便更加畅快地频频开口。见到他们那么恭敬地对待我照葫芦画瓢所发出的语音，我觉得意兴盎然，而在拟调把戏和口音差异的双重作用之下，他们费神猜度领会我的话然后认真回应或者履行，则能搅起我更强的失控式快感。店家曾经连续两晚给我房间送了十五串半熟的活烤林蛙，还找了个街头画师来给我画半身裸像。我就起着鸡皮疙瘩咬下渗血的蛙头，一动不动地做完模特，然后倒头栽在床上狂笑不止。

习惯了口不对心，我对自己说过的话就产生了记忆困难，来到南方话多起来之后这症状更甚。生平第一次我觉得自己像个浪子，或者比那更妙，像个有失忆症的逃犯。

胸臆间的洛佐语越多地被拟调，反而越像是受了委屈。我亏欠它名分已久，有时让它莽撞出口甚至任由它支配我的肢体也算心甘情愿。在一个集市上，我和一个摊贩争执了几句，也许他不觉得那是什么口角，只是我拿着他的货品比画，同时说着一些听不懂的话。他拿回他的东西，无缘听出我吐露的粗野心意，直接捱了我一个脆响的耳光，捂着脸呆呆愣怔。类似的事发生过几次，我换了几次住处。后来的一段日子，我的洛佐语更是放欢。大概是因为几句闲聊吧，一个生意人把我带到他城郊的场院，开始打捞鱼塘里的鱼出来加工。我担心自己跟他订过货。直接问他我是问不出口的，只能暂且住下，继续跟他胡乱聊天，希望自己可以说出和鱼或者交易有关的话，听他怎么接话。可言语好不容易接近此处时，他只心领神会似的一笑。当天晚上他引着一个打扮俗艳、不算老的女人进我房间，我一见她那副样子就知道她做这种事不久，但可以满足我的所有要求。我再次无所避忌地喊出了洛佐语，我放声地喊并且瞪着她示意，她终于弄懂我的意思，现学现用了几句，边喘边在嘴里重复。她比看上去聪明一些，这也是我在这里多住了几天的原因。结束了床上的事后，我也会对她讲洛佐语，她咪咪笑着跟我学，并不多问，大概以为我是从国外来的吧。

我度过了最为恣意的一段日子。那个生意人连日忙着加工鱼肉。

没人打扰时，我就拿出洛佐语笔记反复翻读，虽然随身带来的只有几十页，却有好几处文字隐含的几层意思蜕皮一样翻新绽露，获得这种领悟一定与我可以对着真人畅快地开口有关。比如笔记里的一个重点概念，在其他材料和录音里也被提及，我之前没法明白其中的意思，此时却可以做出推测。这概念说的是一种姑且译为"葡萄结构"的洛佐语现象，其颖异吸引着我不断寻求开口实践——几个音位串联起来，本来应该依据它们的先后顺序表达特定的意思，但这种串音古怪，说出来常常被错听成其他意思，重复几遍则可能引致几种各不相同的会意。洛佐语研究认为，能形成葡萄结构的串联音位都是差异微妙的或者互补的，相互勾连时，常态听觉极难捕捉个中精微，听者无法依靠平常的听觉暂留来回溯串音顺序，就像无法给一坨葡萄排定颗粒顺序一样。所以如果不能超常地专注并即时记取，葡萄结构的听者会听到对的还是错的意思、做出哪种误解，实际上是随机的。

欢愉的心境中，有一次我读通了笔记里另一相关段落的大意：岛上有少数人擅长使用葡萄结构，有的成了雅趣名士，有的则用此道来搞恶作剧或者传递晦昧信息。但几个大师善于吸纳这种语句带来的歧义，沉迷于在说与听中领受重重歧义疾速叠加带来的快感。这种快感被认为远超性刺激，听着搭档或自己的加速念诵，歧义层层累积，感受节节攀升，最终在颅内体验的峰巅炳爆迸射……大师通过聆听或者自言自语就可以引来的极致高潮我无福领略，但我也在研读这段时加重了呼吸。

每晚女人按我的吩咐做饭菜，有时碰巧真的就是我想吃的。后来每顿饭的菜都变成了鱼罐头半成品，生意人也不再朝我笑，我就知道我该走了。我拿出锁在手提箱里多时的手机，准备捏造一条先带样品回去再付全款的指令信息，想让自己走得体面一点。然而开机后接连涌入了一簇簇信息和未接来电提醒，我看下去，慌了神。我早知道主任会暴跳如雷，可没想到儿子那么幼小，竟被医院下了病危通知。来自妻子的最后一个电话就在两天之前。

我呆愣了，但不敢愣太久。回程必须及时准确，我却只字难吐，咽喉一阵阵痉挛。来到路上我拦下一辆车，好歹比画着让司机送我去机场，又艰难地买了机票。飞机上我脑袋胀痛，全程浑噩，终于降落在邻近我那城市的某城机场时是在午夜。我上了出租车，在手机上打字，要出租车跨城送我去医院，但进入我生活的城市之后出租车司机迷路了。一股劲儿扭拧着拱出喉咙，我接连喊出"叶脉并不是对称的"和"七十岁以后结伴照镜子"等几句话指路，看过他的表情和车行路线后就咬住自己的舌头恨恨地不再说话了。在出租车偏离得太远之前，我下了车朝医院跑，事后不记得是如何狼狈地跑到那儿，又是怎么找对病房的。

妻子扇了我一个嘴巴，会讲洛佐语的嘴唇开裂了，流出腥腥的血来。我只觉得万幸，因为孩子已经脱离了病危状态。听说他生病起初像在急着学话，随即开始咳喘哭闹。初诊医生要家长耐心喂药精心照护，妻子一个人哄不好连夜哭叫的病孩子，他又反常地一直喊爸爸，后来病情升级为哮喘，几次呼吸困难嘴唇青紫。儿科的重症监护室留了他很久，妻子当然几度崩溃。我回来时，难熬的病程已经在尾声了，帮忙甚多的是妻子的一个在医学院的朋友。几天后孩子出院，妻子始终没跟我说一句话，就好像她也在酝酿一种陌生的语言。

当然轮到我来日夜照顾孩子。他显然是被医院那些针头和管子吓怕了，吃睡都战战兢兢。这个仍团团软软的小东西，每哭过一场，两片嘴唇都要哆嗦很久。有一晚我起床哄他，喂了奶吃力地哄睡时，见妻子睡房的门开着缝，她醒着，正憔悴地坐在床边，准备随时出来接手。我流了几滴眼泪，咽下了咸涩的味道，感觉自己的口吃自愈了。我抱着孩子推开那扇门走进去，面对面地坦白告诉妻子，我学了另一种语言。

"我在外面说它。如果你还相信我……我以后不会再那样说话了。"

我哽咽，但真的不再口吃了。天以从前的色度亮起来，我去单位交代了事情，听足了主任的喊叫，没有回嘴一句，但能感觉到自己口咽间的通道已经像他一样大敞四开。取走了自己的东西，我开始找下一份工作。见到任何人我都表达流畅，而且重新用正常的语言思考，这就像一个骨折复原了的人重新跨上自行车熟练地骑行，并不需要再学习保持平衡。喜悦持续了许久。我觉得该说"早上好"时就会说出"早上好"，想教儿子童谣时也能说得声情并茂，夸过女人的衣着还会歪头不假思索地夸她点别的什么，每次都能恰到好处，让对话活泛起来。

如果说有什么让我略感异样，那就是我的喉音仿佛比从前薄了一点，感觉上却是说话声更加老成了。估计这就像度过了变声期一样吧。在家一呼一应之间，我与妻子有一种音调和声频上的搭配感。

一段日子之后，一切都理顺了。我逐渐习惯了这种通顺，我的语音如此有效，即便把话说在嘈杂的环境里，也不再有人让我重复。一定是每句话里的每个字都可以切中人们心思间的乐谱音符，全然无须质疑。我不再想听见任何其他语种或者方言，觉得它们像鸟兽呻吟似的，让我起鸡皮疙瘩。在老同学里有个中学外语老师，我们以前碰面时她会聊一聊她教学的事，看得出她有点喜欢说那些东西，现在我会尽量避开她，以免她扯出几个腥膻的外语单词。反正我不再缺少朋友，和其他人的相处变得欢快多了。有些人说我变了，我告诉他们这叫作恢复了，前一阶段是有一点小问题。

一天那个外语老师在路上叫住我，我见躲不开，就多寒暄了几句掩盖尴尬，相比之下她有点唐突，说："你说话流利了，挺好的。"

我笑笑说："前一阵子吧，我工作压力大了点，心理因素作祟，有点口吃。短期一过性的而已，现在全好了。"

"哦，我记忆里……从小你就有点结巴吧。"她说，"很轻微，有时出声有一点点停滞，像是有别的东西想说似的，我还觉得挺可爱的。不过还是现在更好。现在更好。"

我保持笑容，边走开边摇着头。女人就是这样，受过冷落就想说几句怪话，小施报复。我小时是否结巴，难道要别人来告诉我？可我已经不是在琐碎处纠缠的人了。在新的工作单位摸清一些路数后，我又去了更体面的另一家，也把家搬到环境更好的另一区。不大顺心的事就是孩子的哮喘间或还会发作，但这本来也是无法避免的，应对得法就好。我和妻子一起打理好新居，也一点点带大孩子。我们时而一起去参加一些聚会，我越发活跃，家眷在人前也很开心。

时隔几年，又到了冬天时发生了一点小波折，我在医院住了几天。但不碍事，我康复了，只是体力有所减损。事情出得偶然，那天傍晚我在路上见到一群人举着脑袋看楼顶，那上面有个女人站在边沿，寒风里衣着单薄头发飘摆。我看不清她的样子，但总觉得她是丹芳。并不是我对她的记忆有多深，而是此前几天刚好有人提起她。当年那个无聊聚会的组织者又找我去聚，居然说这次人不多不会太喧哗。他主动说起丹芳，说她在国外出了麻烦，因为语言学研究造假，被权威科研期刊撤了稿子，恐怕还要丢掉工作或者职称什么的。

得闲时我便随手检索了一下丹芳的这件事，果然是有关洛佐语的。她在刊物上发表的文章是关于洛佐语中第四人称的研究的，这个主题一度在领域内得到了一些关注，也有学者意欲附和，对该人称做出了文艺性的阐释，可随即丹芳坚称这种第四人称并非三个经典人称的变异形式或者分拆概念，而是另辟向度、独自兀立的一极。这样定性，没人能真正明确地理解其指向和用法。后来他们认为这类研究过于虚张声势，罔顾学术规范和依据，进而有点冷厉地否定了丹芳和她的文章。几番争执之后，语言学界撤回了对洛佐语作为一种真实存在的语种的认可，理由是在当地并没有找到说洛佐语的群体，个别难懂的口音属于某些已知土著语的亚型。而丹芳的最后一次辩解听起来的确脆弱而近乎失礼，是说洛佐语可能是像某些流行疫病一样的"自限性"语言，在局地兴盛一时之后会自然衰萎泯灭，残迹逸散。

辩驳之中，双方提到的地名都不是"提门诺岛"。

我没有为这些过多劳神，然而由此还是无意识地唤起了一些洛佐语的记忆，脑子里闪过了那些貌似精致灵动的东西，那种犹如闭嘴之后才响起的语音和只能随机听取的意思，那种被信奉为语言修炼的口咽腔炎症，还有自我增殖的语言知识……有那么一两个瞬间，我似乎想通了什么，明白了第四人称是什么东西，好像除了你我他之外确实另有一方需要单独界定和指代。我就是在这种头脑有点不大清爽的状况下见到那个要跳楼的女人的，我不知道自己为什么走进那座楼，上到顶楼走上天台。守在天台楼梯口的人一定以为我认识那个女的，知道她为什么站在那里，可是在楼顶我确认她不是丹芳，甚至也不大相像。我该退回去，但我对她说了一句洛佐语，接着说了第二句第三句。可能是受她那副模样感染，我像她一样流泪了，并且一直说下去。显然她没想到会出现我这样一个劝阻者，其间她甚至转过身看着我，皱着眉快要问我究竟在说什么了。

我说个不停，身后掩藏着的几个人想必观望了很久，读懂了局面，轻声告诉我继续说下去。是执意要说下去还是不敢停下来，我是分辨不清的，只顾声音清朗、感情饱满地说着一种未必存在的语言，不在意自己有没有发出什么奇音怪调。那些句子特别连贯甚或是非线性地辐射而出，像无数藏身崖穴的蝙蝠一心飞扑出来。我不记得这天口吐舌灿了多少迷言妄语，过程持续了多久，只感觉有过一种吐尽肺内最后一丝气息的绝望和一阵痛快的崩塌感。后来救护车的笛声响起来，他们来抢救的是我。

我昏迷了大概一个昼夜，醒过来之后没做什么治疗，精神慢慢恢复。妻子在我身边，我没问那个楼顶女人怎么样了，只知道自己这次彻底忘了洛佐语，一词半句都不记得了，强要回想时甚至会有点作呕。

换季时，妻子那个在医学院的朋友来家里看望孩子和我。他查看了孩子的状态，问候了我几句。妻子沏茶时他在一堆废书报旁边信手翻看了那些正待清理的洛佐语材料，然后抽出几张纸问我怎么会有这个。我不知怎么回答，他说里面有些内容好像是20世纪几个澳大利亚医生搞出的用来缓解哮喘的呼吸调理发音法，他也是读过一些冷僻的医学史料才对其有印象的。

他没有想带走它们的意思，只是用手指弹着那几张旧纸说："或许对你儿子有用呢。"

若干开头

开　头

最好的开头莫过于一次惊遍身心的拍击。犹疑刹那飞散，肢体不觉间已经在另一种介质中挥摆起来，回心转意的机会刚刚还鲜活着，一下子已经恍如隔世。

盛夏以外的北方野浴完全是关于入水的。选择其实很简单，要么一寸寸浸入，被腥冷的水凌迟啃噬，要么让它一口吞吃，再图重生。如果入水后还有心睁眼看看，见到的混沌洪荒会慢慢化作晃荡的日光、蠕动的怪草和惨遭污泥裹缚的石头。把头抬出水面之际一般也正是方向突然隐遁之时，面孔被水亵玩，一种咳嗽的迫切需要和一种憋回咳嗽的更迫切需要拧在一起，绞住呼吸，脑子里难免有一片片来不及成形的绝望在闪动……这么快，入水者便亟须另一个开头了。

开　头

　　远景近物都停止了移动，车定住，像爬虫舒展腿脚一样陆续开了四个车门。这就是车里的四个人想来的地方。或者说是其中三个人想来这儿。至少有一两个吧。

　　野外的空气已经被吸入他们的嘴巴。稍后在坡下的水边，帐篷支了起来，东西安置好了，椅子和钓具也准备好了。一块卵石被扔进水面，虽然老板斜了身子出手低平，但卵石还是没能在水面弹跳，几乎是咚的一声深深地击入。老板的夫人戴上了草帽，朝另一个方向远望。女孩则紧挨着站在她身后，像在用心地排着一条属于两个人的短队。

　　一时没什么可安顿的了，家庭野外休闲开始了，司机便独自爬回坡上，钻进车里。

　　"不错啊。"老板刚才下车时这么说，仿佛在称赞司机选址得当。随后他又朝夫人说："怎么样，我就说该来吧。"

　　夫人点点头。那时女孩站在她胳膊旁边，呈一个短横排。女孩已经将近夫人那么高了，身板比她宽且厚实很多。女孩嘴动了动，司机隐约听到一个"尿"字，但老板和夫人都张望着别处没做反应。

　　老板一边审鉴景致，一边低声说："不出来怎么知道。"

　　就好像他一下子悉晓了这一切。

开　头

事情最初不是从今天开始的，但日后多半要从今天讲起。

今天是司机第一次载着老板全家出游。上路时除了必要的几次问答，司机不多言语，看上去很懂老板的规矩。但离开市区后，他从后视镜看了一眼后排座位。老板身后的老板夫人，也就是他叫嫂子的女人，第一次稳定地映在他眼里。她一直扭头看着车窗外，露着扭转了七八十度的脖子，耳垂很圆润。司机身后是老板的女孩，在用吸管响亮地吸嘬着什么盒装饮料。

后来后视镜或许被他看得发了烫。不知道是否有某一刹那他的眼神在镜子里被捕捉到过。

他至今没有跟老板熟络起来，老板也不像想知道他在想什么。昨天夜里老板打来电话，让他选个地方，天亮带他全家去郊游。老板声音和口气很差，不像是在安排郊游，倒和去年扇他一耳光那次差不多。得到指令后司机便没能再入睡，凌晨他出去给车加了油，又做了些准备。

光芒一旦出现，天亮得其实很快。老板一家起得也很早，但在车上老板显出了困倦。进了郊野，路过了几处可做目的地的地方，司机问老板要不要下车，老板都没有睁眼，只不高兴地哼哼。嫂子也不吭声，车就没有停下，仍向远景奔去。

其实嫂子刚上车时说那一两句话的声音很好听。可路上车里相当安静，灰色车窗玻璃暗化了大部分色调，鲜活的只有女孩嫩黄色的衣裳和一直戴着的遮阳帽，她像野鸭群里的一只充气黄鸭。

车又飞驰了许久，已经很远了。

开 头

有一朵黄色的花，在被发现的同时也被踩进泥土里。这是一次事故，它快要被从鞋印里提拉出来时，另外几朵花就在几步之外，正在一阵风里哆嗦。女孩走过去，这次小心地拔起一朵，被抽出的细茎是潮湿的。黄花在女孩浑圆手指的捻动中飞快地转动，颜色更显明艳。现在风停了，只有女孩粗重的呼吸可以撼动那旋转。

她喜欢的黄花远处还有更多，她忘了自己刚才喜欢粉花。今天她第一次踏上泥土和野草，但她无疑有这样行走的天赋，几番过坡涉水，身后的帐篷早已经变得渺小不堪。后来她爬上坡找到那辆车，把一把粉花郑重地交给它顶戴，便扭头开始寻求另外的欢快。

肚囊里倏地轻松起来后，今天果然变得更加愉悦，看来昨天夜里他们在客厅里喊叫，还有刚才他朝她发力挥臂，都是这愉悦的预告。

开　头

真正可以开始的，似乎只是这次游水。老板在水下转向时才适应了这摊水，少年时他是游泳队的，可现在他居然容忍了自己刚才喝进一口水的表现。他没戴泳帽，前额的头发难免向脸上流水，这不意外，他同样没穿泳裤。这次下水像是意气用事，也有点像蓄谋已久，好比岸上的场面，让他面色阴郁，但又仿佛早已见惯。

帐篷里躺着他老婆，坡上歇着他的司机，野草间游荡着他女儿。除了女儿起初需要他给个脸色挥摆胳膊才独自离开，应该没什么不合他的意。游回来时，他在水下看了看他的鱼钩，诱饵还乖乖地留在上面。当然钩上没有扭摆着一条鱼，这让今天显得真实。之前他架好鱼竿抛下鱼钩在岸边枯坐时，也并没有指望会钓起什么。老婆始终在他余光中，一会儿举起手机拍照，一会儿坐到石头上，一会儿坐在石头上举起手机拍照。足足半个小时之后她才朝帐篷的方向走。从老板背后经过，她进了帐篷，抱膝坐在垫子上。

老板离开鱼竿，跟进了帐篷。他脱光了自己，帐篷反而显得更逼仄了。他凑到她身上，以为今天可以正式开始了，甚至提前叫唤了两声，拱动了帐篷。但阵阵紊乱的气喘过后，他只得停下来，骂了一句，然后恼火地出了帐篷。爽快的只是入水的扑通一声，可以开始的，似乎只是这次游水。

开 头

开始时明明就很平常。从平常到异常，有时有一个锐利的转折点，残忍却也让人沉迷；有时则像生长一样不疾不徐，让人假想中的次次疑惧层层叠合，渐渐形成高灰阶对比的影像，雕凿一般深刻，放射科胶片一样沉重。说不准这两种情形哪种更友好些，好在它们也都不是静候取舍的，不必由人从中做出选择。无论如何，开始时，很平常。

开 头

浑浑噩噩从这一天的初始便涣漫而来，浸泡了凌晨和清早，好像也没打算放过余下的光景。就这样，司机还是规规矩矩地把车开到了远郊。

车停妥当，老板和他的妻女下了车，都笨笨地走下土坡，司机稍事服侍，就知趣地回到车里。野草和野水还好，没什么令人不满的，虽然也没有什么会让人真的满意。

至少女孩像是开心的，在视野里时隐时现。

司机打了个哈欠，可以睡一会儿时，他的记性却开始灵光了，想起大概两年前他见过女孩。那时他刚刚为老板工作，便被告知得带老板的亲戚去一趟医院，到了老板家，上车的亲戚就领着这女孩。司机瞥了她一眼，心想，够胖的。他当时太尖酸了，假如拿今天的女孩作比，他不会那么说当时的她。在去医院途中，那亲戚打电话问了要去的科室在医院哪个方位，还翻来覆去也记不住"脑部核磁共振"几个字。他只会不断给女孩吃的，也不断用外地口音说着什么安抚的话，俨然把女孩当作一头大号的幼兽，担心她撞笼子。

其实女孩的模样还不错，难怪今天看到她妈妈，也就是老板夫人，司机觉得似曾相识。他记得那时自己相当厌烦女孩身边的亲戚。到了那家有点偏远的医院，司机没听他碰运气般的指路，自己问了路，把车停到做核磁共振的楼门口。那亲戚拉着女孩进了门，让司机不用等了。

现在老板的家庭郊游已经开始了许久，比两年前高大得多的女孩只是在摘野花，偶尔会蛙跳一下，如果换作一个小几岁的孩子，她的动作姿态其实也没有什么问题。司机这么想着，然后看到女孩张口把手里的一簇粉花吃掉了几朵。

女孩的状况司机当然听说过。他有点羡慕女孩，永远不用花心思做选择，而自己在该如何摆布自己这个问题上考虑过太多次，尤其是去年挨了老板一耳光之后。当时他打算过自己把这车远远地开去北边，让他兄弟找门路卖掉它，然后留在那边干点什么。今天在坡上的车里，这个旧主意又游荡在他脑子里。其实这些年来他已经不做什么离谱的事了，但不知为什么他今天有种挥之不去的感觉——他在老板手下可能待不了多久了。

开　头

寻找是在正午时开始的。阳光莽撞地铺张下来，野外的气温由风凉略过暖和，直接变得炙热。这不是隐匿的好时分，但那些颓丧摇摆的高草和树木枝条、水面隐约可见的阴骛水草又都俨如热衷包藏。远天也积聚着几坨云，沉稳得不合时宜。叫喊声反复地响起，多好听的声音都难免刺耳。

车呆呆地留在坡上，帐篷更是蠢货一样留在水边。其实上午时，一切也只是过得去的样子。

开　头

司机回到坡上抬眼张望了一番，觉得看得越远越会失去方向感。钻进车里前，他朝坡下望了望，老板已经架好了鱼竿，老板的夫人，也就是那个他该叫嫂子的女人，戴上了草帽朝另一个方向远望。到了郊野许多人都会这样发一阵呆。女孩自然不同，她紧挨着站在她妈妈身后，像在用心地排着一条属于两个人的短队。她的郊游还没有开始。老板看了他的妻女好一会儿，在女孩脸朝着他时大幅度地向外甩了甩胳膊，老板夫人再挪动步子时女孩竟然没有继续跟着，站姿像呆愣也像畏怯。

一切这么安静而又让人难以忍受。司机坐到方向盘前，想做点什么不同寻常的事。或许他会在老板叫他时装睡不起，像死掉了一样，让他再光火一次，可这就算真的有意思，貌似也要等很久。他拧动钥匙把车向坡沿提了提，老板和嫂子浮入视野中。他不知道自己想干什么，但显然冒犯已经开始了。老板仍只枯坐在鱼竿旁，嫂子在别处一会儿举起手机拍照，一会儿坐到石头上，一会儿坐在石头上举起手机拍照。司机没有见过这么蹩脚的郊游。

只有女孩嫩黄色的衣帽点缀着郊野。女孩忽近忽远地在野草间闪动，挺立起身板时，就算在远处也会呈现一个饱满的圆点。司机出神地望了她一会儿，打了个哈欠。

要不是后来嫂子朝帐篷走，司机就真的睡着了。嫂子走进帐篷，身姿倒还松弛，但老板扭头盯着她，随即也跟了进去。司机坐直身体，发觉帐篷很快就像一颗老迈的心脏一样卖力地搏动，节奏紊乱可还算求生心切。

似乎有一两声叫唤传出。司机的头已经顶到了侧面的玻璃上，手也去抓握裆里，里面很快顶起了硬物。一副不容逆转的架势。

开　头

这里也算有人来郊游了。相比距离城区近一些的几个地方，这里的草高而驳杂，水边的泥黏滑，水里又没几条鱼。上午不早了的时候，一辆车开来，停在了坡上，出来两男两女。他们下坡支了帐篷，在水滩旁架了鱼竿，可似乎悉数心不在焉。一个男的又上了坡，四下张望了一番回到车里。一个胖女孩起初紧紧跟着另一个成年女人，后来自己停停走走，采花去了。可能他们的郊游还没正式开始吧。

后来那个成年女人和钓鱼的男人先后进了帐篷，不久，男人独个光着身体出来跳进了水里。这时的水应该是很凉的，他游得有点仓皇。与此同时，那个胖女孩却已经走出了一程，从一道相当陡的坡向上爬，手里坚持攥着一簇粉色野花。上坡之后她附近却是光秃的，恰好一棵树或一片茂密些的草都没有。她向路的两个方向来回看，然后朝他们的车走去。不过在相对平整的路面，胖女孩的步态却显得有点怪，两条腿好像都不太敢朝正前方迈进。

胖女孩把手里的粉花放在车顶，还重重地压了压，实际上还没等她转身那些花就被吹飞了。不知道她有没有察觉，这其实应该不需要动用感官去察觉吧。然后她走开了，在车路另一边几十步远的地方，她得到了一棵树。在使用着大树同时也照料着它之际，她试图蹲着搂抱它并轻声交谈，仿佛在哄劝一个更胖壮的妹妹。随着身下潺潺排解，她的神色轻盈了很多，脖子也灵活了几分。一抬眼，她发现身前几步是另一个坡，下面有更多的花和水。

还是不像郊游的样子，他们该退回清早，仔细地重新进行一遍。

今天应该是司机载着老板全家出游，大概是第一次。

开 头

他看见在枝杈上摇摆的和正在翻转飘飞的树叶，还有长空和天边模糊的远丘。

他看见树干和树旁的女孩，路上还散落着几朵被采拔了的粉色野花。日光扑弥，风吹散野花，让它们点缀空阒。一切聚拢于一瞥之内，显得格外明艳，甚至有些晃眼。有什么酝酿着行将开始，然而无从发端。

他看着树和女孩。他干脆探起身逼近后视镜从中盯视，女孩戴着遮阳帽，穿着嫩黄色的衣裳蹲在树干的另一侧，白色弹力裤的上半截在膝盖处堆出皱褶。

他脑袋里嗡嗡响，摇下车窗喘气，但这让他能更清晰地看到后视镜里的景物。女孩的脸似乎有些涨红，她胖乎乎的，但在这种情形之下这从来不算是干碍。

他刚刚在车里没能入睡，便注定了会发生什么。现在他咬了咬牙，松开手里握的硬物，推开车门下了车。他终于可以直接朝目标望过去走过去，却一时眼花，没看准女孩在哪里，也辨别不清该是哪棵树了。他向一个含糊的方向迈开快疾的脚步。

他知道，女孩的眉眼有些像她妈妈。他是带人家一家来郊游的，这是第一次，看来也是最后一次。

开　头

寻找是在正午时开始的。

高草和树木枝条在颓丧地摇摆，水面下阴鸷的水草隐约可见。只喊了两三声，老板夫人就喊破了音。女孩离开家后原本是紧跟着她的。在水边老板挥手赶女孩走其实她也是察觉到了的，但她反而走进了帐篷。

她居然身处这次郊游之中，这和她前夜嘶喊着索求的根本不相干。蠢到可笑！

这样出游说明她和他同样混账，以为另外开启些什么就可以假装化解了问题，以为在卧室做不到的事，来到郊野就能办好了。只看自己在路上的仪态，包括对人家司机的态度，他们就该确认自己是两个可鄙的、凌乱的家伙。有一瞬间她眼风扫过前排的后视镜，见到了司机的眼神，那才算是稳定有力的眼神，透露出对过活还有着某种寄望。

现在受到的惩罚果然不轻——女儿不见了。她终于可以定义自己了。或许她勉强可以做个妈妈，却不配做一个特殊孩子的妈妈，她对女儿不算差可也绝不够好，她护着女儿时常常是为了给他颜色看。

她不知道该在坡下寻找还是该爬上坡去找，草枝已经划破了她的脚踝。对女孩落单后在这片野地里会做什么她全无头绪，自己只是在该解手时才想起了一路都在喝饮料的女儿。在此之前她只管心不在焉，只管躺在那个蹩脚的帐篷里面，而他只管压在她身上出丑，然后跳进水里去发疯。

帐篷乱颤的时候她想司机在坡上一定看到了。

人丢了之后，他像呆子一样安静下来，没有随她喊一声。司机尚且能毫不耽搁地四处寻觅。其实在女孩和这个家庭之间，是他们配不上她。如果今天能找回女孩，她想，无论如何要有一个新的开始。

开 头

这边的野水有点河流的架势，水两边和当央几处小岛上的花草也很丰茂。司机扶着几块石头下了坡，其实是有点吃力的。脚滑脱了几次，他开始有点怀疑女孩下了这边的坡的判断，但在坡沿时，他的确认出了女孩曾依凭的那棵树。

他开车载老板一家来郊游，下车望了高天，帮老板架起帐篷时也闻到了泥水的腥气，但还是没有想到自己会以这种方式参与这次家庭郊游。嫂子叫喊了起来，他也没理由置身事外了，加入了寻找。只是他没有跟他们分享他的线索——就在他们意识到出了事前几分钟他还见过女孩，看起来女孩知道她撒尿应该找些遮掩，但又不明白一棵树并不足够。

胖是胖，可女孩的面容并不像智障，当然司机并没有这样恭维过老板。

司机也不会说闲在车里的光景他正握着下身躁动着，便看见了后视镜里的树和女孩，而且后来他还咬咬牙下了车，直奔那个方向走去。他不知道也没敢细想自己要干什么，只知道一旦做了什么便不大可能像什么都没发生过一样。或许那会鞭打自己重新考虑某个兄弟的建议，把这车远远地开去北边卖掉，然后留在那边干点什么。然而女孩不见了，司机吁了口气。他在几棵树旁逡巡了一会儿，看到了那棵树下的尿水，似乎还有几个下坡的脚印。

在支帐篷的那道坡下，嫂子的喊声已经移动了很远，老板刚刚野浴过的肥腻身体上想必也套好了衣裤，该选个方向去找了。司机不由自主地循着女孩的踪迹走去，心里却并不真的希望由自己发现她。也难说刚才女孩不是看见他走过来才跑开的。

到了水边，司机选了一个晃眼的方向，一条不好跋涉的路径，慢慢地行进。坡下的谷地随着水路延伸，不觉间进入了连续的弯转，百八十米之外都不得望见，地上的黄花愈渐稠密，在前方挤挤挨挨层层片片，颜色似乎总是比脚下的更加明艳诱人。头上来回出现的灿烂强光其实让人容易想起少年时，可他想到的只是一些为老板做事以来的干瘪小事，当然这总比只回想那一耳光要好些。

开 头

回返时，他们都快忘了有来就该有回。车从远郊返回城区，像是要到一个陌生地界去，不知道要经受些什么。车里没人说话只有沉默，气氛和来时的截然不同，虽然来时车里也没人说话。

天色本来不该这么暗，下午乌云忽地封盖过来，气温跌堕，只是不肯下雨。然而现在车里却潮湿透了。司机抬眼看过一眼后视镜里的后排，只见到水雾覆盖着的瘫软和僵滞。

郊游是午夜定下、天刚亮时开始的。若看出发时一家人的兴致，这趟游玩本来应该过早结束。当时有人困倦，有人只把眼风抛在车窗外，只有女孩在用吸管响亮地吸啜着盒装饮料。算是由于大家的默契，车开了很久很远才停下。车上的人下车时，虽然慢腾腾地毫不兴奋，对这荒寂却也并不挑剔，似乎觉得自己只配得上这里。

现在看起来，他们还是配不上。

开 头

还好，朝哪个方向走都可以，寻找没有线索也就没有限制。老板远离了妻子，他受不了她的喊声。后来他上了坡才发觉身后那处坡势平缓，算是把他托送了上来。一群鸟从他头顶迅疾地飞过，他还望了望它们，像个迷路的老头。想到自己正在做什么，他觉出一阵心慌，随即他下了另外一道坡，在低处的草木之间他觉得安稳了很多。

他弥补不了一切。当年妻子的爸爸把生意交给他，已经说明他足够擅长立世处事。后来的处理也都没问题，包括每一次隐忍和强蛮、每一次求取和施与。如果说有时他显得不够好，那可能刚好是对方应受惩罚时。的确，昨晚的争吵他一时不知道该如何收场，但从另一面看，妻子终于诚实下来，不再假装那孩子能听懂吵骂。她也放开了喉咙，是个开头。怒火给了他灵感，他该引入一件他们从没做过的事，让情势有机会重新流淌开来。朝哪个方向流淌都好。

眼下女孩不见了。他和女孩之间相处的记忆历来难以明晰起来，现在他想多回忆起一些，想来照料和花费也不会缺少，而不是只有刚才的那次挥手驱赶。他坐下来回想，右脚扭踹着脚下的花草，踹出一小片潮湿的黑土便再站起身，随机选个方向继续走下去。

身边的野水有点河流的架势，水两边的花草也很丰茂。日光时而收敛，时而重新明晃。

既然久久没感觉疲累，老板便没打算改变自己的节奏，直到他看到一处水潭当央发生的扭摆。当时他随着水流转了一个弧弯，迎面目睹了那动作，努力而又静默，无力宣张而又不愿息止。扭摆的源点是粗大的，连荡漾开来的道道涟漪都是宽绰的。源点处水面上几次拱起肢体，上面裹缚的衣物是被绿水浸透了的浅色。

老板的上下嘴唇之间慢慢裂开一道缝隙。他当然明白那意味着什么，少年时他是游泳队的。回忆里他遇过的水有很多种，有的温暖有的清冽，有的带些诱惑，刚刚游过的和眼前的腥冷粗鲁，光在水下没头没脑地晃荡，泥石在水底不管不顾地静默……

几秒钟后，老板听到扑通一声，近前的水面被击破了。后来，关于女孩的点滴记忆终于在他脑海里连缀浮荡起来，比如女孩幼小时其实是最爱朝他笑的，那笑态与其他孩子的一样明媚，还有长大些后有一次她挨了一巴掌气急了，叼住他的手指，气得哆嗦却并没有发力咬下去……

开 头

那天车从远郊返回城区，像是要到一个陌生地界去，他们一度都忘了有来就该有回。车里没人说话只有沉默，气氛和来时截然不同，虽然来时车里也没人说话。

郊游是午夜定下、天刚亮时开始的。若看出发时一家人的兴致，这趟游玩本来应该过早结束。当时有人困倦，有人只把眼风抛在车窗外，只有女孩在用吸管响亮地吸嘬着盒装饮料。没想到回返时天色这么暗，乌云封盖过来，气温跌堕，只是不肯下雨。然而潮湿在车里蒸腾起来。几个人身上都不干爽。女孩闭着眼躺在后排，上身被她妈妈抱在怀里，湿头发被捋向脑后，只有额头上缘的绒毛原地蜷曲着。她时而呜响憨直的鼾声，妈妈的眼泪滴在她脸上，几件别人的外衣盖在她身上。

沉闷多时，车外的噪音驳杂起来，自然是终于进了市区。老板的脑袋离开椅枕，有两次向后扭了扭，但都没扭到可以看到后排的角度。他妻子不再流泪，也并不抬眼，这时在反复摸女孩的额头。实际上正在发热的人是司机，他浑身湿透了，但只脱去了夹克，衬衫和裤子里的水还浸泡着他。光线暗弱掩盖了他的脸色，夜色里他两次开错了路，到了该拐进老板家的小路时他也似乎没有认出来，是老板提醒了他。

司机也理解不了今天的自己，他还没有时间整理头绪。用掉那股劲之后，他也捞回了自己，咳出了腔子里的水，其实已经算是一种福报了。

车在那幢房子前停下，老板解开安全带，然后下车拉开后排的车门，先取走几样东西。老板夫人抱着女孩没动，对司机说："我们去另一个地方住。"这话声音低缓却响亮，发烧的司机和车门外的老板都听清了。过了一会儿，后排车门关合，车又慢慢开了起来。

"嫂子……"司机声音也喑哑了。

"在西边新区。等一下帮我把孩子抱到阁楼上去。"她说。

在等一个红灯时，她把手指关节贴到司机后颈上，湿凉使司机细微地抖了一下。

"你发烧了。到了坐下喝杯水。聊几句。"

他做了一次吞咽，喉咙还不大难受。

变灯了，车得重新驶动，不容他把今天的事一次回想清楚。有几个闪回倒是不时绽现，胡乱扯动着他的心绪。

堂　巫

在电梯里，我听见自己和友芝都在长长地呼气。

上行了很久，终归到达。找到那家店，我们核对了所在楼层和店门里面的木雕装潢，才相信不是我们找错了地方，而是店改了名字。进了门，见店里人仍都穿着袍式服务装，就是花色素雅了些。跟迎宾确认了，这家"堂巫"的确就是两年前的那家"三屿"。

很好。我们心里愈发不自在起来。

"老板和主厨都没变，服务水准只会更高。二位要不要参观一下，选个房间？"

我们不需要参观。随她换拖鞋的途中，倒是见到一个金灿灿的开间，里面有层层叠叠的罗汉像。众罗汉各自嗔笑，用不同的方式伸展肢体。友芝拉了我，大概是那些诡异的容貌和姿态让她不舒服，或者她那里又有些坠痛了。我们径直去往西南角的那间。

"经理换了吗？"友芝问。

"不知道您认识哪位经理，现在的经理来这儿一年多吧。"

在房间门口，迎宾把我们交给一个很年轻的服务员小妹。两年前自然也有这样一次交接，相比当时，这次的女孩又要小几岁，化妆没那么重，也没有像那样勉强作笑。当然，上次的印象难说有多确凿，可能被我们的回忆涂描过多次了。

房间对。往落地窗外看，仍然是那两条贯穿新老城区的主路，仿佛从这座高厦的两肋伸展开去，刺向远方，在夜间沿路灯光的倾注之下亮得发烫。在这家高空餐厅的景观中，视野内的其他楼宇虽然不乏夺目的光鳞，姿态却都显得相当温顺。

友芝收回目光，转身跟我对视了一下。下午在医院，我们不喜欢那医生的说法，出来后钻进车里，我莫名地枯坐在驾驶位，好一阵子没有启动车子。后来忘了我们俩是谁说起这里，两个人都同意今晚应该故地重游。好像没有提议者，我们都只是做出了附和。算起来这是她小产后我们第一次出来吃饭。

我们点菜时，果盘和赠送的冷菜已经摆上桌。服务员小妹退开前，轻轻推了一下玻璃转盘，它像上次那样转了起来，照旧平缓安静。

两年前，我和友芝已经一起换过几次住处，尝过这个城市里太多小店餐品的滋味，而那晚我一心想把她带到一个舒适安静的地方进餐。选地方时她提起"三屿"，仿佛也想要个可以静心说话的环境，我们该是有了一种少有的默契。这地方我们分别和各自的同事来过，都知道是什么样子。当天晚上我工作上有点麻烦，到店有些晚，就简单地点了两个体面的套餐。我们临窗聊了聊这座城市近几年的发展，接着说到我们自己的变化。

"天真。"我说，"回想起来，前些年自己真是天真。"

友芝说："其实……也未必全是天真，只是我们都没有耐心去深思熟虑。"

大体上是这么说的。听起来就好像我们搞完了几个大工程，而后开始反思它们带给子孙后代的生态和环境影响。实际上谁能说清楚那话的所指。那段时间我们留意最多的仍然是租房中介的消息，对租到的房子我们似乎越来越不满意。

只聊了几句，那个化浓妆的服务员就端上了生牛肉，然后蹲下试图启动桌子下面的什么设备。她还算轻手轻脚，但好半天也没能弄好。我和友芝就一会儿说上几句，一会儿停下来看看她，直到她刘海儿散乱地站起身来。

"不好意思，电烤炉好像坏了，要么就是电路坏了。这样，我给您用炭烤行吗？"

我们点头后，她就出去取来了烤炉，在桌面的远端吱吱地烤起牛肉来。

"你一定得尝尝这儿的烤牛肉……"我要说后半句的时候，友芝也正要说些什么，我们相互礼让了几次，我还是坚持让她说。

"我尝过。"友芝很快说完了。

这时炭火上的烤牛肉嘶叫得剧烈，服务员操弄着银亮的夹子，用刑一样毫不留情，身上那件花色斑斓的袍子更显惹眼。我们又不约而同地观看了一会儿。

"这么烤烟不小哇。"我们说。

"嗯，炭烤嘛。这种肉最适合炭烤。"服务员似乎还有点得意。她翻弄的只是两块，旁边等待受刑的鲜艳牛肉还有几近整盘。

我们望望窗，聊了两句，又喝下几口水。友芝抬头看看，说上面有排风扇。

"也不好用。"服务员弄出了更多油烟，说，"我刚才试了，排风扇和电烤炉应该是一套，连着的，都不好用了。"

我看了看电烤炉后面的服务员。说实话，这油烟论多少，换在小烧烤店里就约等于无，往常我都不会察觉的。

"给我们换个房间！"我突然说。

服务员愣了一下，房间里绽开尴尬。她支吾着说好像已经没有其他包房了。

我以为友芝会劝我将就一下，但友芝冷着脸说："那就把你们经理找来。"

"好……两位稍等。"服务员拿起对讲机，告诉那边我们想要换包房，也要找经理，然后努力对我们笑着说："这两块肉快烤好了，您两位边吃边等吧。"

"这样被烟熏着，我们没心情吃！"我说，"你们店这么有名，就这样服务？"

友芝也换了个坐姿，直直地对着服务员，像是和我坐近了几分。友芝说："是啊，别忘了你们的定位。烤炉坏了，排风也坏了，还要我们忍着烟继续吃？"

服务员大概没有经受过这样的质问，微笑仍然强留在脸上，却没法带动她的苹果肌和眼轮匝肌，难看得很。

"要不然，我把窗户打开吧，先排排烟，估计很快就会……"

"那我们去吃露天烧烤多好！"友芝回斥说。

我朝服务员用力摆摆手，"你是服务员，要做的不是张张嘴把顾客的需求都对付过去。我们是要好好吃饭，又不是找你凑三个人聊天！"

今天的服务员小妹就不假笑，表情一直浅淡，但声音相当温柔。端上菜品后，她就远远地站在门口。离得远，再加上她身形瘦小，让我们感觉这房间比两年前的更加空阔。

这次我们没有点现烤牛肉。但我招唤她过来。

"你刚来没多久吧？"

她"嗯"了一声，点点头。

"有没有在这儿干了很久的服务员？比如说，两年。"

她摇摇头，"对不起，我没听说。"

我和友芝相互望望，"你们这儿的牛肉怎么样，适合电烤还是炭烤？"

这是一道附加题，实际上她已经没机会了。她果然还是摇头，答不上来也聊不起来，窘迫中还有点退却，勉强说了声"都好吧"。对今晚的我们而言，这样跟她说话毫无意义。我抛开面前的餐巾，让她把经理找来。

她有点慌，"请问是菜品有问题还是服务有问题?"

说实话，我原本挺喜欢这种性格的服务员。我们也不再为难她，只说是要找经理多了解一些情况。

我和友芝都不吃东西，又到窗口去。如今的夜景与两年前的相差无几，只是更吸引我视线的，多是那些星星似的冷色的光。这里的确很高，望了不一会儿，视野的开阔和夜空的玄深就令我眩晕。我凑近玻璃，尽量垂直地向地面看去。楼下是这座高厦的背面，景物没有那么体面，路面只被低矮昏黄的路灯照亮，显得有些粗粝。我开始加倍眩晕。友芝站在我几步开外，距离那扇能打开的窗扇更近，我们像在充分享用落地窗的宽度。

两年前谁也没见识开窗排烟换气的效果，我们甩开腿就往外走。能感觉到身后跟着那个浓妆服务员，后来急急汇入的应该是当时的经理。服务员压低声音回答着她的潦草问话，"我没有……其实我是说过了的……"经理则更急着要把我们留住，没再多问就说都是她们没做好服务，到了换鞋的地方还亲自拿了我们的鞋过来。

"找你的时候你不来!"我回头说完就没再停留，"这账我可不结。"

经理只能跟我身后的友芝道歉，说今天实在是忙，要友芝留个电话，"服务改进后，我想邀请二位再到店体验。"

友芝自然要数说一下她们的不是，而且听起来说得很得要领——烟熏、怠慢顾客，耍嘴皮子。后来她还把耍嘴皮子说成了犟嘴。

"我们又不是第一次来。"友芝说。

我完全不看紧跟着的服务员的样子，下楼前只甩下一句："不会再来了。"

我没让她们跟着上电梯。经理显然不知道还能再说些什么，也不知道该不该对着轿厢里挥手。

由于结束得太早，我们上了主路时路面车很多，隔着车窗也很吵。我起初没说话，一副专心驾驶的样子。手机响了两次，我看了一眼来电，应该是我预订房间时拨过的号码。我想过我们这算不算逃单，但确信他们来电话仍然是要变相地讨好赔罪。友芝开了腔，继续说今晚三屿的服务离谱。这才合宜，至少与我们刚才的态度保持了一致。

车行驶的路就是在餐厅落地窗里能看到的两条明晃晃的干道之一，置身其中，当然不觉得有多漂亮。无论如何，三屿或者说它的服务员毁了那个晚上。

我想起一个上司在饭局上是怎么对待一个出了错的服务员的，把它讲了出来。

"这种店的价位里面包含着服务价值呢。"我一只手松开方向盘，在虚空里戳指着说，"今晚对那个服务员来说是个必要的教训。"

"嗯，刚才那个经理说，这一餐会由服务员自己埋单，可能还不止如此呢。"

"应该的，我们绝对是对她的服务问题做了正确的反馈。"这是从那个上司那儿学来的说法，友芝表示赞同。

记得拐进小路之后，我频频变换车速和行驶方向，驾驶存在感极强。实际上是我有点迷路了，做了颇多试探来挽救路向。慢速通过一条巷道时，友芝问我想不想吃点心，我知道她看见了点心铺，就顺势停下车。她去了少顷，带回了那种卷曲的缸炉，我常常称之为"甜屎"，有时甚至一说就能直接让她作呕。

又费了些周折找到了家，我们停好车，进了楼下的小店，要了点啤酒和小菜，就着"甜屎"吃了起来。从三屿归来，我们基本上饿着，东西进肚，舒服了很多。这家小店我们熟悉，老板是忙起来会把盘子哐当扔到你桌上、不忙时会坐下来跟你说笑的那种。我们吃喝时他正在后厨跟他老婆拌嘴，有几句还逗笑了我们。

当晚回到住处，我们洗了澡，早早地上了床。歇下来，合眼时还呼着些许酒气，几个没头没尾的梦跟我纠缠不清。将近半夜我醒了一会儿，就在又要睡过去的时候，友芝摇晃了我的肩膀。她应该是起夜时习惯性地看了看手机，看到了那条视频新闻，然后六神无主地要我也看——

画面上显然就是三屿所在的地标性大厦，下面标注着"刚刚发生"四个字：一个人从高层窗户脱身而出，落地前周身只疏朗地翻转了一次，最后头朝下撞出了钝响。拍摄者离事发地点竟然那么近。坠落者劈破夜空的镜头被重复了几次，我们认得出那身花袍。

如今的经理来得和笑得一样爽快。虽然也很年轻，但她自然不青涩，不会让人聊不下去。几句话就见得这人心思很敏锐也很细腻，交谈会格外容易。最重要的是，她说两年前她虽然不在这儿，但就在楼下的姊妹店做副手，对当时发生的事知道一二。

时缘应该是来了。我一句接一句地倾吐出事由，空空地吞咽了几次。我又望了窗外，告诉她我们当夜就抓着手机盯着这事的消息，确认了事情就出在这家店，起因是服务员被一对男女顾客投诉，接着被店里重罚……摔击声回荡在脑子里，难以停息。那之后我们再也没来过这一带。

友芝在一旁顾自轻轻地摇头，眼袋浮凸出来。她不是个情绪夸张的人，两年来我们的日子里阴云游弋，这也是我要说说的。经理还插不进话，只好先给我们斟了茶。这之前她已经让那个服务小妹出门去了，房间里坐着我们三个人。

"其实，如果我们没有看到那个画面就会好过得多。可是我们几乎看得见那女孩的脸，白亮亮的……没法无动于衷，没办法。"我说。后来有一次友芝告诉我，她小时候见过人坠楼后的尸身，知道头颅暴击地面会形成何等场面。那是最让她后悔得到的见识，说起来也会有些失控，要不是我及时喝止，她差点一股脑全讲给我。

有些情状纵使让人难堪，也是事实。出事后好一阵子，我和友芝都是拥搂着睡觉的。最开始我们心照不宣，试图将这种体姿与伴侣之间的亲密交缠相混淆。那个新闻热传了一两周，过劲儿之后，我们抱在一起仍然能感觉到对方无意识的细微颤抖，然后我们就又心照不宣地抱得更紧。相携着亲历了当晚的我们俩，搂抱在一起当然是一种分担。

那个服务员都说过什么，究竟有没有口出不敬？我们为这聊过一次，但浅尝即止，都没有多说。

我们不再愿意出去吃饭，在家里吃时又总觉得不舒服。我们两两相对，却感觉屋子里还有另外一个人，以侍候的姿态停留在某处。下班比较晚的日子，窗外市声消退，我们在有点幽暗的餐桌上吃东西，耳朵里还会有那种吱吱啦啦的煎烤声，远近层叠地荡来，在我俩之间缭绕。

"俗套得很。"我们说起那些幻觉时会表示不屑。可后来我们还是换了餐厅的顶灯，甚至又换了住处。也索性学着自己煎肉吃，这样听到吱吱啦啦的声音便是理所当然的了。但仍然，在我们俩的身形和恼人的油烟之外，好像还有第三个人陪着我们，或许隐约还有说要打开窗子的缥缈语音。

我们想请别人来家里吃饭，却又都没什么朋友，就只好找双方的亲戚聚餐。同在这城市生活的亲戚也实在为数不多，被我们多次邀来，大家相熟了不少，还都断定我们婚期已近。我们对热闹的厌烦也因而积累起来。后来友芝开始把东西拿到床上吃，我就凑过去，打开卧室的电视，像一对厮混的少年似的，吃完了也挤挨着赖在床上。

持久的依偎滋生出一种无从另寻的体味，说不准是我的还是友芝的。

友芝怀孕有点意外，想来也在情理之中。两个来惯了的亲戚知道了，莽撞地来贺了喜，又有理有据地大谈婚事操办。我们不否认也没泼人家冷水，虽说早过了醉心庆典的年纪，可看他们准备热烈地参与其中、豪迈运筹的样子，自己也觉得挺有意思，有点想帮着打打下手的感觉。

一来二去，我们快要忘了三屿那件事。可友芝没能留住孩子——在孕中期，她身体里时而有异样的下坠感，我们去看了医生，吃过不少药，后来还是小产了。创伤不轻，还留给她难缠的慢性盆腔炎，总是有或轻或重的不舒服。她说那还是像小产前一样的坠痛。

　　更令人沮丧的是，翻过几本阴森玄虚的书之后，友芝居然执迷起来。她说怕是抵偿还不够呢，等到我们真能生个好好的孩子，才说明得到了宽赦。我厌烦地嗤笑了她，随即就跟她一起沉迷于此，勤快而下力气。

　　直到现在，等来一个结果看起来没那么容易。

　　"我明白我明白。"经理说这话时合了一下眼皮，是要让我们相信她能与我们共情。

　　友芝说得相当坦率："老实讲，两年前那天晚上我们确实有点强硬，但今天来，我们不止是来说抱歉的，而是想把这些倾诉出来。谁也不想总被某些东西缠着。"

　　经理好像拿捏了一下嘴里的言语，说："那我想问一下，你们有没有做过某些补偿？"

　　"怎么，你也觉得我们有罪过？"我不爱听了。即便我们有，也不是一个安慰者的角色该点明的。

　　"我当然不是那个意思。我是说，出事之后有一对夫妻来见了老板，谈了很久，还捐建了外面那间罗汉堂，祛邪的。"她看着我们俩，把话说得稳缓而清楚，"至于当天晚上出事的服务员，是专门服务贵宾间的。好像是她喝了男顾客推给她的一杯酒，送客时被女顾客直接投诉到老板那儿，服务员自己完全不明所以。而那个男的，据说在旁边若无其事一言不发。"

　　她停顿了一会儿，一边示意我们俩喝茶一边说："所以也就是说……"

　　我和友芝僵滞在听她说话的姿态许久，仿佛她有义务把一切解释清楚。

经理想起什么，补充道："哦，我还听说，当晚出事的房间就是罗汉堂隔壁那间，现在门改在侧面，通着罗汉堂，里面有香火和佛像。据说那对夫妻已经信了佛。"

我们还是不敢相信她的意思。手拿把掐的孽债，怎么会被别人抢了先？

"你是不是想随便说几句，就把我们打发了？"我忍不住问。

经理轻快地摇了摇头，"怎么会，这种事我哪能随便乱说。"

"那当天这个房间里的服务员后来去哪里了？"友芝说话有了点讯问的意味。

经理笑了："那件事之后老板请了法师指点，改了店名，把原来的服务员都安排去了其他门店。辞旧迎新嘛，就要彻底些。哦，现在在岗的多数是像刚才那个那么年轻的，话也少，我们要求她们跟顾客保持距离，会让顾客觉得更舒服。"

我和友芝呆愣着，样子像是怅然若失，大概也显得不大机灵。

经理索性给我们换了热茶，又说："两位是我们的顾客，我看也是实在人，我就冒昧地劝上一句——责人有度，责己更要有度。另外过去的事多半都是记不准的，对吧？两年前的事，你们记得自己发了火，但很可能忘了因为服务不周，你们有多少话没聊上。真的，好多顾客就是来谈事情或者谈心的，我们这儿环境好，很多话才好说。所以服务员懂得进退是应该的。"

她脸上摆出了刚见面时那种笑，站起身往门口移步，出门前说："你看，我自己话倒说多了，见笑了。今天的餐品两位慢慢用，我们按会员价算。"

我没有欠身。重心缓慢地回到身体里，我靠在椅背上回想着什么，也在辨认着某种心念的接续。经理的确说得不少，而且把我拉回了两年前那天的烦躁之中。负罪感飞散之余，填充而来的果然是更加不妙的感觉。她说对了，那晚我确实受不了有第三个人和吱吱啦啦的噪音，加上那些烟雾，似乎什么都会让我要说的话走板变调，显得不堪入耳。而体面地谈谈我们要谈的，也许是我和友芝都老早就在期待的。

　　现在友芝也沉默地坐在那里，越过我望着那扇窗，仿佛寻回了与我类同的感受。我想起了当时我和她更多的举止细节，包括脸上有待驱散的僵滞和虚饰。或许是我们自己的状态让我们对别人的浓妆和假笑更为敏感，也下意识地腻烦。我们太该好好了结那个夜晚了，哪怕事毕不再一同回返，而是即刻各自扬长而去。不幸的是有人在我们身边，用炭火烘烤个没完。

　　"要不然，我把窗户打开吧……"

　　那女孩的声音和妆容重又隐现。当晚对她发作无疑是个方便而轻浮的选择，我们都心知肚明，只是对随后的事未及料想。那个子虚乌有的幽魂陪伴了我们那么久，也把我们缠结裹缚了那么久，现在骤然松脱，使我和友芝如同两截枯木散落开来，才恍然想起自己身为何物，又是如何腐朽。更让人慌张的是，我们身上断裂的茬口必然已经陈旧霉变不堪直视，谁瞟上一眼都会暗自战栗起来。

少年宝音的心事（外一篇）

梁　萧

1

一个深秋的早晨，气温有些薄凉，草木上露珠晶莹，山间浓雾缠绕。少年天蒙蒙亮就起床了，煮了奶茶，焐了炒米，喂饱了一匹马和两只羊，然后打开院门，望着巨人一样卧在那里的乌拉山，做出了一个重要的决定：去偷一只狗。

少年叫宝音，今年十二岁。要偷的狗是表哥巴特家的。巴特家离宝音家有三十里。三天前，巴特捎话来，叫宝音和妹妹萨仁去看他家阿尔斯楞新生的小狗崽，说已经满月了。阿尔斯楞是一只颜色灰黑的母狗，身形高大，鼻头和眼睛都湿润润的，模样俊美。

宝音和妹妹骑着枣红马应约而去。枣红马是爸爸的座驾。爸爸是草原上的医生，一个月前去旗里的医院进修了。

那天，宝音和妹妹萨仁到了巴特家，巴特迎出来说，你们俩有福了，是小狗崽见的第一批生人。宝音听着有点别扭，好像不是他们来看小狗，而是让小狗来欣赏他们。巴特比宝音大两岁，高出宝音一头，嘴唇上生着一层黑黑的小胡子，看上去是个大小伙子了。他独自一人在家，父母都在外地打工。巴特又看了看萨仁说，萨仁越来越漂亮了。六岁的萨仁没理他，面色沉静如水，好看的黑黑的眼睛望着别处。她的手紧紧地拉着宝音的衣襟。萨仁和别的孩子不一样，两岁那年一场高烧把耳朵烧坏了，从那以后，她那粉嘟嘟的小嘴，再没发出过任何声音。她像掉进了漆黑的井里，被黑暗和沉默包围了，没有悲伤，也没有欢乐。宝音特别疼爱萨仁，不容别人对她有半点轻视和侮辱。他身上有两处伤疤就是为了萨仁和别人打架留下的。

狗窝在院子东南角。狗窝旁边有一棵桂花树，白色的桂花正在盛开，香气隐隐地传过来，间或有花瓣打着旋落在狗窝上。宝音和萨仁在巴特的引领下，接近狗窝，在离狗窝三米远的地方站住脚。宝音还要往前，巴特伸出手拦住他，小声说，别离太近，下了崽的母狗赛老虎，护犊子，特别凶。宝音为了看得更仔细些，蹲下身子。萨仁也蹲下身子，紧紧地贴着宝音。再看那狗窝里，阿尔斯楞正享受着做母亲的快乐。它侧躺在柔软的散发着清香的干爽的谷草上，完全舒展开身子，腰腹处一字排开四只灰黑色的小狗崽，正一拱一拱地吃着奶。金色的阳光在它们灰黑色的皮毛上跳动。它们挤挤挨挨，闭着眼睛，吱吱有声地吸着母乳，短小的尾巴如同鞭梢甩来甩去。有一只小狗崽叼着乳头一动不动，好像睡着了，别的小狗崽撞它一下，它才如梦初醒，继续吃起奶来。

看了一会儿，宝音站起来，但他没能完全站起来，有一股向下的力量拉着他。是萨仁，萨仁还保持蹲着的姿态，小手紧攥着宝音的衣襟，把他向下拉。她的眼睛亮晶晶的，闪着异样的光彩，好像那里点了一盏灯。她指向小狗崽，嘴里发出一个含糊不清的音节。宝音看到她从来波澜不惊、一潭死水样的脸颊上有笑容在微微荡漾，像是有人投进了小石子。怔了好一会儿，宝音才渐渐明白，萨仁喜欢小狗崽。宝音第一次看见萨仁脸上露出笑容，并且说出一个音节。宝音想，如果小狗崽能让萨仁高兴，那可太好了，也许，萨仁从此变成一个活泼开朗的女孩。即使不会说，听不见，可活泼开朗也是好的。宝音暗暗打定了一个主意。

观赏完小狗，巴特把宝音和萨仁邀到葡萄架下的长条凳上。宝音为了达成目的，动用了全部的心思。他先是对巴特说了一些违心的奉承话，比如，他夸巴特又长帅了，像真正的男子汉了。其实，他对表哥那张脸毫无好感，那张脸有点夸张的长，两只眼睛也分得过于开了，还长了一脸的青春痘，像一头小种马。他又说巴特独自在家，把家治理得井井有条。其实呢，巴特把家弄得像牲口棚一样，他时常把一些小青年带到家里吸烟喝酒，彻夜狂欢。西墙角一堆烟蒂和酒瓶子就是证明。

宝音没有想到，好话说了一箩筐，当他刚刚把要一只小狗崽的意思稍微流露，巴特就断然拒绝了。巴特眉毛一挑，说，不行，这是纯种的牧羊犬，等你姑父也就是我爸爸年底回来，我让他给我买一群羊，过年春天，我就带着它们去放羊。宝音说，不是有四只小狗崽吗？巴特把种马似的脸转过来，看着宝音说，是呀，四只，四个方向，东南西北，哪个方向能少得了狗，咱们这儿最近闹狼，你也应该听说了。狼的事情宝音确实听说了。前几个月，有娃娃在草场边玩，大人在割草，就听娃娃哭喊，扭回头看，两只狼正拽着娃娃往乌拉山里跑，大人急忙拿镰刀去追，狼才丢下娃娃跑了，叼走了娃娃的一只鞋。宝音还不死心，说，不是还有阿尔斯楞吗，给我一只，加上它妈也是四只，正好四个方向。巴特有些不耐烦地说，阿尔斯楞得跟着我，寸步不能离，宝音，你不要想了，一只也不会给你的。宝音使出最后的撒手锏，打起亲情牌，说，你看到了吗，萨仁喜欢小狗崽，咱们是亲戚，萨仁是我妹，也是你妹，能不能——巴特抽动了一下嘴角，说，萨仁，哼，她知道什么是喜欢吗，她一个——话到嘴边，他又咽了回去，因为他看到宝音悄悄逼近他，呼吸急促，拳头紧握，牙齿已经龇开了，像看到猎物的阿尔斯楞一样盯着他。巴特脊背发凉，把嘴巴闭紧，不让后半截话溜出来。

宝音满腔悲愤地离开了巴特家。

回来之后，萨仁还是原先那个萨仁，木木呆呆，迟迟钝钝，脸像一块铁板生冷。宝音多想再从妹妹的脸上看到那一闪而过的笑容，那发自内心的欣喜，多想听到那音节，即使什么意义也没有，只是一个单纯的音节。

妈妈前年去世了。宝音清楚记得妈妈去世前让他照顾好萨仁。宝音是答应过妈妈的，他亲了亲妈妈的额头，妈妈才奔向了天堂。

宝音终于在三天以后的这个早上，下定决心去巴特家偷一只狗，确切地说是一只小狗崽。

2

宝音准备了一个柔软的布袋，在布袋上开了几个出气孔。他把布袋系到腰带上，牵着马刚要走出家门，奶奶悠长的呼唤传来，格——日——乐，格——日——乐，格——日——乐，声音婉转，一咏三叹。这声音乘着风和阳光跑进乌拉山，曲曲折折，滑过树叶，掠过草尖，不知飘出多远，撞到一块巨石，产生回声，又蹦蹦跳跳地钻出乌拉山，格——日——乐，格——日——乐，格——日——乐。如此往复，形成奇妙的音效。

自打出生起，宝音就常常听到奶奶这样对着乌拉山深情地呼唤。她在呼唤格日乐。格日乐是谁呢？是奶奶常常讲述的一个离奇的故事中的主角，一头毛色如同黑色缎子般的小熊。奶奶喜欢讲这个故事，更喜欢对着宝音讲。宝音听得耳朵都起了茧子。比如就在刚才，宝音端着奶茶和炒米进入奶奶的房间，浓烈的酒精气味立刻让宝音头晕脑涨。奶奶今年七十九了，是个酒鬼，每日里醉醺醺的，汗毛孔都溢着酒气。她常说她从十三岁就喝酒了，这一生喝的酒比赤木伦河的河水还多。有一次她病了，爸爸给她输液，她一把扯掉输液管，对爸爸说给她输一瓶白酒，病就好了。她没有一刻是清醒的，酒瓶就放在她的床头，不论昼夜，只要她想起来，就拿起酒瓶，用没了牙的满是褶皱的嘴噙住酒瓶，咕嘟喝一口。

果然，奶奶又喝醉了，床头的酒瓶已经空了。奶奶嘴角流着涎水，倚在被垛上打着呼噜，面色像猴屁股一样红，沟壑般的皱纹叠在一起。宝音把炒米和奶茶放到一张椴木桌上，刚要转身走，奶奶睁开眼睛，混浊的目光罩住宝音，吐着酒气叫道，宝音，我的孙子！宝音还要走，却动不得，大腿被奶奶用山榆木的拐杖勾住了。奶奶说，宝音，奶奶给你讲格日乐的故事，你没听过吧？宝音叫道，奶奶，我听过，听过一百遍了。奶奶说，我就知道你没听过。

宝音叹一口气，知道逃不掉了，索性坐在床边上。奶奶眯着眼睛絮絮叨叨讲述起来，故事时常被酒嗝打断，有些磕绊。在奶奶的故事里，她又一次回到六十多年前那个春天的傍晚，那时，她还是一个十二三岁的小姑娘，有着乌黑的秀发和鹅蛋般的脸庞，她的名字叫图娅。

故事是这样的。那个早春的傍晚，图娅和她的爸爸在乌拉山巡山。她的爸爸是护林员。天很冷，山上的积雪还没有融化，爸爸穿着羊皮袄扛着老火铳走在前面。图娅蹦蹦跳跳地跟在后面。突然，乌拉山北坡传来一声枪响，枪声在山里久久回荡。爸爸说，不好，有人偷猎。说完从肩膀上把火铳摘下来，端在怀里，向枪声响的地方跑去。图娅拔出插在皮靴里的一把短刀，紧紧跟着爸爸。短刀是爸爸特意为她定制的，这两年，她已经成为爸爸最好的帮手，抓过好几个偷猎贼。等他们跑到北坡，发现偷猎的人已经跑远了，一头小山一样壮硕的母熊倒在雪地上，胸前汩汩流着血，濡湿了毛发和身下的白雪。它喘着粗气，四肢抽搐着，过了一会儿，一动不动了。爸爸悲伤地叹着气。在即将离开的时候，他发现熊圆睁的永不瞑目的眼睛朝向几十米外的一棵老树。常年与动物打交道的经验提醒他，老树那里也许有母熊不舍的东西。爸爸走过去查看老树，发现老树根部有一个树洞，里面有一只几个月大的小熊。小熊对自己刚刚失去母亲的悲惨事实一无所知，还在呼呼大睡。图娅和她的爸爸把小熊抱回家。图娅精心地喂养小熊，它是一头小母熊，图娅给它起名叫格日乐，在蒙语中是光的意思。图娅和格日乐寸步不离，别人遛狗，她遛熊，威风极了。格日乐见风就长，不到两年已经长得一人高了，立起身子，头顶房梁，屋里容不下它了。

第三年的秋天，从西伯利亚来了一群狼，经常袭击草原上的羊群。有一天夜里，爸爸放牧没有回来。图娅带着格日乐去找，在草原深处发现爸爸和羊群被十几只狼包围了。格日乐冲上去与群狼撕咬到一起，一场血战，战到半夜，大败狼群，格日乐也浑身血迹。格日乐救了爸爸和羊群，图娅对它更亲了。

格日乐越长越大，身形像小山一样，走起路来大地咚咚直颤。图娅带着它走在草原上，牧民们纷纷闪避。爸爸劝说图娅把格日乐放还森林。他说，格日乐不是哪个人的，它是属于乌拉山的。图娅流着泪同意了。离别那天，图娅和格日乐紧紧拥抱着，难舍难分。

奶奶说她永远记得格日乐钻进乌拉山里的情景，一开始步子慢，走一步回头看一眼，后来，越走越快，发出一声惊天动地的吼声后跑起来，灌木丛似乎在它面前自动闪出了一条道路，迎接归来的丛林之王。最后，格日乐消失在乌拉山中了。

奶奶讲完，眼睛转到窗外，看着晨光里黑魆魆的神秘的乌拉山。宝音问了一个埋在心中很久的问题，奶奶，你整日呼唤它，它回来过吗？奶奶神秘地一笑，说，当然回来过，它回来过三次，第一次是它走后的第二年，带了一间房子那么大的蜂巢给我，里面都是蜂蜜，第二次是它走后的第十五个年头，它带着它的女儿来看我，第三次是二十年前，它像我一样老了，毛都白了。

奶奶陷入沉思。宝音趁机离开，刚要起身，发现奶奶的拐杖还勾着他的大腿。宝音说，奶奶，酒没了，我去给你买酒。奶奶瘪着没牙的嘴，笑了，松开拐杖说，好孙子，买度数高的，现在这酒水拉拉的，劲头不大。

宝音骑上枣红马，踏上去巴特家的路，身后又传来奶奶唱歌似的呼唤：格——日——乐，格——日——乐，格——日——乐！那声音像一条绳子在马屁股后追着他。宝音加速，终于听不见了，只有飒飒秋风过耳。

3

要想顺利把小狗偷到手，必须逾越两个障碍，一个是巴特，一个是阿尔斯楞。这是宝音趴在巴特家院墙外的一处草丛里思索的问题。他把马拴在了村外的一片沙棘林里，让它在那啃食沙棘果，自己悄悄进了村。他隐藏在这里已经有两个小时了。他忍受了虫蚁的叮咬和一条花带子蛇慢慢滑过去所引起的惊恐。他把自己想象成一块石头，不发出任何声响，以免惊动院子里的巴特和阿尔斯楞。他潜伏在草丛里，偶尔抬起头，透过一个豁口观察院子里的情况。

巴特真应了那句古老的谚语：穷汉子得个驴，日日夜夜地骑着。从宝音到达这里的两个小时里，巴特以阿尔斯楞为中心，不停地忙碌着。他一会儿给阿尔斯楞切冻鸡肉，一会儿给阿尔斯楞用蜂蜜沏刚提上来的清凉的井水，一会儿清理阿尔斯楞的粪便，一会儿给阿尔斯楞梳毛。有时什么也不做，只是盯着阿尔斯楞和小狗崽看，那眼神里爱意流淌，好像那四个瞪着小眼睛、只知道吃的小东西是他的孩子。

阿尔斯楞呢，除了像个王后一样享受巴特的侍候外，就是给小狗崽喂奶。偶尔，阿尔斯楞会离开狗窝，直起腰身，警戒地环视四周。它非常敏感，任何风吹草动在它看来，都是对它孩子的威胁。一只长尾巴鸟落在墙头上，一只松鼠跑过墙根，它都要龇着白牙，大吼大叫，追上去，踢土扬烟，把它们吓跑。

目前的情形看，宝音要想偷到小狗崽，比在母鸡屁股底下偷蛋的难度都大。他告诫自己要有耐心，恰当的时机总会出现的。

临近中午，一个叫朝鲁的小青年来找巴特。宝音认识朝鲁，以前跟着巴特和朝鲁一起玩过。朝鲁和巴特两个人面对面站定，递烟递火，像两个老手烟民一样吞云吐雾起来。朝鲁说，旗上新开了一家超市，咱们去耍耍？巴特说，不去，我得在家照顾阿尔斯楞呢。朝鲁说，去超市正好给阿尔斯楞买点狗粮。巴特还有些迟疑。朝鲁又说，你家阿尔斯楞跟母狼似的，谁要打它的主意，真是不想活了。巴特朝四周望了望，望到宝音藏身的地方似乎停了下来。宝音赶紧缩紧身形，压低身子，恨不得变成蚂蚱钻进草缝里去。宝音听到巴特说，那好吧，咱们快去快回。然后是锁院门的声音，巴特和朝鲁出了院子。

宝音轻轻松了一口气，巴特离开了，少了一个障碍。可更大的障碍还在。宝音摘一朵蒲公英花放在嘴里咀嚼，汁液飞溅，口腔里立刻苦涩了。他脑子飞速地旋转，想到只有两条路可走，一是强攻，用最快的速度跑过去，从阿尔斯楞奶头底下抢一只小狗崽出来。宝音对自己的速度还是非常自信的，他是学校八百米的冠军。可一看到阿尔斯楞牛犊子一样的身形，锋利如匕首的牙齿，他马上就否定了自己的想法。剩下一条路就是智取。可怎样智取呢？你不能指望遇到和巴特一样的方式，来一条公狗或者一条母狗把阿尔斯楞勾引走。现在的阿尔斯楞无欲无求，全部的心思都在小狗崽身上。

宝音苦苦思索。吃到第八朵蒲公英花时，嘴巴都发麻了，他看到了狗窝旁边满树繁花的桂花树。这不重要，重要的是他看到这棵桂花树的枝杈旁逸斜出，有一截手腕子那么粗的伸到了墙头上。这样，墙头和狗窝之间就有了一座桥。

宝音轻轻活动活动手脚，长时间地蜷缩在草丛里，手脚已经酸麻。他现在的位置是南墙，桂花树伸出来的位置在东墙，离他大约五十米远。他弯腰低头，贴着墙根溜到桂花树伸出来的东墙外。在拐过墙角的时候，他落脚的动静稍微大了些，阿尔斯楞狂吠起来，他赶紧屏声静气，身体像壁虎一样贴到墙上，一动不动。阿尔斯楞叫了一阵子，没觉察出什么异常，才喉咙里像烧开水似的呼噜了几声，不叫了。

宝音现在和桂花树、阿尔斯楞以及它的孩子们只有一墙之隔了。他能听到阿尔斯楞哺乳的声音，甚至能听到桂花树上的花瓣落到狗窝顶上的声音。他更是无比清晰地听到自己的心跳，像一面鼓似的撑起胸腔，要从里面蹦出来。他按了按自己的胸口，定了定神，给自己打气。他设想的动作要是完成顺利，只要几秒钟，不待阿尔斯楞反应过来，他已经揣着可爱的小狗崽逃之夭夭了。他告诫自己一定要快，不能拖泥带水，否则出了差错，比母狼还凶狠的阿尔斯楞会撕碎了他。

宝音捡起一块鹅蛋大的石头装进兜里。他轻轻地用手扒住墙头，一用力，身子向上蹿，跃了上去。他从来不知道自己是这么利落，像一片树叶，像一片花瓣，神鬼不知地落在了墙头上。他手扶着桂花的枝杈，身体掩在枝叶里，墙里的情景尽收眼底。阿尔斯楞是经典的哺乳姿势，斜躺着，四只小狗趴在它的腰腹处。阿尔斯楞眯着眼睛，身体因为四只小狗的顶撞和咂吸，像水波一样荡漾，嘴里发出痛苦或幸福的呻吟。宝音真有点不忍心打扰其乐融融的阿尔斯楞一家，但是为了妹妹萨仁，他不得不这么做。他掏出石头，向着院子的西北角奋力扔去。石头在空中飞行一段，啪嚓一声发出脆响落地了，应该是砸到了酒瓶子上。如宝音所料，这招调虎离山计马上见效，阿尔斯楞听见声音，立即扬起头，竖起耳朵，起身，吠叫着冲出狗窝。因为冲得太猛，一只没能及时吐出乳头的小狗崽被带出狗窝，在阿尔斯楞腹下弹了几弹，掉到地上。宝音一看，大喜过望，急忙顺着桂花枝蹿到桂花树上，用双脚勾住一根枝杈，头朝下，像小猴子捞月亮似的一下子把那只小狗崽捞了起来。等手触到小狗崽那柔软的皮毛，宝音几乎高兴得热泪盈眶了。但他没有一点时间激动，他能想到阿尔斯楞冲过去发现并无什么异常，只是如鸟和小松鼠一样的常规骚扰，就会立即拨转狗头，回到小狗崽身边。如同人类中初当母亲的年轻妈妈，她们忍受不了和孩子的片刻分离。宝音把小狗崽搂在胸前，双脚用力，腰一挺，翻身上了桂花枝，顺着枝子到了墙头，从墙头上一跃而下，撒腿就往村外跑。

这回他顾不得什么了，让两只腿像车轮一样疯狂地滚动起来。热血上头，他认不得路了，只知沙棘林大致的方向。他还来不及把小狗崽装进布袋，就那么搂在胸前，狗的绒毛抚弄着他的胸口，小狗崽特有的腥气冲进他的鼻孔里。他跑出了在学校比赛时最后阶段的冲刺速度。他像风一样从村中刮过。世界在他的眼中变形了，动荡不安了，树跳起来了，房屋像橡皮泥任意变换形状，小路像河水一样曲折漫漶。他惊了一群中午回家喝水的牛，把一个背着一垛青草的老人撞了个四脚朝天。

几个七八岁的孩子看到他，停下手里正玩儿的游戏。有认识他的喊，宝音宝音，你跑什么，是屁股后边着火了吗？等看清了他怀里的小狗崽，几个孩子就拍手唱起来：羞羞羞，把脸丢，不偷人家羊，不偷人家牛，就偷人家的小狗狗……

4

宝音一口气跑到了村外的沙棘林里。枣红马看见小主人回来了，很兴奋，对着宝音直打响鼻，喷了他一脸的沙棘果汁。宝音顾不得擦脸，扶着它的背，大口喘气。

歇息片刻，呼吸稍稍平稳，宝音把小狗崽装进布袋里。小狗崽不老实，在布袋里一边叫一边挣扎。布袋上有一个出气孔剪得大了些，小狗崽就把头从那儿钻出来。它把头钻出来，宝音就给它按回去，它又钻，宝音又按，如此反复，小狗崽有点爱上这个游戏了，宝音却不能多耍了，把布袋系紧，挽个扣，挂在脖子上，骑上马踏上回家的路。

路从草原中间蜿蜿蜒蜒伸向远方，看不见尽头，像是消失在了草原上。秋天的草原像极了一大块五彩斑斓的大毛毯。草原上的草正在由翠绿变得鹅黄，盛开着各种颜色的花朵点缀在它们中间，随风轻轻地摇曳。草原一侧的赤木伦河的河水在阳光的照耀下闪着金色的光芒，静静地流向远方。一户人家升起了袅袅的炊烟，那炊烟扶摇直上，到了天上和白云汇在一处。有蒙古族汉子的歌声传过来，粗犷豪放，质朴高亢，却看不清唱歌的人在哪里。

宝音边走边欣赏美景。路过一家杂货店，宝音想起给奶奶买酒的事。要是忘了买酒，奶奶会没完没了地和他纠缠。他跳下马，进了杂货店。店主是个名叫宝力德的小老头，有通红的酒糟鼻子和常年布满血丝的小眼睛。他有个女儿叫奥登，和宝音一般大小，像草原上的杜鹃花一样漂亮。宝力德每次见到宝音都说要把女儿嫁给他。宝音不当真，因为他听到宝力德对每一个到他店里来购物的年轻的男子都这么说。

宝音进了店门，宝力德说，小马驹，给你奶奶买酒吗，这次新到的酒比蜜还好喝呢！宝音点点头。宝力德拿起一瓶酒递给宝音。宝音付了钱。要离开的时候，宝力德看到了宝音脖子上挂的布袋子，就伸出手捏了捏。小狗崽吱吱叫起来，头从出气孔里钻出来。宝力德眼睛一亮，说，宝音，把小狗崽给我吧，我把它养大了替我看门儿。宝音说，那可不行，这是给我妹萨仁的。宝力德从柜台里一通翻捡，拿出好多吃食，说，这些给萨仁，你把狗给我，这几天夜里总有野牲口在我门前来来回回地走，吓得我一夜夜地睡不着啊！宝音知道他说的野牲口是狼。宝音还是不松口。宝力德又笑眯眯地说，宝音，咱们是一家人，等你长大了，我就把我家奥登嫁给你。宝音说，那也不行。说完，转身就跑了。身后传来宝力德的骂声：臭小子，小气鬼，连个小狗崽都不给我，想娶我女儿，门儿都没有……

离开杂货店，又走了一段路，掉凉风了，天边起了一层黑云，有隐隐的雷声传来。宝音双腿一夹马肚子，快跑起来。

那乌云像被人驱赶着，跑得比宝音快多了，一会儿就到了宝音的头顶上。天色阴暗，乌云像开了锅似的翻滚起来，雷声由沉闷变得清脆，风也变得湿润了。一个炸雷，天地为之一凛，豆大的雨点落下来。雨点落在地面上发出子弹一样的砰砰声。风也猛烈地刮起来，草全被吹得倒伏在地皮上。雨越下越大，打得人睁不开眼睛。风越刮越急，几乎在马背上坐不住了。

宝音硬着头皮往前走了一段，到了乌拉山下，雨大风急，枣红马也脚下打滑，实在不能走了。宝音下了马，四处打量，寻找避雨的地方。宝音想起去年到乌拉山上采蘑菇，发现了一个供护林员休息的铁皮房。他牵着马上了乌拉山，一进乌拉山，雨和风都小了，似乎被挡在了巨大的树木笼罩的世界外面。整个乌拉山绿意葱茏，透着雨水冲刷过的干净和清爽。树底下小伞似的蘑菇肥白鲜嫩。各色的野花这一处那一处地开放，像星星布满天空。

走了不远，离开路不到二百米，宝音就发现了铁皮房。宝音把马拴在一棵枝叶茂密的山榆树底下，怀揣着小狗崽进了房子。经过了大半日的紧张刺激的冒险，又挨了雨淋，宝音又渴又饿，浑身湿漉漉的像从赤木伦河里捞出来的。他知道这样的铁皮房里都会预备些吃的喝的。他在房子里搜索起来。果然，房梁上吊着一个绿色军用水壶和一小袋牛肉干。他摇了摇水壶，有清澈的水声传出来。他赶紧拧开壶盖，大口地喝起来，恨不得一下子就把壶里的水全倒进肚子。天啊，可是那哪里是水，分明是酒，刚才太急切了，根本没闻出味道。看情形，护林员当中，像奶奶一样的酒鬼也不少。来不及吐出来，壶里一大半的酒都进了宝音的肚子。他是第一次喝酒，先是感觉舌头发麻，辣得像风雨中的树叶抖动，然后那酒像岩浆一样从喉咙滑进胃里，每向下一点，都会有吱吱拉拉的烧灼感，等到了胃里，瞬间就着了火。那火又从汗毛孔里钻出来，宝音的身体整个都燃烧起来了。

起初的不适感消失后，他感到身子暖了，寒意被赶走了，有热气升腾起来。酒真是好东西，怪不得那么多人迷恋它。他又从袋子里拿了几块牛肉干，咀嚼起来。

几块牛肉干下肚，胃里就熨帖多了。只是头大了一轮，晕乎乎的，身体直晃。他站立不稳，只得坐下来。他看了看布袋里的小狗崽，它一点也没受委屈，在宝音的呵护下，闭着小眼睛，睡得正香。雨滴打在铁皮房上发出嘭嘭嘭嘭的声音，偶尔夹杂一两声树枝断掉的咔嚓声。宝音酒劲儿上涌，眼皮黏到一起，迷糊起来……

在即将失去意识的一瞬间，他有些得意，想自己比奶奶厉害，奶奶十三岁开始喝酒，他从十二岁就开始了。

不知过了多长时间，宝音醒过来，发现光线昏暗，已经是黄昏了。他站起来，头还有些微微的痛，感觉胸前空荡荡的，布袋子里的小狗崽不见了。他急出一身冷汗，赶紧在房子里找，翻遍犄角旮旯也没有。他出了房子，发现外面的雨停了，整个乌拉山都水淋淋的了。树林里光线幽暗，勉强能够看见东西。他知道小狗崽跑不太远，就以房子为中心找起来。他找得很仔细，拨开一簇簇荆条，翻开一丛丛野葡萄，甚至连地面上沉积多年的棉絮一样的松针落叶都没放过。终于，他在一株野牵牛底下发现了小狗崽。它藏身在一朵朵怒放的紫红色的牵牛花下面。宝音松了一口气，把它抓起来，重新放进布袋，系住口。在抓的过程中，宝音遭到了小狗崽的抵抗，它缩紧身子，企图躲避宝音的手，还回过头要咬他。宝音有点纳闷，才过半日，小狗崽就变野了。

下了乌拉山，回到路上，太阳已经收回最后一缕光线，黑暗正像一块幕布缓缓地拉过来。宝音想着趁天黑之前得回到家里，拍了马屁股几下，跑起来。

5

回到家，天都黑透了，乌拉山像一大团墨融在黑暗中，静默地立在那儿。宝音家是这里唯一的住户，别的村民都搬走了。奶奶恋着老宅，不肯搬。屋里亮着灯，灯光如同黑暗中点燃的一小撮火把。宝音把马拴在石槽上，进了屋。奶奶正在给萨仁一边编辫子，一边唱歌。昏黄的灯光下，她的头上如霜雪覆盖，跑风漏气的嘴里响起传唱千载的歌谣：成吉思汗的两匹骏马，圣祖还在等着你回家，回家喝了这杯酒，和你一起驰骋，一起驰骋天下……

奶奶看见宝音，停止了歌唱，说，酒呢，没有酒，我这一天过得可苦了？宝音把酒递给奶奶，奶奶接过去，迫不及待地喝了几口。喝完，满意地咂咂舌。

宝音把布袋慢慢解开，郑重地把小狗崽掏出来，让它暴露在灯光下。小狗崽有些畏畏葸葸，眼睛受到灯光的刺激眯起来，四肢蜷缩，身体微微地抖动。宝音把小狗崽推向萨仁，说，这是你的了。可是萨仁并没有表现出初次见到小狗崽时的兴奋，而是畏惧地向后闪了闪。宝音有些纳闷，再看那小狗崽，发现有些不对劲儿，比如毛的颜色，耳朵和嘴巴的形状，尾巴的长短，似乎都和他从巴特家偷的小狗崽不一样。正疑惑着，奶奶放下酒瓶，看清了小狗崽，大叫一声：好孙子，你把什么带回来了？宝音说，巴特家的小狗崽呀，阿尔斯楞生的。奶奶说，这是野牲口的崽子，孙子，咱们家大祸临头了!

　　宝音还在发怔,奶奶花白的头静止不动,仔细地听了听外面,然后把灯关了。屋里和外面一样黑暗了。黑暗中,奶奶的声音浮起:快去把院门关好。宝音隔着屋门,看见院子里,黑暗中有几双绿荧荧的眼睛,像小灯笼晃来晃去。宝音吓得赶紧撤回来,说,奶奶,来不及了,它们来了。奶奶不说话,只听见她大口喝酒的声音。那声音像是什么东西掉进了井里,咕咚,咕咚。

　　这时候,月亮升起来了,银盘似的月亮,明净如洗地悬在空中。黑暗中的万物都显现出来。水银似的清辉在小院里流淌,恍若白昼。院子里的一切都看得分明了。院子里一共有三只狼,两只体形大些,一只体形小些,一只坐着,一只卧着,一只来回走动。它们占领了院子。它们的唇齿间也许残留着食物已经腐烂的残渣,它们的毛发也许又长又肮脏,它们的尾巴上也许沾着粪便,院子里因此充斥着浓重的腥臭味。

　　枣红马受到惊扰,打着响鼻,不停地弹动蹄子,石槽被缰绳拽得嘎吱嘎吱响。宝音在心里暗暗着急,期盼着枣红马赶快逃掉。终于,枣红马嘶鸣着挣断缰绳跑出了院子。宝音暂时忘记了恐惧,为枣红马高兴。再没什么可担心的了,羊前几日下了小羊羔,被宝音牵到了屋里。

　　院子里静下来,只有狼细密的脚步声和月光流动的声音。蓦地,一只狼伸长脖子对着月亮嚎叫起来,凄厉悠长。然后,其余的狼也叫起来,彼此唱和。皎洁的月夜被它们叫成了惨白而瘆人的夜晚。通常这样的夜晚都会有不好的事情发生。

　　奶奶喊道,宝音,快把狼崽子从窗缝扔出去。宝音还在迟疑。

奶奶说，摔不坏的，狼是铜头铁脚。宝音抓起狼崽从窗缝扔了出去。他清楚地看到，一只狼用嘴接住在月光中飞行的狼崽子，把它轻轻地放到地上。另外两只狼也过来，嗅了嗅狼崽，亲昵地蹭蹭它。

奶奶拿拐杖敲着窗户，叫嚷道，走吧，都走吧，从哪儿来的回哪儿去。

但是，狼还不走，继续嚎叫。叫了一阵，它们的行动变本加厉起来。体形小的那只狼跳到窗台上，歪着头耷拉着舌头瞧着屋里。看得出来，它很瘦，好几天没吃东西的样子，骨头在皮下支棱着，瘪着肚子。体形大的两只狼不见了。不一会儿，房顶上传来撕扯油毡布的声音。房梁上的土簌簌地掉下来。屋里充满了陈年的土腥味。整个房子都颤抖起来。这样下去，用不了多久，房顶就会被它们扒出一个豁口，它们就从天而降了。

奶奶把酒瓶子咣当地一扔，说，莫慌，莫慌，它们来了，也是先吃我这把老骨头，不过，它们最稀罕你们这些细皮嫩肉的娃娃。声音中带着明显的醉意。酒瓶子滚到墙角，空了，她把一瓶酒都在不知不觉中喝掉了。宝音有些怪奶奶，天都塌下来了，还有心情喝酒。不过，这也许是她这一辈子能够喝赤木伦河的河水那么多酒的原因。宝音又觉得奶奶有些可怜。月光下的奶奶那么瘦，那么小，一件宽大的袍子晃晃荡荡地罩在身上。酒在她体内泛滥，主宰了她，她强撑着拐杖，身体以拐杖为中心画着弧。终于，她撑不住了，把拐杖扔了，坐在地上，打起盹。宝音把奶奶扶起来。奶奶嘟囔着说，宝音，我没喝多，把我那短刀拿来，我把这些野牲口的头割下来。也许她早忘了，短刀三十年前就被她换酒喝了。

宝音决定主动出击，虽然冒险，总比在屋里坐以待毙强。他拿起奶奶的拐杖。拐杖是山榆木的，是爸爸多年前从乌拉山上给奶奶砍的，一米多长，光滑润泽，坚硬如铁。这是打狼最应手的武器。老猎人都说，狼是铜头铁脚豆腐腰，打狼就打它的腰，那是它的要害，就像蛇的七寸。宝音掂着手里的拐杖，想象中它摧枯拉朽一般扫断狼的腰，狼拖着后半身，像拖着一袋垃圾，悲鸣着逃进乌拉山。

　　两只狼撕扯房顶的声音越来越清晰，随时可能把房顶掀开。跳上窗台的那只狼把脸贴在玻璃上。宝音甚至能看清它流着长长的涎水。

　　格——日——乐，格——日——乐，格——日——乐，奶奶真是添乱，她又对着乌拉山呼唤起来。苍老的声音像一群鸟，从屋子里扑拉拉飞出去，在月光下扇动羽翼，飞进乌拉山。格——日——乐，格——日——乐，格——日——乐。奶奶一声接一声地呼唤。声音逐渐嘶哑，仍竭力发出。叫到后来，也许每个字都带着血丝。

　　乌拉山巍然肃穆，除了从山上刮下来的风，什么也没有。

　　房顶被撕开了，一股冷风灌进来，一只毛茸茸的狼腿伸进来，一只露着尖牙的狼嘴拱进来。宝音还看到了天空中一闪一闪的星星。那星星异常明亮，让人心生温暖，就像妈妈的眼睛。她注视着宝音，抚慰着宝音，宝音感到不再惊恐了，一种骨子里的绵延千年的蒙古族勇士的力量从他的身体里迸发出来。不能再迟疑了，再迟疑下去，狼就会跳进来伤害奶奶和萨仁了。宝音手持拐杖，打开屋门，走进院子，走进如水的月光里。

　　三只狼迅速围过来，像围猎一只黄羊那样围住宝音。它们低低地咆哮着，鬼火般的眼睛和闪着寒光的牙齿对准宝音，随时准备把这个小人撕碎，大快朵颐。宝音则慢慢转动身子，拖着拐杖，瞄准狼们微微弓起的腰。

这时，乌拉山上传来一声巨大的吼声，吼声震得窗棂嗡嗡直响，震得一群夜鸟仓皇起飞，震得月光泛起波浪。宝音循声望去，一个小山一样的黑影拨开树木，沐浴着月光，慢慢走来……

一切都静止了，仿佛陷入永恒。只有奶奶翕动嘴唇，轻轻吐出三个字：格——日——乐。

吃板糖的学问

1

5月最后一个星期五的黄昏，我们一家沉浸在昏天黑地的悲伤里。

我们一家包括我、大平和妈妈。奶奶与我们生活在一个屋檐下，我却没把她算作我们一家。此刻，她也游离在我们的悲伤之外。她甚至比往常高兴。我能看到她的笑容在核桃皮似的皱纹里隐隐地浮上来。她也许认为降临到我们身上的悲伤是必然的，理应早该如此。我们一家也不包括梁建设，从昨天他的同事来我家说了那件事后，我就把他从我们一家排除了。现在，想起梁建设，我只有深深的恨意。可是以前，我是多么爱他。他高高的个子，金丝边眼镜和在县城的教师身份，都是我在小伙伴们面前炫耀的资本。

太阳在西天边烧起来了，像火狐狸溜过去点着了一堆稻草。我们能闻到那种烟火的味道，有一点苦涩和呛人。阳光变软了，透过榆树枝叶的缝隙落在院子里的青石板上，光斑连缀起来，像一匹华美的豹子。院子西边的花池里栽着各色花，有红牡丹、白芍药、黄玫瑰、粉蔷薇。东边墙角的一棵杏树挂满果实，散发着诱人的香味儿。

我没有一点心情欣赏，对果实也没了兴趣。虽然前天我还在杏树底下敞开肚皮，吃到撑为止。我被未来要发生的事情击溃了。它超出了我的承受范围。

我无助地望向大平。我们是双胞胎，今年八岁了。大平只比我大十分钟，却比我老练成熟得多。他在生活中处处护着我，是我的主心骨。夜里撒尿，我不敢单独去，都是他陪着我。这只能说，有些人天生就是当哥哥的材料，比如大平。此时，大平坐在窗台下的一个石凳上，苦着脸。见我看他，他立即打起精神，咬了咬厚嘴唇说，二平，不要着急，办法总会有的。我们有着一样的肥厚温润的嘴唇。奶奶讥笑我们是驴嘴唇。起初，我们是伤感的，彼此嫌弃地看着我们的厚嘴唇。后来，我们不以为然，对着奶奶，摇动肥厚的嘴唇，让嘴唇发出扑噜扑噜像摩托车排气管一样的声响，让唾液从嘴唇间的缝隙喷出。奶奶边躲边拉长声调唱歌一样地喊，不好了，不好了，狗浪跑断腿，驴浪吧嗒嘴，我家的小驴驹子骚情喽。

我想起昨天夜里的事情。昨晚，我睡得不好，在床上翻来覆去。屋里有些闷，窗户开着，有小股的凉风从那儿吹进来。我在寂静中听到了外面黑暗中的响动。树枝轻轻地拍打着房屋。牲口棚里的小羊静静地吃着草。杏子从枝头掉下来，栽到松软的土地上。我还听到了抽抽噎噎的哭声。哭声时断时续，在夜晚变得飘忽不定，让人断不准它的来源。

我问大平，昨晚是你哭吗？大平愤怒地从石凳上弹起来，说，我没哭，小女生才哭呢。我满怀悲悯地看着他豆芽菜一样纤细的身体，就像看着我自己。曾经承载着那么多欢乐的身体，现在正被痛苦一点点压弯。

妈妈平静地做着一切。她向院子里洒清水，压住尘土，也让清凉在院子里弥漫。她把衣服泡了一大盆，两只手浸在洗衣粉泡沫里奋力搓洗。她如往昔一样穿着湖蓝色的连衣裙。那是全村最漂亮的裙子。她像浸在一汪幽深的水里。又直又黑的头发从她白皙的脸颊垂下来。阳光在她小巧的下巴上打出暗褐色的影子。

她尽力不看我们，只是做活。当她偶尔看我时，我知道，她的平静是伪装的。我们目光接触的一刹那，她的眼里有泪水要溢出来。对视几秒后，她马上低下头。低垂的白皙的脖颈，身体大幅度地摆动，都显示着她在多么用力地做活，和多么用力地抑制住自己的悲伤。

这个黄昏，悲伤像一床厚厚的被子，把我们压住了。我们无法摆脱，只能感受着它的重量，艰难而缓慢地蠕动。

以前不是这样的，从前的月末星期五的黄昏是多么欢乐啊。我们像迎接节日一样迎接它。我们隐忍地度过那么多琐碎无聊的日子，都是为了等待月末星期五黄昏的欢乐呀。

2

欢乐的源泉是每个月末星期五的黄昏，梁建设从县城的学校回来了。我和大平从早晨开始就激动不已了。那一天，平时让我们心仪的女生在我们眼里失去了魅力。惹我们生气的男生，我们都宽宏大度地不再计较。

梁建设回来让我们高兴的原因有两个：一是我们终于有爸爸了。梁建设不在家的日子，我们是多么孤单和羸弱。我们和别的孩子发生矛盾时都不敢有过分举动。只要过分一点，那个孩子就会哇哇哭着回家把他爸爸叫出来。那个膀大腰圆一腿黑毛趿着拖鞋的男人跑到我们面前，用要吃掉我们的眼神瞪着我们。我们只能赧着脸微笑着说，叔，我们是逗他玩呢。然后，一溜烟地跑开。让我们羡慕的还有，别的孩子都有爸爸带着一起玩耍。那些孩子，他们坐在自行车后座上，揽着爸爸粗壮的腰，还不时地回过头来对着我和大平甩眼风。

爸爸，多么奇妙的生物呀！我们渴望他，喜欢他身上的一切。他们的粗糙邋遢愤怒沉默都让我们为之着迷。他们身上的烟草味儿酒精味儿甚至是汗酸味儿都让我们欢喜不已。

实际上，梁建设和那些乡村爸爸不一样。他面容白净，说话斯文，不嗜烟酒，头发上总有好闻的洗发水味儿。他是十里八村公认的美男子。我发现连我们班主任说起梁建设都一改往日凶悍的样子，笑呵呵地说，大平二平，你们的爸爸是不是今晚回来，我这儿有一道数学题你带回去，让他帮着解一解。说完把纸条递给我们，不好意思地低下头。三十多岁的人，脸上竟然呈现了怀春少女的娇羞。她也许已经沉浸在周一早上，看着我爸在纸条上做的字迹俊美、思路清晰的答案时幸福心情的幻想中了。

二是梁建设每次回来都买来一大块板糖。有时，我和大平对板糖的渴望甚至超过对梁建设的渴望。如果某些特殊时刻，我们听到妈妈说，学校考试，你们的爸爸这个月不回来了。我们就异口同声地说，那让他把板糖用客车捎回来。板糖太好吃了，好吃到我们在梦里都会笑醒。板糖是糯米做的，方方正正，一寸厚，乳白色，一面沾着一层白芝麻。吃起来口感细腻，脆而不硬，又甜又香。那甜不咸不䐀，是柔软的甜，温和的甜。吃完三天，舌头一舔齿缝，还能品尝到丝丝的甜。那香不肥有腻，是那种醇厚的香，纯净的香。吃完三天，一张嘴，口气还是香喷喷的。

　　每到月末，梁建设要回来的日子，我和大平的口水就格外旺盛起来。通常的情况是，伴着傍晚的余晖，我和大平跑出村子，穿过一片麦田，去迎接梁建设。麦田在夏天生长着一望无际波浪般翻滚的麦子。秋天，小麦收割后，这里种上了向日葵。冬天，这里则被皑皑白雪覆盖。

　　过了麦田，走上一道土坝，等一小会儿，就会看见一辆客车轰隆隆开过来。梁建设从车上下来，手里提着板糖，迈着轻快的步伐走来。天高云阔，四季游荡的风在田野上吹拂。梁建设背后是迷幻般的暮色。一个月的期盼终于实现，我们向梁建设跑去。我一个猴蹿蹦到梁建设怀里。他抱住我，向后一趔趄，站稳以后把板糖交给大平。大平接过板糖，贴在胸口，像抱住盾牌，冲锋陷阵般抢在前头。

　　有一段时间（那段时间可以称为我和大平生命中的至暗时刻），我和大平走在路上就迫不及待地吃起板糖。我们没有耐心一层层剥开板糖的纸质包装，而是一下子粗暴地把包装纸撕碎。我们用脏乎乎的手把板糖掰开，急不可耐毛毛糙糙地吃起来。用奶奶的话说，我们是饿死鬼托生的。不一会儿，我们的脸上，身上，手上，都变得黏腻了，芝麻粒到处都是。偶尔，我和大平还会因为谁多谁少的问题打一架。那时，我们就像两只肮脏的精力充沛的小狗，为了抢一块肉骨头猖猖狂吠，用仇恨的目光瞪着彼此。我甚至忘了大平的种种好处，气咻咻地想，我怎么会有哥哥，纯属多余。梁建设在旁边摇着头，双手一摊，管束不了我们。梁建设脾气好，很少有生气的时候。这也是他和那些乡村爸爸不一样的地方。

后来，妈妈改变了我们的坏习惯。她告诉我们一定要把板糖带到家里再吃。吃前，她让我们洗净手和脸，在我们胸前系一块洁白的手帕。她支上餐桌，铺上雪白的桌布。她把板糖放在桌布上。这时的板糖就变得可敬起来，让我们感到以前的做法都是对它的亵渎。妈妈把板糖的包装纸一层层翻开，翻开后，并不把包装纸拿走，而是摊平放在板糖下边。然后，她拿来水果刀，小心地把板糖切成小块，再用牙签扎起来，递给我们。她告诫我们慢慢吃，仔细品尝，一粒芝麻也不要掉。我们正襟危坐在桌前。我们吃的时候有一点点紧张和害羞。去掉了性急和慌张以后，我们终于品出了板糖的香和甜。以前我们是猪八戒吃人参果，囫囵吞下去了，根本没品出味道。有时，吃的时候还伴随着怒火和委屈，更无暇顾及板糖的美妙了。以前我们吃时，大声地咀嚼，响亮地吧唧嘴，板糖渣子伴着唾液顺着嘴角流出来。现在，妈妈让我们轻轻嚼，慢慢咽，声音就小多了，有的声音还没出口腔就消失了。

在妈妈的教导下，吃板糖成了无比美妙的一件事。在吃的过程中，我们品尝出了食物的好，还明白了缓慢耐心彬彬有礼是多么重要。

妈妈对我们的改造是全方位的。那阵子，我和大平像两个小野人，衣服布满污渍，学习成绩下降，并且还抽了村子里不怀好意的大人给我们的香烟。奶奶管不了我们，只是跺着脚骂。妈妈来了以后，我们衣服干净了，饭菜可口了。我们的顽习被改掉了。也许将来会成为二流子的两个小男孩，被改造成两个小绅士，两个女生都喜欢的厚嘴唇的帅气小男生。我们成了全村孩子的典范。茶余饭后，那些乡村爸爸在教训自己的儿子时，就会用恨铁不成钢的口气说，你看人家梁建设那两个儿子，再看看你们，一坨狗屎。

3

这一切都是妈妈来了以后发生的。以前，妈妈不是我们的妈妈，妈妈是我们的小姨。一年前，我们的妈妈发生车祸，去世了。那时，我们还不知道失去妈妈意味着什么。安葬了妈妈以后，梁建设仓皇失措，在学校和家之间来回奔波。一向注重外表的他，头发如杂草般生长，胡子拉碴，满脸倦容。

我们从别人怜悯的眼神和我们自身的遭遇中知道了失去妈妈是多么可怜。我们穿着长时间不洗、散发着霉味的衣服，脸上黑一道白一道，肚子饥一顿饱一顿。奶奶沉迷在她的"事业"里，无暇照顾我们。当我们在外边疯跑一天，回到家里，屋清灶冷，再没有可口的饭菜等着我们。我们夜里蹬掉了被子，再没有人帮我们盖。我们生病了，再没有人嘘寒问暖，煮鸡蛋或者熬姜汤。

有一天放学，还没走进院子，就看见烟囱里飘出蓝色的炊烟，同时闻到了饭菜的香味儿。我们跑进屋，只见一个女人在灶台前忙碌。光线朦胧，腾腾热气中，我们看到那就是我们的妈妈。我们冲过去，一左一右抱住她，喊着妈妈妈妈。她揽住我们，柔声说话，我们才看清是小姨。她和妈妈长着极其相似的面庞，神情动作也完全一样。我们从此认定，小姨就是我们的妈妈。

那个月末，梁建设回来，看到小姨，吃惊不小。他听到我们叫小姨妈妈，就严肃地说，大平二平，你们不能叫小姨妈妈，小姨还没成家，这样叫，影响不好。小姨说，没事没事，他们喜欢，怎么叫都行。说这话时，小姨的脸色像西天边的晚霞一样红润。

重新有了妈妈以后，家里变得井井有条了，欢声笑语又在院子里响起。家里有人照顾，梁建设专心忙学校的工作，又恢复了往日的风采。他每月回来一次，把脏衣服打包带回。再离家时，他的衣服已经被小姨洗得干干净净，叠得板板正正，带着阳光和洗衣粉的味道。

我们心里踏实了。因为我们有妈妈了。可是很快，我们就焦虑起来。我发现了一个秘密，那就是小姨和梁建设是分开住的。在有限的人生经验里，我们知道，天底下的爸爸妈妈都是住在一起的。

那是小姨来到我家第二个月的一天夜里，我在梦里被一阵笑声惊醒。我爬起来，脸贴在玻璃上向外看。月亮圆润丰盈，院子里恍若白昼。小姨和梁建设并肩坐在一起。听不清说什么，只是听到小姨偶尔发出的笑声。我记得，以前，我们的妈妈也和梁建设这样坐在一起说话。我看着月光里小姨的身影，更加认定，我们的妈妈没有去世，她是变成了小姨的样子来守护我们。我在大平细微的鼾声中，泪流满面。过一会儿，小姨和梁建设站起来，分别走向不同的房间。我们家的房间是这样分配的。小姨住东屋，我们住中间，奶奶住西屋。梁建设没有跟着小姨进东屋，而是去了西屋，跟奶奶住在一起。

我把我的发现告诉了大平。大平和我进行讨论，得出如下结果：不和梁建设住在一起，说明小姨不愿意当我们的妈妈，她随时可能离开。我们喜欢小姨。我们一致认为小姨是最适合当我们妈妈的女人。我们不想让别的女人当我们的妈妈。据我们观察，想给我们当妈妈的女人太多了。我妈妈去世以后，全村的女人都对梁建设热情起来。她们张罗着要给梁建设当媒人，把自己或远或近的亲属介绍给梁建设做妻子。梁建设都以妈妈去世不久没有心情回绝了。但是，我们看他的样子，是兴奋的，跃跃欲试的。我们担心，等他心情好了，就会答应她们，给我们找一个陌生的后妈来。

一次饭后，大平把自己的疑问说出来。他问小姨，你是不愿意做我们的妈妈吗？小姨摩挲一下大平的头说，愿意。大平说，那你为什么不和爸爸住在一起呢？小姨脸上飞起一朵红云，目光躲闪着。她想了想说，成年男女，只有结了婚，才能住在一起。我说，那你和爸爸什么时候结婚？小姨目光望着远方，眼神发亮，脸更红了，说，也许……也许下半年，或者……或者明年，我也说不清。

没有得出确切的时间，可是听到她有和梁建设结婚的打算，我们安下心来。我们同时明白了一件事情，那就是小姨也喜欢梁建设。我不由得感叹，哪个女人不喜欢梁建设呢。

大平说，你俩结婚，我和二平当伴郎。小姨一挑眉毛说，好哇。大平到底是当哥哥的，什么都懂。我头一次听到"伴郎"这个词。这也是他比我高明的地方。如我所说，有些人天生就是当哥哥的材料。

4

以前的月末，梁建设即将回来的这一天，妈妈会精心打扮。她在梳妆台前坐很长时间，把各种粉和霜擦在脸上。我们走过她身边，香气扑鼻，像路过一丛怒放的牡丹。她的一头长发在手里变换出各种形状，一会儿拢起来，一会儿披散开。有时，她会逮住我俩中的一个，焦灼地问，这样好看吗？我们说，好看好看，妈妈什么样子都好看。这时，她就调皮起来，冲我们做一下鬼脸。我们发现，以前那个小姨短暂地闪现了一下，然后又变回来，成了我们的妈妈。

她从早晨就开始打扫卫生。她把我们的玩具用一个大箱子收起来，把橱柜擦得光可鉴人，把各种杂物摆放得规规矩矩。她把院子里铺路的青石板用水刷一遍，青石板泛着青幽幽的光，像刚从山上下来那一年的颜色。

她会做最拿手的两样菜，猪蹄炖黄豆和煎刀鱼。这两样菜，梁建设特别爱吃，吃的时候还不时夸赞，说做得比县城最好饭店的厨师还要好。

我和大平的任务是给小羊割青草。放学后，我俩一个背竹篓，一个拿镰刀，跑到树林里。我们在树林里的草地上，把那些过膝的甘薯叶、三叶草、黄花苜蓿挑出来，很快割满一篓。回家后，我们把草放进小羊的木槽里，一边听着它繁密似落雨的吃草声，一边做迎接梁建设的准备。我们洗干净头发和手脸，穿上洁白的衬衫，在迷蒙的光线中，兴冲冲走出家门。

现在，这一切都毁了。

妈妈似乎没受影响。她起得很早，如往常一样收拾屋子，做菜。我偷吃了一口她做的菜，味道比以往差得太多，有点苦咸的味道。我听说，伤心的人做菜，泪水会掉进菜里，菜就变得苦咸了。

我和大平极度沮丧。小羊饥饿的叫声在院子里回响。叫声中偶尔掺杂着它拱木槽的哐当声。从昨天到现在，我和大平没有一点心情去给它割青草。

昨天下午，我们放学不久，梁建设的同事来到我家。那是一个秃头顶的中年男人，天气炎热，又走了很远的路，他的额头布满密集的汗珠。妈妈把他迎进来，递给他一杯凉茶。他一扬脖，咕嘟咕嘟喝下去。然后，他手里攥着茶杯，目光在妈妈和我们身上扫一圈。扫完一圈，又扫一圈，到第三圈时，他开口了。他说话时，眼睛不看我们，看着手里的茶杯。茶杯在他手里打着转。他终于艰难地说起来。他说，建设让我来的，他让我给你捎话，明天下班后，他带着新结识的女朋友回来，他让你回家去，免得引起误会。

我发现，随着他一点点说完，妈妈的脸色从高兴到失望到绝望，到面色苍白，没有一点血色。说完，梁建设的同事就逃似的跑了。他的表情和动作表明，他对自己在这件事里的角色是多么痛恨。

我们明白了，梁建设有女朋友了，他要给我们找一个后妈。现在这个妈妈不再是我们的妈妈，重新变成我们的小姨了。

妈妈坐在那里，一动不动。天黑下来了，屋里没有开灯。她还那样坐着。我们看不清她的脸。她的脸融在墨汁似的黑暗中。

悲伤的情绪在我和大平之间流淌。我们不愿意和妈妈分离。我们也惧怕即将到来的后妈。可是我们没有一点办法。我们没有能力解决这个问题。我们才八岁。我们面临着第二次失去妈妈的恐惧。

奶奶也知道了这个消息。她无动于衷，甚至有一点幸灾乐祸。我知道她与妈妈有矛盾。这一切都源于妈妈对她"事业"的干扰。

捡废品就是我奶奶的"事业"。我奶奶对那些塑料瓶易拉罐瞧不上眼。她只捡值钱的铁器，方式也特别。她有一块小猪崽大小的黑黝黝的磁石。夜幕降临，奶奶把绳子一端拴在磁石上，一端绑在腰上，在村街上从南到北走一遭。那些铁钉、铁丝、螺丝等等小铁件就会被吸起来。一路下来，磁石变得又肥又胖。磁石与地面摩擦发出粗嘎刺耳的响声。孩子们都叫她"磁石奶奶"。他们对我奶奶又厌恶又害怕。他们落在路边的小铲子小勺子等铁制的小玩具还没有拿回家，就被我奶奶的磁石吸走了。我奶奶的原则非常明确，被磁石吸回来的铁件，都是她的，休想再要回去。那些孩子到我家来，眼看着自己的东西被奶奶收起来，却无可奈何。有的孩子哭得可怜巴巴，我奶奶也不理。任何孩子也别想从我奶奶那里拿回自己的东西。

　　这个时候，妈妈就会劝说奶奶把孩子的东西还回去。奶奶布满皱纹的如同鸬鹚巨大嗉囊的喉咙咕噜一声，两手拢起来，把捡来的东西护得更紧了。妈妈再劝，她就说，你凭什么管我，又不是我儿媳妇。妈妈神色黯然，说不出什么。有时，趁奶奶不注意，妈妈会快速地把东西还给孩子。奶奶发现后，坐在地上，拍着大腿边哭边絮叨，不好了，不好了，人善被人欺，马善被人骑，有人欺负我这个老婆子了……

　　每天傍晚，这种争执几乎都要上演。

　　今天，奶奶有些扬眉吐气了。她把那些平时放在屋里的铁件拿出来，放在院子里的青石板上一样样摆好。夕阳的光芒在那些铁丝铁钉铁管铁块铁渣小勺剪子铲子上闪烁。奶奶看着它们，一脸的成就感。她一边欣赏着自己的战利品，一边听着大街上的声音。天麻麻黑时，南村那个收废品的就会到来，把这些铁器装进蛇皮袋子，递给奶奶几张钱。

5

小院上方的天空变成了靛蓝色。黄昏的光线给榆树的边缘镶了一圈毛茸茸的金边。数不清的鸟飞进榆树枝叶里，在那儿上下翻飞，鸣叫。

我和大平担心的时刻终于到来。妈妈洗完衣服，回到屋里。我发现她把我们一年四季的衣服都洗了，搭满晾衣竿。衣服向下滴滴答答地流着水，如同雨中的房檐。

妈妈再从屋里出来，手里拿着一个包裹。她从屋檐下的阴影里，慢慢走到院子当中的光亮处。她走到奶奶面前停下，从包里拿出一副胶皮手套，弯下腰，递到奶奶面前，说，戴上手套捡那些铁件，不会扎手。正在摆弄铁件的奶奶抬起头，撩开额前的碎发，如同拨开陈年的蜘蛛网，看了看妈妈，抬起满是茧子、伤口、疤痕的手接过手套，然后一声长叹。

大平坐在窗下的石凳上，一动不动。我跑到大门口，伸开胳膊，拦在那儿。妈妈说，二平，让开吧，从此以后，你和大平有人照顾，我就放心了。她语气平静，可我分明看到，她蓄得太久的泪水坍塌了，夺眶而出。

我没有闪开。妈妈拽我的胳膊，我仍然不动。大平跑过来，把我的手拿开，出了一个豁口。妈妈出去了。她站在门口停留一下，然后快速地走起来，几乎是跑了。她黑瀑布似的长发一甩一甩的，傍晚的阳光在那儿破碎成星星一样的闪烁。

我有些怨恨地看着大平，怪他没有拦住妈妈。大平脸上有明显的泪痕。我想，他也许没有表面上看起来那么坚强。大平抽抽鼻子，说，二平，问题的关键在梁建设那儿。我不由得又恨起即将回来的梁建设。

奶奶的声音传来，她说，你们两个小驴驹子，要是不让那个女人进家门就好了。

我和大平看看奶奶。奶奶灰扑扑的身子团在青石板上，像一堆即将被烧掉的柴火。我心想，奶奶真是老糊涂了，我们怎么能阻止她呢，我们才八岁，不是十八岁。但我发现大平的眼睛亮了一下，就像一颗流星滑过夜空。

梁建设的客车快到了。我和大平走出家门。我提议换上被妈妈浆洗干净，每次必穿的白衬衫，被大平拒绝了。

乡村陷入奶油般的暮色里。牧牛人、小伙伴们在路上看见我们，都说，大平二平，去接你们的爸爸吗？要是以往，我和大平早高高兴兴地回答了，是啊是啊。现在，我们谁也不吱声，低着头在他们面前走过。

我们来到麦田，站在麦田中间的一道水渠沿上。下游有人家浇麦子。清凉凉的水流过水渠。麦子半米高，黑绿黑绿的。成群的蜻蜓在麦穗尖上盘旋。它们的羽翼在阳光下闪闪发亮。

天空幽蓝，一朵云彩也没有，像一个轻盈的梦。西天边的晚霞从浓烈的红变作明艳的紫。被晚霞映照的山峦几乎成了透明的。

我和大平没像往常一样走上土坝，就在麦田里等着，等着梁建设和他新结识的女朋友走来。

我看着大平的脸，希望能找到些许安慰或者答案。他眉头紧锁，时不时地舔一舔干燥的厚嘴唇。我了解他的这个动作。老师提问一个难题，他紧张地思考时，就会下意识地做这个动作。

等了一会儿，我们听到土坝方向传来说话声。紧接着一男一女的身影出现在土坝上。土坝一米多高，男的先下来，再伸手把女的扶下来。我们看清了，男的正是梁建设，他手里提着一大块板糖。看见板糖，我对梁建设的恨意似乎减少了些。女的烫着鬈发，面容俏丽。不得不说，她也很美，几乎和小姨一样美。她和梁建设走上了水渠沿。她的高跟鞋走在水泥砌成的水渠沿上，发出清脆的响声。惊起一群在麦穗尖上休憩的蜻蜓。

大平拉我一下，他跳下水渠沿，隐身在麦子中间。我也跟随着。我们像两滴水跳入大海，完美地和麦田融合在一起。麦芒扎着我的脸。麦穗就在我眼皮底下。我第一次发现麦穗的形状像女生小辫的样子。这让我想起伏在麦田里，如同藏在女同学身后，躲避老师提问的那个时刻。

我们听到了梁建设和女人的谈话。他们的谈话通过傍晚的遍布着的薄霭和密密的麦子窄小的缝隙传过来。

我那两个儿子没出现呢，每次都是他们接我，刚才我恍惚看见两个人影，以为是他们，看来不是。

梁老师，听说你那两个儿子又漂亮又听话。

那当然，漂亮有我的遗传，听话也是管教得好，不是跟你吹，他们虽然生活在乡下，但是比城里的孩子还要有教养。

那可太好了，我最怕那种特别野的男孩，我本来心理压力挺大的，听你一说，我就放心了。

等一会儿见面，你就知道他们多可爱了，你很快就会和他们交上朋友的。

女人响亮地笑起来。笑声在麦田上空飘荡。

我看看大平，大平的嘴里嚼着麦秆，绿色的汁液顺着嘴角流下来。

6

他们越走越近。能看见梁建设脸上的表情了，是开心的，幸福的。能看见女人白云一样洁白和蓬松的裙子了，甚至看见裙子的下摆站着一只翘着翅膀的花蝴蝶。他们之间挨得很近，牵着手，在狭窄的水渠沿上几乎贴在一起走着。

我感到无情的现实正向我们逼近。我们没法改变它。我看向高远的天空，感觉天空像口锅扣在麦田的上方。如果不是山和树支撑着，它也许会塌下来。

这时，大平拽一下我的衣角。我回过神来，发现大平正盯着我，厚嘴唇抿成一条直线。眼珠漆黑，那里像生长着铁。我似乎也闻到了铁的味道。奶奶的房间里常年散发着那种味道。我的心猛地一颤，忽然明白大平要做什么了。

当我俩从麦田里斜着跳出来，站在梁建设和那女人面前时，他们吓了一跳。女人发出惊呼，快速地闪到梁建设身后，恐惧的目光看着我们。她裙子上的花蝴蝶倏忽飞走。梁建设向上推推眼镜，有些结巴，噢，是大平二平，你们……你们怎么没换换衣服，脸这么脏，你们——

还没等梁建设的话音落下，我和大平已经冲向梁建设手里的板糖。我们一左一右成掎角之势冲向他，从他手里一下子把板糖夺过来。冲势让梁建设站立不稳，跌到水渠的水里。他晃了几下，勉强站住。他身后的女人就惨了，一屁股坐到水里。水流因为受到阻碍，在她的两腿之间泛起浪花。

接下来，我和大平在麦田里抢夺起板糖来。板糖先是在大平手里，我冲过去，两只手拉住板糖的两个角。大平毫不相让，和我角力。在两股力量相持下，板糖被抻长，终于被拉断了。我们各自闪了一个大趔趄，一屁股坐在麦田里。板糖的断裂处溢出香甜的气息。我们控制不住吃了起来。我们连撕掉包装纸的时间也不想浪费，连包装纸一起咬下，又狠歹歹吐掉包装纸。

刚吃下去一口，我发现我手里的板糖明显要比大平的小得多。我顾不得吃了，站起来，去抢大平的板糖。这过程中，我偷觑一眼梁建设和那女人。女人被梁建设扶起来了，裙子全湿了，面色苍白，瞪大眼睛，梦游似的看着我们。梁建设嘴里嘧哈着，眉毛纠结在一起。

一开始，我们知道这只是表演，都收敛着。后来，我们渐入佳境，在抢的过程中因为推搡和击打，真正地生气了，气喘吁吁地，像两只疯狂的小狗一样撕打起来。

我清晰地听到了麦秆断掉的声音，闻到了麦秆断裂处清新的味道。一会儿我占上风，我争到了板糖大的部分，不过很快就被大平抢去了。一会儿大平占上风，我又反冲锋，抢回来。我们像两股势均力敌的部队，为了争夺一个山头拼死相搏。

抢的过程中，我们也没忘记吃。我们抽空吃一口，嚼着板糖，继续战斗。厮打声，喊叫声，咀嚼声，哭泣声，打嗝声混合在一起，成了麦田里疯狂的交响。大平打到了我的脖子，让我又疼又难受，我就哭起来。

有一瞬间，我眼前的麦子成熟了，一片金黄，晃人的眼睛。麦秆焦黄，麦穗沉实，挤挤挨挨，碰撞在一起，发出铜钱一样的哗啦哗啦声。我摇摇头，闭上眼睛再睁开，麦子还是绿油油的。原来是我眼冒金星产生的幻觉。

大平的眼睛里像着了火，头发飞起来，脸上泥水汗水混合着往下流，额头上沾着一排芝麻粒，扣子扯脱了，露出瘦巴巴的肋骨。因为在麦田里翻滚，肋骨都被麦苗染绿了，又被麦芒划出细细的伤痕。看见他，我就知道我也是相同的德行。

我们同时发现一小块麻将大小的板糖在争抢中飞到了女人的裙子上，粘住了。我们冲向女人。梁建设企图拦截我们。这时，我们目标一致，迅速结盟，绕过梁建设，冲向女人。女人惊叫着连连后退，裙边被高跟鞋踩住，一下子跌坐在麦田里。我想，接下来发生的事情，她一辈子不会忘记。两个小男孩跪倒在她的裙子下，小心翼翼地一点不剩地把那块板糖从她裙子上抠下来。我们没有忘掉起码的礼仪，为了不拉下裙子，分工合作，一人固定裙子，一人抠板糖。

女人哭起来，像她刚才的笑声一样响亮。哭声在麦田上空飘荡。她站起来，掉转头，顺着水渠跑了，跑几步，嫌高跟鞋碍事，索性脱下来，拎在手里，赤着脚跑。她的白裙子变花了，湿透了，紧紧地贴着身体。她的裙摆上沾着一只绿色的肥胖的虫子。我想提醒她，或者帮她摘下来，但是她很快就穿过麦田，跳上土坝，跑远了。她像受惊的小鹿一样敏捷。

梁建设要去追。我和大平一左一右拉住他的胳膊，使他动弹不得。

太阳整个坠下去了，西天边只余一抹嫣红。光线暗下来了。梁建设的脸像即将暗下来的天空一样阴沉。他瞪着我们，气呼呼地说，你们两个把什么都毁了。

大平说，我喜欢小姨。

我说，我也喜欢小姨。

梁建设的目光在我和大平的身上来回逡巡，想了一会儿，说，那她现在在哪儿？

大平说，她回姥姥家了。

我姥姥家在邻村，离这里不远。

黑暗像浓雾占领麦田的时候，夜晚降临了。梁建设带领我们沿着水渠，穿过麦田，向姥姥家的方向走去。

我和大平跟在梁建设身后。大平把手里的板糖递给我。分成不同部分的板糖在我手里汇合了。现在，它们都是我的了。我看看大平，他背着手，稳稳地走在水渠沿上。我佩服得不得了。我对那个观点越来越深信不疑。有些人天生就是当哥哥的材料。

夜幕下的麦田更显无垠和宽阔。它们无限制地生长延伸，在远方，慢慢起身，和天边交会在一起。天边出现几颗若隐若现的星星。

这时，我听到村子里传来熟悉的响声。苍茫的夜色中，我奶奶正像一只大鸟拉着磁石走过村街。我仿佛看到那些浮在地面或者隐匿在土里的铁丝铁钉铁管铁块铁渣小勺剪子铲子，拔起身子，穿过黑暗，纷纷地向磁石飞去。

千 分 尺

付久江

那年叔叔十九岁，正在读高一。

那是个牛羊归圈的夏日黄昏，村庄上空正弥漫着草木灰味道的炊烟，我家来了一位戴眼镜的中年人，骑着一辆大二八自行车。他一定是走了很远的路，满头满脸都是汗，白色的半袖衫也湿透了，软塌塌地贴在肩胛凸起的后背上。

来人自报家门，说是县高中的曹老师，来找付智民同学去上学。

我瞟了一眼墙上的日历，今天是星期二，我的叔叔付智民应该在学校哇。县高中离家三十多里，他在那里寄宿。

曹老师说，付智民是上周六离开的学校，周日的晚自习没上，周一旷了一天课，周二还是不见他的影子。他不放心，特意赶过来看一看。

我父亲也有些发蒙，说付智民上周六下晚儿回来的，周日一大早就走了，走时还背走了他的口粮——半袋小米。

真没回来?

真没回来。

曹老师一拍大腿，付智民这是逃学了。

不可能！父亲几乎叫起来，他一脸狐疑地打量着曹老师，似乎有些怀疑他的身份了。

没准又闯了祸。母亲在外屋灶膛前呱嗒呱嗒拉着风箱，嘴里小声嘀咕。

父亲顿时紧张起来，这也正是他最担心的。我这个叔叔，生性顽劣淘气，经常闯祸作妖。小时候上树掏鸟儿，长虫差点钻嘴里去，人从树上掉下来，摔了个半死。模仿电影里的飞檐走壁，纵身跳大沟，人又摔得发昏。小时候不懂事，就不说了，上学后依然禀性难改。上六年级时，他曾用半个玻璃球对着太阳，烧掉学校的一垛柴草，差点引起火灾，害得我父亲不得不把家里的柴草用扁担挑到学校去。这次又逃学，老师都主动找上门来了，肯定又闯了祸。

曹老师说，他是我叔叔的班主任，教他们物理。叔叔学习成绩没得说，就是纪律不好。为了管束他，他让叔叔当了物理课代表。这半年，叔叔的表现比过去好多了。

事情发生在上周三，上午课间操后是物理课，他让叔叔去学校的实验室拿实验仪器，是一把千分尺。上课时，他发现千分尺坏掉了，也没多想，当道具给学生做了番简单讲解，下课后又让叔叔送了回去。过后，实验室的负责人来找他，说千分尺领走时是完好无损的。一追查才知道，是我叔叔上课前私自动过，一不小心拧坏了。

学校那边追着不放，让赔。曹老师一脸愁苦地说。

一把尺，赔就赔嘛。父亲松了一口气。

那把尺很贵的。曹老师看了父亲一眼。

这么说，学校根本就没收学杂费？父亲猛然想起，叔叔离家时，不但背走了半袋小米，还拿走了三十块钱学杂费。以往叔叔要钱都是三块五块、十块八块，这次开口就是三十块。弄得他措手不及，借了大半个村子，才把钱凑足。

三十块哪够。曹老师苦笑着摇头，那把千分尺一百三十块，顶我仨月工资。

一把尺，镶金边儿啦?!母亲像被扎了一刀，在外屋锐声尖叫。

曹老师解释说，付智民弄坏的千分尺，不是一把普通的尺，又叫螺旋测微仪，是一种精密的测量仪器。而且还是外国进口的，修都没法修。

没准进口时就坏掉了。母亲用锅铲恶狠狠地铲着锅底，发出刺耳的声音。

对，一定是早就坏掉了。父亲也一口咬定，学校这是沾包赖，硬往付智民头上扣屎盆子。

泼出去的水，收不回来了。曹老师叹息道，付智民已经承认了。

这个败家子！父亲气得咬牙切齿。我想那一刻如果叔叔在，父亲一定会撕烂他的嘴，剁掉他的双手。

该吃晚饭了，父亲留曹老师吃饭。曹老师一定是饿坏了，也没客气，吃了两碗小米水饭，起身告辞。临走前嘱咐我父亲，一定要找到付智民，让他无论如何都要回去上学。又说，作为班主任，他也有责任，他愿意承担赔偿款的一半。父亲说，是他闯的祸，哪能让你吃瓜落儿呢。曹老师说，我是看付智民是个好苗子，不读书可惜了。

第二天，父亲赶着驴车，专程去了一趟学校，证实了曹老师所言非虚。又去叔叔的宿舍，发现行李还在。问平日跟他要好的同学，都不知道叔叔去哪儿了。

那段日子，父亲几乎发了疯，找遍了所有能想到的地方。叔叔一个大活人，就这样人间蒸发了。直到半个多月后，学校已经放了暑假，终于等来了叔叔的一封信。

叔叔在信中讲述了事情的经过：那个上午的课间操他没去上，直接去实验室拿千分尺。回到教室见同学们出操还没回来，便拿出来偷偷摆弄。他很好奇，听说千分尺能精确地量出头发丝儿的直径，便想拿自己的头发先做个实验。哪承想操作不当，把千分尺拧坏了。他后悔死了，早知道千分尺那么娇贵，打死他也不会摸一下。学校让赔，回家又不敢说，便谎称学校要学杂费。看到哥哥跑了大半个村子，才借到三十块钱——零零散散一大把毛票子，就更不敢实话实说了。到了县城，他没有回学校，而是找到了一个买家，卖掉了那半袋米。数一数手里的钱，依然是杯水车薪。他在大街上焦急地走来走去，不知不觉就走进了车站。在车站，遇见几个外出跑盲流的人。他们要北上，去内蒙古一个叫莫旗的地方。听他们说，在那边种地很赚钱，于是决定跟他们走。现在，他就在那边种地，给当地农户当雇工，年底回家就能拿到一笔钱。过完年，他会用挣来的钱去赔偿学校，然后接着念书。

种地能赚钱？谎都撒不圆。父亲不相信叔叔的话，想去把他找回来，看看信封，竟然没有邮寄地址，只有邮戳上显示着"内蒙古莫旗"的字样。无奈只得作罢，不过悬着的心总算放了下来。首先，叔叔平安无事。其次，事已至此，也没别的办法。一切只能等叔叔回来后再做打算了。

说到这儿，得先说一下我家的境况。我出生那年，爷爷就去世了。我六岁时，奶奶也去世了。当时叔叔正在读初中，上面只有我父亲这一个哥哥。有道是长兄如父，老嫂比母，供养叔叔的重担，自然就落到我父母的头上。叔叔上学在学校寄宿，放假回来，吃在我家吃，住呢，去隔壁爷爷奶奶留下的老房子。东西两院，隔着一道矮墙。叔叔两条大长腿在墙上跨来跨去，如履平地。

叔叔这个人，怎么说呢，脑袋虽灵光，懂事却很晚。到上学的年龄了，偏偏不去上学，整天上树爬墙，作妖淘气。那时我爷爷还活着，拿着鞭子满世界撵着他跑，押犯人一样把他送到学校，硬生生按到板凳上。可叔叔屁股上像扎了刺，就是坐不住，一堂课听不完，便顺着尿道逃之夭夭了。老师们劝我爷爷，算了吧，这孩子不是念书的料。

这样的状态一直持续到叔叔十岁。那年秋天，爷爷去世了，叔叔大哭了一场，一夜之间开了窍儿，主动提出要去念书。父亲又悲又喜，又把叔叔送到学校，没想到叔叔这次竟然坐住了。一年级坐了半年，跳级上了二年级。二年级又坐了半年，跳级上了三年级。此后大脑像发动的马达，学习成绩一骑绝尘。

叔叔上五年级的那个秋天，学校放农忙假，叔叔和伙伴们去打谷场上玩。当时村民正一麻袋一麻袋地称谷子，生产队的张会计在一旁打算盘合计产量。叔叔站在旁边看了看，说这种算法太笨，他小学二年级就学过了。气得张会计差点摔了算盘子，要跟叔叔打赌，赌一麻袋谷子，看谁算得又快又准。于是那个下午，打谷场上出现了比秋收更紧张的场面——张会计算盘珠拨得噼啪山响，我叔叔在一旁掐指念念有词，像和尚念经。上百麻袋谷子，几万斤粮食，最后两下一合，斤两不差。队长大声宣布比赛结果：平局！

叔叔虽然没有赢得那一麻袋谷子，却赢得了神童的美誉。村里人都说，老付家的老疙瘩（叔叔的昵称）天生神算，会"袖里吞金"，日后准会出息成大人物。

从那以后，叔叔就成了我父亲在人前炫耀的资本。每当村里人夸起我叔叔，父亲总是背起手抬头望天，胸脯拔得老高。后来我上学了，叔叔就成了父亲教育我的榜样，儿子，跟你叔学，人家玩着学都是第一。在他看来，我整天闷头苦学，最好的成绩才考到全班第五，跟他那聪明的弟弟比，还是有差距。

可眼下，这个让我奋起直追的标杆人物，竟然因为一把千分尺，逃到了遥远的内蒙古。

年底，叔叔回来了。半年不见，个子蹿了一大截，体格也壮实了，嘴唇上长出了一层毛茸茸的小黑胡儿。他果然挣了钱，给父亲买了一双翻毛皮鞋，给母亲买了条红头巾，给我买了一支英雄牌包尖钢笔。剩下的钱数一数，赔完那把千分尺，还能补贴点家用。

父亲很高兴，对叔叔的怨气一扫而光，转头说起曹老师的好，你闯的祸，害得人家曹老师主动上门找你，还要替你赔一半。叔叔说，一人做事一人当，哪能连累曹老师呢。父亲说，我是在说你，到学校好好念书，可别再闯祸了，你要对得起曹老师对你的好。

过完年，叔叔拿钱去了学校。事实证明，他那欠债还钱的想法太天真了。损坏公物，还逃学，学校已将他开除了。听说曹老师为了给他说情，跟校长拍了桌子，却依然于事无补。曹老师把叔叔送出校门，给他出主意，让他去县里的其他高中试一试，实在不行，退而求其次，回乡里的初中复读。直接考个中专吧，也不错。

叔叔把县里所有的高中和初中都走了个遍，才知道现实比想象更加严重——他的斑斑劣迹已经长了翅膀，传遍了全县各乡，没有哪个学校肯收留他。

入学无门，叔叔彻底蔫了，回到家，躺在炕上蒙头啜泣。

哭有屁用！父亲冲叔叔吼。这事要是落在我身上，父亲早就拿皮带抽我了。可那个人是他的弟弟。自打我奶奶去世后，父亲没动过他一个指头。

正一筹莫展，曹老师又来了，说事已至此，眼下只有一条路，去外地就读，比如临县。不过得托门子找关系，免不得要花一笔钱。临走时，曹老师拍了拍叔叔的肩，轻轻叹了口气。

送走曹老师，叔叔躺在炕上发呆半晌，起身来找我父亲。他认为曹老师说的有道理，活人不能让尿憋死，就去外地读书。

说得轻巧，外县连个豆儿大的亲戚都没有，哪来的关系？父亲说话没一点好气。

此处不留爷，自有留爷处。叔叔说，他还去莫旗。在那边当雇工时，他交了很多当地的朋友。托托关系，没准就能找到上学的门路。

这叫迂回战术，曲线救国。都走投无路了，叔叔还没忘了转词。

没有别的办法，这倒也不失为一个办法。父亲斟酌再三，点头同意了。送叔叔走时，我父亲特意叮嘱他，到莫旗立马写信回来，那边不行，家里这边再想办法。总之，就算是一步一个头磕到学校去，这书也得念。

叔叔又走了，半个月后，来了一封信。信中说，他已经通过朋友的关系，在当地找到了就读的学校，是乡里的一所中学。他已经决定，这次直接考中专。不过得等到秋季开学时，和新生一起入学。这半年，他正好在当地打短工挣些钱，学费就不用家里操心了。

父亲想回一封信。翻来覆去看信封，奇怪，还是没有邮寄地址。

母亲埋怨父亲，早知道这样，那时候还不如让他直接考个中专。

父亲自知理亏，这次没有反驳。

当初叔叔中考时，父亲和母亲的意见并不统一。母亲想让叔叔考中专，或者考中师。比如村西头高振才的儿子，中专毕业就去政府当了干部，吃商品粮，拿国家工资，风光得很。还有村东头刘瘸子的儿子，中师毕业后就当老师，上衣口袋整天插着一支钢笔，也很牛气。可父亲想让叔叔再争个"第一"，考高中然后考大学，成为村里第一个大学生。说得再远大一点，他要让人们口中的预言成为现实，把叔叔培养成有出息的大人物。

母亲说，多供三年呢。阴天下雨不知道，家里啥条件还不知道。

父亲说，困难是暂时的，紧紧裤带就过去了。

母亲说，要是万一……

母亲的话还是提醒了父亲，他回头去问叔叔，考中专、中师和考高中再考大学，哪个更难。

都不难。叔叔很自信，自信中又带着那么一点无所谓。给人的感觉，他就是一名神枪手，父亲这个指挥官只要随手一指，他就会举枪命中目标。

那就考高中，上大学！父亲最后拍板儿。

事实证明叔叔没有吹牛，初升高会考，他考了个全乡第一，轻轻松松上了县里的重点高中。

打那之后，父亲总是背着手四处招摇，说我家老疙瘩，死犟死犟的。不考中师，也不考中专，非要上高中，考什么大学。村里人纷纷向父亲伸出大拇指，他们都相信，村里的第一个大学生就要诞生了，那个人就是我的叔叔。"袖里吞金"的神童啊，舍他其谁？

然而很不幸，母亲的担忧一语成谶，果然就有了"万一"。

接到叔叔的信后，父亲再也不出去吹牛了。村里人也都知道，昔日的神童已经背井离乡，去外省念书了。他就是考上中专，也不是"第一"了。话头话尾中，有点惋惜，又有那么一点冷嘲热讽的味道。

转眼入秋，过了八月节，叔叔又来信了。这回信封上有了地址，写了差不多两行——内蒙古自治区呼伦贝尔盟莫力达瓦达斡尔族自治旗宝山乡中学初三四班。叔叔在信中说，他已经进了这所学校的初三复读班。当地的录取分数线比老家低，以他的学习成绩，考个中专是小菜一碟。在信的末尾，叔叔告诉我们，入学时他改了名字，现在他叫付国邦。以后寄信，一定要写"付国邦收"。

国邦，治国安邦。这名字改得好，老疙瘩这是给自己立了志向。父亲信心满满地点着头，转头唤我，儿子，我说你写，咱们给付国邦同学回封信。

那是我人生中写的第一封信，写给远在莫旗的叔叔。满篇是父亲口述的大白话，稚嫩的字迹中夹杂着白字和汉语拼音。父亲嘱咐叔叔，在那边千万别再惹是生非了，老老实实好好读书，一定要争口气，就是考中专，也要考个最好的。生活上呢，不要苦着自己，缺钱就给家里写信。

随信寄走的，还有父母辛辛苦苦攒下的四十块钱。

再次接到叔叔的信，已经入了冬。叔叔在信里说，因为学习紧，一直没给家里写信。眼看要放寒假了，离家这么远，寒假就不回家了，在那边打点短工，抓紧时间再挣些钱，存下来当学费。这段时间他不在学校，就不要给他写信了，春季开学再联系。还特意强调，再也不要给他寄钱了，他已经存下了一笔钱，足够自己上学了。

信的末尾，叔叔提到我，说大侄子会写信了，他们班的同学都夸信写得好，他念信都把同学们念哭了。嘱咐我听父母的话，好好学习。特别是在学校，一定要遵守纪律，不要像他总闯祸，最终的苦果要自己吃。

叔叔的缺席，让我们家的那个年过得寡淡无味。父亲闷闷不乐，母亲唉声叹气，我也特别想念叔叔。叔叔在家时，每年寒暑假，都会拿出大块的时间带我出去玩。夏天上山挖野蜂、掏鸟蛋。冬天去河套里打冰嘎、滑冰车。算起来，叔叔只大我十岁。我在嘴上叫他叔，其实在心里，他更像我的哥哥。

春季开了学，好长时间没有叔叔的来信。父亲又开始坐卧不安，说我应该去一趟那个叫莫旗的地方，看看老疙瘩。母亲说，这么远，听说要坐两天两宿的车。你去了顶啥，能顶他学习，还是能替他考试。父亲说，也是的，去了还影响他学习。父亲叫我拿出纸笔，再给叔叔写封信。你告诉他，知道他学习紧，可写几句话的工夫还是有的吧。就说家里惦记他。

半个月后，叔叔果然回信了。信上的字稀疏潦草，寥寥可数：

哥哥、嫂子、大侄子：

　　你们好！

　　中考在即，学习紧张，钱也不缺，一切都好，勿念。

国邦敬上

这也太少了吧。父亲抖着那张薄薄的信纸。等候远方叔叔的消息，已经成了他的精神寄托。母亲说，你是放着省心不想省心，弄得老疙瘩都不耐烦了。我问父亲，还写不写回信。父亲悻悻地说，算了，反正快要中考了，就等他的好消息吧。

日子一晃儿过去了，我们这边的初中中考已经结束，叔叔那边却音信皆无。那段日子，父亲整天在村口徘徊，顺着那条通往山外的小路向远方眺望。他既没有看到穿绿制服的邮递员，也没有望见叔叔归来的身影。

也该有信儿了吧，老疙瘩这是要给我们一个惊喜？父亲急得团团转，找下村的孙瞎子算了一卦。卦上说，我叔叔金榜得中，骏马得骑，远在他乡，杳无音信。这倒很吻合我叔叔目前的境况。

母亲也担忧，说可别在那边又捅了啥娄子。

你个乌鸦嘴！父亲一腔急火撒到母亲身上，两个人吵了起来。

从叔叔弄坏千分尺吵到当年中考，父亲理屈词穷，最终败下阵来，摔门愤愤而去。

下村有个考生考上了中师，通知书已经来了。

叔叔那边还没动静。

下村的中师生已经准备离家去上学了，我也马上要开学了。

还是没有叔叔的消息。

不行，我必须去一趟。父亲再也等不了了，拿上路费，背上干粮，带着信封上的地址离开了家。

送走父亲，母亲问我，儿子你说，你老叔能考上吗？在母亲眼里，童言无忌，却往往有一种不可解释的预见性。

我想了想说，能考上吧，他那么聪明。

母亲说，聪明有啥用，整天惹祸捅娄子。又想起那把千分尺，长吁短叹地说，一把啥样的尺呢？恁贵！

后来，确切说是我上初二时，在一堂物理课上，我终于有机会一睹千分尺的真容。回到家，我把它画下来给母亲看。望着纸上那个奇形怪状的东西，母亲直摇头，说这哪是尺，倒像仓房门上那把大铁锁。又问我，它真的能量出头发？我说，当然能，我亲口问过老师，老师还让我试一试呢。你试了？见母亲惊恐地瞪大眼睛，我赶忙说，只摸了摸，没敢试。母亲长出一口气，我说的吗，手痒了去挠墙根，也别学你老叔。

忘记了父亲到底走了多少天，只记得那是一个黑灯瞎火的深夜，院子里传来嘈杂的脚步声，紧接着有人吭吭敲门。是父亲回来了。母亲摸到炕沿上的洋火，点燃了灯窝里的煤油灯，我也跟着起身披衣下地。拉开屋门，父亲闪身进来，回头冲外面喊，进屋吧。

门口人影一闪，叔叔背着个大包裹走进来。在他身后，跟着一个高个子女人，胸前抱着一个包裹。进到里屋才看清，包裹里是一个熟睡的婴儿。

进得屋来，父亲嚷嚷着口渴，母亲赶忙给父亲倒了一茶缸温水。父亲端起茶缸子，咕咕咕灌了个水饱，开始讲述寻找叔叔的经过。父亲坐火车，倒汽车，整整走了两天两夜，好一番寻找，才找到莫旗宝山乡的那个中学。又好一番打听，才知道学校的确有个学生叫付国邦，考上了一所不错的中专。但那个人不是我叔叔。事实上，叔叔在那边根本就没上学，他去学校找到了那个叫付国邦的同学，求他为自己代收书信。而他呢，却成了个彻头彻尾的盲流。

这又是闹哪出儿？母亲靠门口站着，望着坐在炕梢儿抱孩子的女人。

你问他！父亲狠呆呆地瞪着叔叔。

一年多不见，叔叔整个变了一个人，胡子拉碴，脸晒得黢黑。他蹲坐在屋地中间的小板凳上，耷拉着脑袋，吭吭哧哧地说起事情的前后经过。

坐在炕上的女人叫桂琴，第一次去莫旗，他就在桂琴家当雇工。雇工的工资也分三六九等。他原本只是个半拉子劳动力，只能挣最少的钱。当桂琴家得知他还是个学生娃，出来做工是为了还学校的赔偿款，年底回家时，特意给他开了雇工中最高的工资，还鼓励他回去好好念书。第二次去莫旗找上学的门路，他又去了桂琴家。桂琴的父亲是个热心人，为这事费了好多周折，又是托关系又是找朋友，最终因为户口和学籍的原因，还是没办成。没别的办法，他只得继续给桂琴家当雇工。一来二去时间久了，便和桂琴有了感情……

这么说，眼前这个叫桂琴的女人，就是我的婶子。她怀里的孩子，就是我的弟弟。

这就是你的曲线救国?! 父亲憋了一肚子的火气终于爆发了，抄起茶缸子冲叔叔砸去。叔叔一缩头，白搪瓷茶缸砸在柜角上，当啷啷落到地上，摔了一地白漆。

我的弟弟一个激灵吓醒了，哇的一声哭起来。婶子微侧着身，撩起衬衣下摆，托出一只鼓胀的奶子，堵住了他的小嘴儿。小家伙儿止住哭声，吃几口奶停下来，瞪着一双蓝汪汪的大眼睛，好奇地打量着我们，嘴里咿呀着，好像在问候他远方的亲人。

母亲将父亲推到炕里，示意他冷静，转头问叔叔，接下来有啥打算。

叔叔低下头，闷声说，还能有啥打算，成家过日子呗。

母亲说，我是问你，在哪边安家过日子。

父亲冲叔叔吼，你滚回莫旗去吧，这辈子再也别回来啦。

叔叔看了看婶子，说桂琴哪，你嫁鸡随鸡，咱不回莫旗了，老家这边也是好日子。

见婶子低着头不搭腔，母亲说，那好，老院儿房子收拾收拾，先住下。过了年，给你们盖新房。

那天夜里，旅途劳顿的父亲把自己蒙在被子里，呜呜咽咽哭了半宿。曾经寄托了他远大梦想的弟弟，彻底让他失望了。

第二年开春儿，叔叔出了一笔钱，我父母帮着张罗，拆掉了隔壁的老房子，为叔叔家盖了两明一暗的三间正房。从此，叔叔开始另立门户过日子。那一年，他二十二岁。

我这个来自遥远的莫旗的婶子，除了个子大，模样长得漂亮，其他一无所长。她不会做针线活，反倒会抽烟喝酒——据她说，她们那边的好多女人都会抽烟喝酒。过日子方面呢，婶子也不会精打细算，整天拆了东墙补西墙，一年到头存不下几个钱，反倒说我们这边的人穷算计，日子过得小气、憋屈。

　　"俺们那儿种地论'垧'，俺们家有十二垧地，种的全是大豆，春耕用拖拉机。哪像这破山沟沟，地块儿巴掌大，种个地像绣花，还赚不了几个钱。"每当婶子干活累了，总是双手叉着酸痛的腰，失神地望着远方，"俺们俺们"地想念她老家。

　　一垧是多少？我查字典的计量单位换算表，没有。按拼音查字，果然有"垧"，一垧就是一公顷，等于十五亩。折算起来，我们三口之家所有的耕地，还不到一垧。的确少得可怜。

　　毛驴不快怨绺棍儿。一样的日子，偏偏你过不好。母亲背地里说婶子。说完婶子说叔叔，白长个聪明脑袋，喝迷魂汤了，娶了这样一个女人。

　　聪明有屁用，没志气。父亲叫母亲少操那份闲心，脚上的泡都是自己走的。分家后，父亲疏远了叔叔，见面形同路人。闯祸，逃学，辍学，找女人，生孩子。叔叔一连串的反常规操作，像一个个响亮的耳光打在他脸上，让他在村里抬不起头来。

　　叔叔在莫旗的经历，我们都只了解个粗枝大叶。至于叔叔和婶子到底是怎么走到一起的，村里人是众说纷纭。有的说，我叔叔在那边走投无路，入赘到了婶子家。有的说，我婶子那么漂亮，一定是她勾引了我叔叔。有的说，一个巴掌拍不响，两个人是干柴遇烈火。无论外人如何飞短流长，都丝毫影响不到叔叔和婶子如胶似漆的感情。两口子经常脚蹬脚坐在炕桌前,一把酒壶两个酒盅,把个穷掉底儿的日子喝得有滋有味儿。

我上初二的下半学期,班里来了个新老师,师专毕业的,叫肖长华,教我们班数学。肖老师为人和蔼,风趣幽默,把原本枯燥的数学课上得生动有趣。有一次,他出了这样一道趣味数学题:九棵树,每行栽三棵,最多能栽几行?班里的学生"栽"出的都是八行。肖老师摇摇头,让我们都回去好好想想,下周再公布答案。

周末回家,路过村口的庄稼地,我看见叔叔正光着脚在耱地。地头上,整整齐齐摆着一双八成新的橡胶底儿布鞋。鞋是我母亲给他做的,他穿得节俭而吝啬。彼时他已经是两个儿子的父亲,因为超生挨罚,日子已经过得青黄不接,隔三岔五就背着我父亲,到我家借粮。

我突然灵机一动,叔叔不是很聪明吗,这下我难难他,看他能"栽"出几行。等叔叔耱到地头,我向他抛出这个难题。叔叔用光脚板儿蹭了蹭耧板上新鲜的湿土,锄头在地头上胡乱画了几下,说,十行。

怎么可能?我想叔叔一定是累昏了头,在信口胡说。叔叔叫我拿出钢笔,用笔在我手心上画下了一个状似沙漏的古怪图形。

周一的数学课上,我成了班里唯一做出那道题的学生,并且在黑板上画出了答案。两个三角形构成一个轴对称图形,中间画了四条呈"米"字状的辅助线,又点了九个点代表九棵树。数一数,三横一竖六斜,果然是十行。面对肖老师和全班同学惊讶的目光,我红着脸说出了叔叔的名字。付智民?你说的付智民,是不是在县重点高中读过书,后来辍了学。肖老师盯着我追问,确认无误后,点了点头说，怪不得。

下课后，肖老师把我叫到一旁，原来他和我叔叔是高中同学，还是前后桌。回去问你叔叔好，告诉他，有时间我去拜访他。

周末回家，我跟叔叔说起肖老师。叔叔哦了一声说，原来是肖长华呀，这家伙当年学习也不错，怎么才考了个师专。又让我传话给肖老师，欢迎老同学来家里做客。

没过多久放了暑假，肖老师在我的带领下，来拜访叔叔。他骑着自行车跟在我后面，斜挎在肩上的帆布包里装着两瓶酒，在山路的颠簸下发出叮叮咣咣的脆响。

一路上，肖老师嘴里喋喋不休，说的全是我叔叔。他告诉我，当年在学校，我叔叔就是个奇葩的存在。说他是优等生吧，平日里总是调皮捣蛋。说他是差等生吧，学习却又那么好。平时小考不用心，成绩平平，一到了期中期末，百名榜上肯定进前三。尤其数理化，经常拿满分。好多同学都嫉妒他，不单单嫉妒他的学习成绩，还有他那聪明的大脑。他曾经用最简便的算法，证出过一道难倒全校老师的高等几何题。

肖老师长长地叹了一口气，要不是那把该死的千分尺，你叔叔准能考个名牌大学，现在也该毕业了，没准正读研呢。

肖老师说，其实千分尺事件发生后，校方给过我叔叔机会，一拖再拖，一等再等。拖到秋季开学，又拖到放了寒假，也没见我叔叔归校，这才将他除了名。第二年，我叔叔归校时，千分尺事件已经定了性，所以最终没有了回旋的余地。

有一点，我要跟你说。在一段缓坡路，我们下了自行车，肖老师表情郑重地对我说，按理我个当老师的，不该跟你说这些。人哪，有时候不能太实在。

为了款待叔叔的老同学，婶子杀掉了一只正在下蛋的老母鸡。我也坐到炕桌前，当起了陪客。叔叔、婶子和肖老师三个人，一直喝到天黑掌灯，喝干了肖老师带来的两瓶酒，又打开了叔叔家的塑料酒桶。

喝着喝着，肖老师突然筷子一撂，呜呜啕啕哭起来，翻着喝大的舌头冲叔叔吼，付智民，为啥要承认？有人抓你现行了吗？你知不知道，看到你现在的样子，我心里有多难过。

现在怎么啦，不好吗？婶子不爱听了，呱嗒撂了脸子。

都好都好。叔叔也喝多了，手指头挨个点着，嘴里叨叨咕咕，老同学好，大侄子好，媳妇好，我也好。

第二天一早，我和叔叔一直把肖老师送到村外的大路上。往回走时，叔叔对我说，你先回吧，我去上山看看地。我走了几步回头看，见叔叔进了路旁的一条沟，好久没出来，便折身返回去。绕到沟上沿儿，我看见叔叔站在沟底，头抵着一棵小老树，拳头捶着树干，双肩一耸一耸的，喉咙里哽咽着压抑的哭声。

回家和母亲说，母亲叹了口气，叮嘱我，别和你爸说，省得他又发脾气。

我上高中的那年冬天，叔叔一家搬走了。搬回到婶子的老家莫旗。这一年，婶子又怀孕了。她像只连蛋的母鸡，之前已经生了两个儿子，因为超生还挨了罚。两年没到头，肚子又鼓了起来。上面追着要婶子去做引产，可婶子咬定青山不放松，就是要生下来。实在没了退路，只得远走他乡。

临走时，叔叔跪在我父母面前，哭得鼻涕一把泪一把，说辜负了哥哥的期望，更对不起嫂子的养育之恩。这一走，不知何年何月才能报答。父亲和母亲也落了泪。他们似乎也意识到，叔叔这一走，怕是再也不会回来了。其实叔叔在老家这些年，过得并不舒心。命运将他打回原形，变成了靠天吃饭的农民。可他偏偏又读了那么多书，言谈举止又不像个农民。离群索居的他，就像一滴油，始终游离在水面上。族人的冷眼相向，村里人的冷嘲热讽，让他变得越来越郁郁寡欢。

倒是我婶子，一手拉着老大，一手抱着老二，挺着隆起的肚子，静静站在一旁，离别的哀伤难掩她归心似箭的欢欣。让人不能不怀疑，她的再次怀孕，是一场精心策划的阴谋。整天唠叨着回老家回老家，这回终于得愿以偿了。

一晃儿三十多年过去了。

这期间，叔叔从未中断与老家的联系，隔三岔五总要回来看看他的哥哥嫂子。记忆最深的是我考上大学那年，叔叔得到消息，丢下家里的农活，千里迢迢专程赶回来。他看上去比我还要高兴，送给我一本精装版的《百科知识词典》，一个劲儿夸我有出息，给老付家争了光。那一刻，我又想起了那把千分尺。是的，如果没有那次意外，这份荣光一定会来得更早。而享有这份殊荣的，应该是我的叔叔。临走时，叔叔留下了一笔足以让我读完四年大学的钱。面对我父母的执意拒绝，叔叔说，哥，嫂子，你们要是让我心里能好过点，就收下。

赶到夏天时，过去待几天吧，那边凉快。每次离开老家，叔叔总会向我们发出诚挚的邀请。父母嘴上应着，却一直没有成行。母亲没出过远门，打怵那遥远的车程。父亲打心眼儿里排斥那个叫莫旗的地方，那里曾经打碎过他的梦想。而我随着参加工作、结婚成家，人生的列车也驶入了既定的轨道，忙得几乎停下来。只是偶尔闲暇，或是逢年遇节，才会想起远在莫旗的叔叔，打上一个问候的电话。

直到去年前夏天，叔叔查出了直肠癌，住院做了手术。父亲得到消息，特意从老家给我打电话，哽咽着说，我老了，走不动了。你去看看他吧。

向单位请了年假，我驾车出发了。一路手机导航，途中在吉林白城歇了一晚，第二天继续北上。临近中午，已经进入莫旗境内。车窗外，就是婶子口中以"垧"论计的那片黑土地，种的全是大豆，风中翻着绿浪，远远地涌向天边。那一眼望不到头的地垄，如果用牛拉犁，怕是一天也走不到头。

叔叔家在宝山镇下边的一个村子里，几十户人家住得稀稀落落，一水儿的红砖尖脊大瓦房。接到我的电话，叔叔一家早已在大门口等候，老老少少站了一大排。下了车，婶子先迎上来，给了我一个大大的拥抱，身上依然烟酒味儿十足。自打从老家搬走后，婶子就再也没有回去过，当年的漂亮媳妇已经是满脸皱纹。大弟弟一家四口，二弟弟一家三口，小妹妹一家三口，都依次打了招呼。远隔千里的兄弟姐妹，血管里流的是相同的血，那感觉是陌生的，又是亲切的。最后迎上来的是叔叔。他还不到六十岁，已经被岁月蹉跎得年老体衰，身子佝偻着，头发也掉光了。他在我面前站下，上一眼下一眼地端详半天，抬手轻轻拍了拍我的脸，说累坏了吧，快进屋。

叔叔切掉了直肠，做了造瘘手术，小腹右侧插了个管子，腰里整天挂着个装屎尿的造瘘袋。为了活命，也只能如此。至于活多久，也只能看叔叔的造化了。婶子背地里跟我抹眼泪，说都是我不好，没有照顾好他。叔叔倒是看得很开，说妈的，肛门没了还能活下去，简直就是个奇迹。我就是在见证这个奇迹。然而夜里醒来，听到叔叔那难以抑制的低吟声，我的眼泪还是忍不住流了下来。我的叔叔，往后的余生将一直与病魔相伴了。

原本想多陪陪叔叔，三天后我突然接到单位的电话，不得不提前离开了。临走前一天，婶子和弟弟妹妹们去二十里外的镇子上搞采购，为我准备带回老家的土特产。我和叔叔闲在家中，享受我们叔侄这最后的相聚时光。尽管我一再告诫自己，可话题绕来绕去，还是说到了当年的千分尺事件。

叔叔笑得很淡然，说好奇害死猫，谁能料到一次偶然，就会决定命运呢。又说，人生只有一次，没有比较的基点，谁能知道另一条路上的自己，会发生什么呢，所以想想也没什么可后悔的。叹了口气又说，这辈子最大的遗憾，就是对不起哥哥嫂子。从小到大总是闯祸，让他们操碎了心，到最后还是让他们失望了。

给你看个东西。叔叔冲我诡秘地一笑，回身打开衣柜，慢慢蹲下去，拉开下面的抽屉，拿出一个巴掌大小的扁盒子。打开盒盖儿，递给我一张折叠的纸。打开，是一张说明书。

再看盒子里，躺着个奇形怪状的小东西。

我一眼就认出，那是一把千分尺。

叔叔说，两年前，他学会了网购，无意间在淘宝看到有卖千分尺的，便下单买了一把。猜猜多少钱？见我猜不出，叔叔笑骂道，还是一百三。这么多年，这玩意儿竟然没涨价。可见科技是进步了。

是的，千分尺的出现，又一次激起了叔叔泯灭多年的好奇心。他要完成当年没有完成的那次实验，量一量自己的头发丝儿直径。为此他曾反复阅读说明书，终于掌握了正确的使用方法。只见他戴上老花镜，又拿出一个台钳状的小底座，在茶几上放稳，将千分尺的尺架曲柄固定在上面，用微调螺旋将尺柄上的刻度线归零对齐，调试掉误差，又反向松开。

我量过好多次，我的头发直径在81到84微米之间。叔叔说着抬手在头上摸了一把，却走了个空。他尴尬地笑着，把秃瓢样的脑袋往我眼前一探，说你帮我找找，真的一根儿也没有了吗？

手术后的一次次化疗，让叔叔的头发几乎掉光了，只有左耳后风池穴上方，还蜷曲着几根劫后余生的毛发，银灰色，细绒绒的，像秋风中枯萎的羊胡草。

就这个？叔叔嘴里嘟囔着，左手拈起我手里的毛发，静置在测砧上。随着尺柄上的螺旋在指间轻轻转动，他很快丢掉了头发带来的沮丧，投入到忘我的专注中。那一刻，千分尺仿佛焕发出一股神奇的魔力，让他忘记了人生苦痛，忽略了挫折坎坷，仿佛又变回了那个充满好奇心的青葱少年。

54——微米。叔叔扳下止动锁，盯着尺柄上的刻度线，读出了那个微小的数字，哀叹一声说，还没好汉子的汗毛粗。

来吧，你也试试，测测你的。叔叔又将千分尺调试好，连同底座推到我面前。

我赶忙摆手，说算了，万一拧坏了。

没事，我教你。叔叔不由分说，抬手从我脑袋上拔下一根油黑粗壮的头发，举在手里端详着，一脸艳羡地说，这才是我们老付家的头发。想当年，我也有一头。

在叔叔的指点下，我将头发置于测砧上，小心翼翼地拧着微调旋钮，驱动着测微螺杆缓缓前行。头发夹住了，开始改用测力装置，旋转尺柄尾部的棘轮盘。随着头发越夹越紧，叔叔猛然喊了一声："停!"

几乎同时，我听到棘轮发出咔咔的警报声……

刀剑如梦

黑 铁

1

来了？

来了。

他站在昏黄的灯光下，对面阴影中小小的红火一张一收，照亮她抿紧的嘴角，以及两侧绷起的筋肉，星火随风流散，掠过隆起的颧骨。

褪去布套，露出黝黑的乌木，长一尺二寸，尾覆漆钢，刻有云纹，虽已细细擦过，但握上去依然有些黏腻，掌心一点冰凉，那是打磨光滑的铆钉。拇指抵着暗黄色的挡格，抽出精钢锻打的三尺八寸，细长，冰冷，尖锐，形如禾苗，带着暗纹，流溢着光彩。

他并步站立，左手抱刀，刀身横于胸前，小臂托着刀背，右掌斜倚，两臂外撑，目视阴影处，说了声请。

她走出暗影，叼着烟卷，双手拢过发丝，脑后扎紧，发根拉扯皮肤，细小的青色在额角下蜿蜒。她解了围裙，从前兜里掏出根塑料短棍，身前一甩，长如小臂大小，按下嵌入手柄的红宝石，咻的一声，棍中亮起粉色的光。她同样并步抱刀，双臂外撑。只是说请时，嘴角向上牵着，似笑非笑。

他收了势。

啥意思，不比了？她问。

你当这是小孩过家家？他说。

别瞧不起光剑，带着原力呢。她说。

半月后再比，帮你定把钢刀，钱我出。他说。

光剑抵住刀身，她说，这就够用了。

他盯着她说，这刀没开刃，但是纯钢的，二斤六两，万一有个磕碰损伤怎么办？

先操心你自己吧，她说着，侧身而立，剑尖斜指向下。

他随手挽了刀花，虽不及当年的表演剑轻灵，却刀身持重，携风有声，他很满意。

摆好弓步，双手持刀，左手后，右手前，汗水沁进木柄，轻轻较劲，预备突进下斩，一扑之势，双足发力，带动腰间，驱使上身，牵引双臂，这一击她是格挡不住的，若侧身躲避，便左手推刀背，横搅，侧身，斜刺。抢攻之下，她的缠头裹脑再难施展，只能败于长刀之下。

这一切，静夜中他已推演过无数次，长刀置于膝头，许多年前落败的场景重现，再逐一分解，渐次应对，直到心中生出热切，抵消了颈侧时常泛起的一丝冰冷。那是她当年的制胜一刀，表演刀抹过脖颈，刀刃轻薄圆润，在绷紧的筋肉血管上滑过，带着哗哗的轻响。

不过今日不同往昔，这亦刀亦枪的长刀占尽优势，况且是钢刀对塑料玩具。或许因为胜利唾手可得，他甚至有些后悔，不该念兹在兹，旧事重提。但心被割了刀口，只待击败她的一刻，方可愈合。

况且形胜势起，一切已由不得他。

他盯着她持剑的手，弓身含胸，意沉双足，堪堪要发力时，不远处几声脆响，牵走了她的眼神。

她喊了声等等，便跑了过去。

吵嚷声在楼宇间炸开，此起彼伏，起的是她，伏的是老太太。先是质问和反问，之后是说理和辩理，最终理所当然地只剩叫骂和更高声的叫骂。他听得尴尬，摆好的架势也懈了。

伴随着骂声，她捧了几个易拉罐走回来，随手扔在地上，逐一踏扁：刚走一会儿就出来捡剩，骂多少回都不长脸。

远处的骂声还在，铿锵有力，几句脏话往复循环，仿佛永不止息。

她把易拉罐踢到一边，复又持剑而立。

赶紧的吧，完事还能再划拉一圈。她立了剑指催促着。

他重又弓步持刀，意随刀走，可刀尖上上下下，怎么都稳不下来，颈侧凉意渐胜。

他见她右手一扭，心知机不可失，踏步劈去，她果然向右侧身，于是横搅，侧身，一切如他所料，之后便是致命一刺。

她半明半昧的眼睛忽而瞪开，撑起眼角的褶皱，眼中的光直射而来，他眼神一晃，一口气也随之涣散。身侧有缺，她盯在那里。他心意先觉，身形却已难迫，只得冒险一刺，手中一震，刀身晃动，竟刺偏了。

她弓身闯入，粉红色的光从他腋下划过，剑尖回点在腰间。

若是真剑的话，他已脱刀在地，腰腹洞穿。

咻的一声，光剑熄灭，连同易拉罐一起被扔进小拉车的布袋。

走了啊，她打过招呼，拉着小车走了。

小车的梁架不时立在柏油路上，发出轻响，接着是翻动垃圾箱的声音。

声音渐远，直至消散，于是只剩他，托着长刀，立在小区昏暗的一隅，不知所措。

2

师傅来电话时，已是第二天下午。

他被敲门声惊醒，昏头涨脑地打开后门，有个发型蓬乱的头探进来问，还有没有龙干？临期的。

封控早已解除，尽管小超市前门挂着锁，但依然阻止不了主顾敲开后门。越是要歇业盘点，越是客流不断，树欲静而风不止。这事其实也怨他，既然有了出兑的心思，利润什么的也就不那么上心，许多库存都以临期之名甩卖了，因为酒水居多，所以引来不少酒徒，老宋就是其中之一。

他随手往角落里一指，七十一箱。

老宋凑过来，猫腰挨个找着印在箱上的出厂日期。

电话铃声响起，他说着都是好日期，随手接了，听出是师傅的声音，后悔该先看一眼。

师傅问昨晚的胜负如何，他当着老宋不好直说，只说刀镡以上两寸薄了，发力时走了偏。师傅没再追问，让他抽空带刀来一趟，一起参详参详。

等他落了电话，老宋已选好酒，手里捏着一沓皱皱的钞票：临出门没带手机，兜里就六十，你说咱这都是老邻旧居的……

他有些不情愿，还是接了钱，只盼老宋快走，好清静清静。老宋不是第一次忘带手机了，还老邻旧居，从他接手小店到现在，也不过一月有余。

老宋抱着纸箱，却没走的意思，探头探脑地往阳台踅摸，那里戳着一摞纸箱，用玻璃丝绳捆得结结实实。

老宋说，这几个破纸箱子我帮你扔了吧。他说有用，推开了后门。老宋念念有词，不就是几个破纸箱子吗，老邻旧居的……他嘭地关了门。

声响在四壁回荡，嗡嗡作响。当他刚搬进来时，这里的货架上被塞得满满当当，木色地板满是残留的胶痕和划痕，肮脏不堪。出兑的小老板跟他说，边哥，这是存货的，收发快递都在外屋。小老板推开隔壁的木门，除了一张床一个布艺折叠衣橱，余下的空间摞着大大小小的纸箱。他透过窗子看见小区里不时有人走过，路对面是一排平房，铁门上刷着门牌号。小老板说，自行车库，每家一个，咱家的在那边。小老板指了指，铁皮门，上面红漆刷的312。隔壁一间门框上挂着两副线手套，用得已经发灰了，洗过后被冻了个结实，随风轻摆，撞出轻响，像是风铃。这个小区原来是7503厂的宿舍，照顾本厂职工，特意在外边修了库房。他虽然不是7503厂的子弟，但他从小也是在大厂长大的，和这里相差无几。

小老板说这些时，手头一直没停，一直在帮人找快递。他尽量想放松些，却不自觉地在心中默默估算起人流量来，毕竟是干过销售的，对这些事敏感，观察与计算几乎成为本能。他问，生意这么好，怎么就不干了呢？小老板双眼在货架上逡巡着说，我家妮上初中了，她妈管她，管老人，还得管家里的地，一直就念叨着让我回去。再说这几年疫情闹得凶，每次想走，就赶上封控。这次我彻底想开了，过完春节就不回来了。

他给小老板递了支烟，又帮着点上。两支烟渐渐燃烧殆尽，小屋里淡蓝色的烟雾升起又消散，烟草味混合着纸箱散发的味道，闻着很亲切。他从南方回来，心思其实和小老板无异。累了，也不愿意总在外面漂着，虽说在那里工作了十多年，但骨子里还是舍弃不了本乡本土。一荤两素三十元一份的便当他始终吃不习惯，那里的街头也没有这里随处可见的酱骨头和熏鸡架，只有板面和猪脚饭。在那里，工作时在工作，不工作时却算不上在生活。他去时两手空空，回来时形单影只。账面上多了十几万，身边却不见了小梅。他没想到一向谨小慎微的小梅赌性这么大，而比赌性还大的是她的胆子。一切的根源，或许是那次周末的澳门之行。当小梅说出一切，为时已晚。打拼十年的积蓄，买房定居的梦想，依旧不足抵扣公司账上的亏空。老板大度，答应只要还上，便不会诉诸公堂。尽管他并不知情，可毕竟小梅出了事，他再难留在公司了。老板给了笔离职金，十分丰厚，其中有一起创业的旧情，有不舍他离去的遗憾，也有帮衬他们一把的怜悯。亏空终于补齐了，他忽然感觉很累。他知道小梅需要他的理解和抚慰，但他感觉自己已经摇摇欲坠，再也支撑不起一点重量。他走得悄无声息，只带走了个拉杆箱，还有一纸欠条。薄薄一张A4纸，几行字，还有小梅的签名与手印，却压得他双手微微颤抖。梦想、爱情、事业，都随着这张纸化为灰烬，伴着咸腥的风飘散于海水中。无意间，他踩塌了某个孩子精心构建的沙堡，海水一点点将沙堡抹平，重归于平坦的沙滩。之后的一切都交给了惯性，买机票，回家，蒙头大睡，吃饭，换电话号，刷论坛，来看店。

开放式小区，没有公摊面积的福利房，7503厂的职工宿舍，一楼，临街一侧的卧室开了门，是取货区，临小区一侧客厅摆上货架，是存货区，留了间空屋，储物兼卧室，外加每天朝九晚九的忙碌生活，这一切无所谓满意与否，他只是需要而已。

他原本没想在经营上多下心思，可心中的念头一直蠢蠢欲动。他终于还是没忍住，找了工人简单装修一下，临街的外间摆上了货架和收银机，货物种类不多，啤酒饮料外加面包方便面，花花绿绿的小食品和小玩具最多，门口还专门布置了冰柜，装着速冻饺子和各色雪糕冰激凌。东西虽然不多，但都是经他逐一考量的：驿站每天人流量不小，下午三四点钟最大，姥姥姥爷和妈妈们接了孩子顺便来取快递，大人们看不上小超市的货，可孩子不管，每天不买点什么就哼哼唧唧地不走，积少成多，小东西一件两件看着不起眼，收入却不少。女人们会精打细算，男人们却喜欢简单直接，取快递的功夫顺手拎一提啤酒，或者来袋速冻水饺对付一顿晚餐，几乎是常态，老宋就是这样。唯独可惜的是申请烟草专卖许可证太麻烦，否则挣得更多。

因为临近过年，生意很好，他两面兼顾，屋里屋外地忙。原本想再雇个帮手，可年根底下找人不容易，他乐得一个人，也是信人信得怕了。于是他在外间加装了摄像头，显示器通到里间，小超市啥样，在里间看得一清二楚，有手欠的，来两回知道有摄像头，也就不敢伸手了。

小老板又来了一次，取个人物品，临走还夸他会做生意。他在门口目送出租车远去，得意地挥手。他仿佛重回旧时光，顶着营销总监的头衔，动辄飞到迪拜或者巴格达，带着最新研制的样品和当地经销商谈铺货和返点。

一阵窸窸窣窣的声响把他拉回到小店门前，他见她正在门口麻袋里翻着纸箱，旁边还停着辆小车，不由得呵斥着：怎么还捡到门口来了？也不问问有用没用，伸手就拿。

3

他是后来才认出她的。他们的厂区随着新城区的扩张而被规划为大学城，工厂要整体南迁，于是在厂区住了一辈子的人们如同失了大树的猢狲，四散而去。他随父母去了铁西，那里原来一望无际的工厂渐次搬离，在一片工业废墟上重建了住宅区，铸剑为犁，欣欣向荣；她在老城的大北边门外买了房，动用了家里的大部分积蓄，想着远离厂区，做个地地道道的市里人。她当然知道位于北海街、东北大马路与联合路交会处的新兴楼盘兴建动工前是省女子监狱，上溯若干年，还曾关押过盟军战俘，可谓历史悠久。可她不在乎。那时城中大兴土木，四处拆迁，钢筋水泥吞噬了低矮平房和垫着炉灰渣的土路，并以此为养料，疯狂生长着。所谓阴气太盛的种种传说抵不过迅速上涨的房价。可过了许多年后，仿佛一切都回到了原点，他又遇见了她，在这破败的厂区。

门口那次偶遇，他和她都戴着口罩。他呵斥着，她并未说话，拉着小车走出栅栏围成的小院，留下一地已经拆开展平的纸箱。他心里有气，还想理论几句，被老宋拉住了。老宋说，为这点破烂犯不上，也没几个钱，都是老邻旧居的。他想说不是钱的事，这是素质问题，就这么大大咧咧地拿，知不知道什么叫物权，什么叫私有财产。可话冲到嘴边，却收住了。他看着门口来来往往穿着天蓝色棉制服的人们，感觉到了异样，那异样来自陌生。同样的老厂区，同样的厂里人，可他不再是那个在厂区长大的少年。当着厂里人唠这套嗑，未必能显出什么素质和高明，只能引来讥笑。他向地上指了指说，你要你拿走。老宋迟疑着，不好吧，都是你们店里的东西。他说，我说了算，你不要我就给别人了。老宋把装着散白酒和花生米的塑料袋放在台阶上，撂起硬纸板，捡了节绳子捆扎着。他望着她远去的背影，心中泛起些许悔意，感觉自己有些小题大做。

小老板留下了两个纸箱，说是让他帮着扔了。他大概看看，是一件棉外套和一条运动裤，两双运动鞋，还有一双雪地棉，灰绿色，高腰。全都蹭着污渍，散发着汗味儿。看来它们一直伴随着小老板进进出出，搬搬扛扛，也算是小超市的元老重臣，可惜如今江山易主，也只能弃之如敝屣。

小区里有垃圾箱，铸铁的，四方形。每天清晨都有小车把垃圾箱吊上后斗运走，过一会儿又会运来空的，摆在相同的位置。垃圾箱旁有绿色的铁皮小屋，漆着衣物回收和慈善捐赠。

他拎着两个塑料袋，装着衣物和几双鞋。原本要扔进垃圾箱，可见到捐赠箱，他停在了中间。

一个老太太腰身躬成直角，努力抬头，盯着塑料袋。

老太太说，小伙，别扔，给我吧。他没理睬，老太太喊了声给我，他走过去掀开捐赠箱的盖子。老太太喊，你怎么这样呢？他把袋子扔了进去。

叫骂声和着拐棍敲击捐赠箱的声响，很久才停息。想来老太太该是对上了锁的捐赠箱束手无策，叫骂声又持续了一会儿，随着夜色来临而渐远，终于消散在楼群中。

他松了口气，心想东西还是去了它们该去的地方，他也捐赠过了，以慈善之名。

第二天，他买早点回来时见车库隔壁的门敞开着，门前扯起大红色的旧床单，系在晾衣绳上，地上则摆满了各式各样的鞋子，都是旧的，以运动鞋居多，其中一双灰绿色的高腰雪地棉格外扎眼。他还在晾衣绳上挂着的形形色色的衣物中找到了那件棉外套和运动裤。

她蹲在地上，分门别类，逐一打包。

有路过的人，都不免放慢脚步，如他一般，目光在铺陈开来的鞋子中搜寻着，触到一双熟识的，然后开始仔细打量，停在某块污渍或破口处。目光盯住她，是被羽绒服撑起的浅蓝色围裙，是洗得发白残留着不少亮片的粉色棒球帽，是罩在白色N95上的蓝色外科口罩，是发灰的白线手套。于是目光在不甘与自我安慰中投向远处：算了，都不容易，何必跟一个捡破烂的一般见识。

可他没有，他走了过去：这些东西哪来的？她抬头看了他一眼，便又低头忙碌起来，戴着线手套的手却未停下。

他说，这些东西哪来的？她察觉出他音调的上扬和颤抖，终于停了手，站起来，抬头望着他。

他指着不远处的捐赠箱说，衣服是捐给山区孩子的，你连这都偷？

其实捐赠箱上并未标明东西的去处，他从前在论坛里参加过几次网上组织的捐赠活动，大多是募集洗净补好的冬装与棉鞋，送给山区贫困儿童，自然也就认定了。毕竟除了生活在遥远大山里的贫困儿童，谁还需要这些呢？

她说，跟你有啥关系。

他说，这里边有我捐的。

她轻呲一声说，哪个是你赶紧拿走，别找事。

他没动，我拿走了，剩下的呢？

你啥意思，这些玩意都是你捐的？你家人口挺多呀。话语刺了过来，她一双小臂绞在胸前，面对高出一头的他，并无惧色。

他不准备跟她在细节上多做纠缠，对稀稀落落围着的人们说，大伙捐给孩子的东西，她就这么给弄走了，这也太不像话了。你说你真要是只顾着自己，不愿意伸手帮帮别人，那是你的自由，做慈善全凭自觉，人的素质本来就有高有低。捡破烂自食其力不丢人，可别偷东西呀，尤其是大家捐的东西。

窃窃私语在人群中泛起，聚集，她盯着他，肩头微微颤抖着。老太太弓着腰仰脸说，她从箱子里倒腾东西不是一回两回了。她指着老太太喊，你儿子在市里做买卖的，养的厢货七八辆，家里少说也趁个千八百万的，你可好，成天盯盯地守着那几个垃圾箱，跟我们抢饭碗，你也好意思。老太太并未退缩，举起拐棍指指点点：垃圾箱是我们小区的，你是我们小区的人吗？成天在小区里晃悠。年纪轻轻的也不找个正经营生，天天捡破烂偷东西，也不怕给你娘家丢人。

　　大战一触即发，她和老太太都被人拉住，他在中间倒是挨了几下，左右都有。有人劝老太太消消气，更多的人则指摘着她的不是。她百口莫辩，索性抢开几只拽着袖子的手，掏出电话，拨过号吼着：铁哥，你来一趟，有人欺负我，我一个人整不过他们。人们受了指责，更是七嘴八舌跟她计较。他见她形单影只，反倒挡在了她身前。她退回到车库里，坐在一摞旧衣服上，低头不语。他堵在门口，跟大家说先冷静冷静，有事说事，咱们动手倒显得理亏了。有人在他屁股上蹬了一脚，他往前冲了两步，左脚绊右脚，险些摔倒，很是狼狈。她指着他喊，就你最蛄蛹，挑完事了还在这装好人。她还要踢，被一个穿着珊瑚绒居家服的男人给拽住了。男人说，小艳，咋还跟人动手了呢，有话好好说。

　　男人听她说罢了原委，在手包里翻拣一阵，找出一串钥匙，用其中一把打开了捐赠箱的大锁。人们见状，都不说话了。男人锁上大锁，散名片跟人们解释：我姓铁，达丰物资回收公司的。小区里的几个捐赠箱，原来不是我们的，当初那帮人收了衣服也是倒手卖了。我们接手以后，定期回收，卖完的钱，按比例提留，统一转给正规的慈善机构，点对点，捐助贫困学生，大部分都是女孩，主要是中小学，大学的也有，不多。你们要是不信可以到公司网站上查，信息都是公开的，网址我名片上有。

人们渐渐散去，有一两个人给男人递了烟，打听收购的品种和价格，男人说，这一片都包给小艳了，我们只跟她对接，要是有小量的，直接卖给上门收废品的更划算。

终于只剩他和她了，男人走过来，弯腰伸手，他向后一退，警惕地看着男人。男人笑了，有鞋印，我寻思帮你抹持抹持，正在屁股上，挺硌碜的。他自己左转右扭地拍了拍，男人叼着烟，像是在参观猴山上的表演。她伸手扯了口罩说，来根烟。男人递过去，帮着点了，又递给他一根，他推说抽不惯，男人也没坚持。她问，铁哥，昨晚在这边住的？又来老丈人家蹭饭了？男人说，你当这饭吃着容易呀，没事也不能找我来。昨晚我给换的热水器角阀，我老丈人图便宜，破玩意亚铅的，螺丝口都烂里边了，我这一顿抠……男人边说边比画，手碰到了他，一蓬火星溅起，男人忙帮他拂去烟灰。他推托着，二人你来我往，像是在推手较劲。男人终于放弃了，转而用夹着烟的手指了指他的裤子：小艳，回头给人把裤子洗了，看着还挺新的，你可倒好，蹭出这么老大个鞋印子，你当踢你儿子呢？她说，真要我儿子，那就不是一脚的事了。男人说，行了行了，怎么还占上便宜了呢。男人又转头：大哥，你别跟她一般见识。小艳人挺好，就是脾气暴，嘴还损，其实她挺不容易的，自己拉扯个孩子，还得照顾病人……她拦住话头，铁哥，你要没啥事就回去吧，我还得干活呢，晚上请你吃饭。男人说，你那点钱挣得辛苦，还是给你儿子留着吧。

男人转进楼群前还不忘嘱咐：想着给人家把裤子洗了。

等男人上了楼，他才说，赵艳，这么多年过去了，你这张嘴还是一点没变。

她看着他，叼在嘴边的烟积起灰烬。

他摘了口罩说，赵艳，咱们能有小二十年没见了吧？

4

的确，他和她上一次见，还是高三那年在操场上，下午四点多，正是热的时候，换往常的话，该收拾收拾回去上自习了。可眼看快体育加试了，带队老师给他们定的训练项目加了不少。队友报的都是常规项目，足球、篮球、短跑、标枪、铅球都有，唯独他特殊。每天基础的体能训练结束后，别人分组跟着带队老师练，他则带着表演剑到操场的一角，按照赵叔吩咐的，先练正踢腿，不但要符合评分标准，还要练寸劲，如此才能在踢腿过腰后加速。然后是腾空飞脚：助跑，起跳，踢脚，落地，在空中脚掌相击时要踢得响亮。

两项基础练完了，就是拳术和器械。赵叔跟他说，原本他的身形和性子适合太极，不过太极的套路都太长，别人两分钟就完事了，他得三四分钟，越长越容易出错，还是选两样短的。他学的这套从根本上讲和太极类似，都是拳剑一体，以拳为主。

不学太极他挺高兴，因为在他看来，太极软绵绵的，看着没有半点威力可言，但赵叔教的拳术剑法他也欣赏不来，轻飘柔软，不住地画圈。按赵叔的说法，这套剑分正剑变剑，还有什么乾坤坎离，震垦巽兑，走转裹翻，穿撩提按。听着糊涂，练着迷糊，他和赵叔说，这扭来扭去不像练武。赵叔说，拳术各有千秋，太极打的是道理，形意打的是功夫，我传你这套，打的是艺术。知道啥叫艺术不？高难美新就是艺术。加试的时候，人家打分看的除了套路稳不稳，器械掉不掉，就是这玩意。你要学技击，跟人干仗，赶紧跟你爸说，我退钱，教不了。

话已至此，他只好闭嘴，赵叔是他爸好说歹说才请动的。赵叔平时都是在市里带班，一周两节，全在周末，带过的学生年年加试成绩都不错，学的无非就是太极、长拳、南棍、南刀之类。赵叔酒足饭饱之余，跟他爸说，小边，这也就是冲着是你爸带我进厂的，我叫了他十年师傅，换别人，我可不接这活。他爸自然是千恩万谢，斟酒举杯说，赵哥，厂里的子弟中学不行，要考大学，只能靠旁门左道。你说我这小子，文化课中游，不是学声乐美术的材料，也就考个体育特长。带队老师也说了，他这身体素质，正经项目费劲，选传统武术或许能行，我才来求你。都是为了孩子，有啥办法。赵叔碰了杯，一饮而尽，抹了把胡子说，孩子放心交给我，既然我答应了，肯定正经教。底子差也没事，我给他开小灶。

跟赵叔学了大半年，集训队里有好奇的，也跟着学过一阵，结果全都回队里了。赵叔的教法跟带队老师不一样，他们都不太适应。赵叔跟他说，你们老师那叫训练吗？那叫训牲口，不管啥项目，没事就上力量，把人都练废了。这话他跟他爸说过，他爸板着脸说，这话到此为止，不许在外边乱传。于是他形单影只，一边在操场这边练着点刺劈砍，格锉崩削，一边看着对面的人热火朝天地练着带球射门或者三步上篮。

但外人并不知道底细，只知道他每周一三五下午都练功夫，打拳、练剑，有模有样。他也乐得没事在女生面前舞几个剑花，有混社会的男生客气地递上烟，他会推走：有讲究，习武之人不能近烟酒，散气。

那天他练了正踢腿和空中飞脚，拳也打过一套，赵叔还没来。他想起昨天赵叔说步法该用蹚泥的劲，他使出来却像是拉扯假腿。拳术之道无他，唯神气二者而已。神不对，气不走，步法一乱，套不成套，路不成路，高分就别想拿了。他提剑再练套路，心思全在蹚步上，来来回回，不知不觉，铃声响起，该是放学了。他还有几招没练完，故意放缓了速度，有点翩翩起舞的意思。他们班不少人都围了过来，说大边有点意思，都快练成剑侠了。他舞的是剑，心思却全在周围，听了称赞，他收势时特意舞了剑花，轻薄软弹的剑身哗啦啦一阵脆响，一时间剑气流溢，又招来一阵议论。

你师傅呢？他还沉浸在得意中，顺着话音望去，见是个女生，嘴里嚼着口香糖，个子不高，穿着白蓝相间的校服，留一头短发，看着眼熟。他没搭茬，女生又问，我爸呢？他这才想起，之前见过一次，这是赵叔的姑娘赵艳。她夹着个报纸包着的长包，对他似笑非笑，站在一片蓝底红格的校服中，显得格格不入。他说赵叔今天没来，她嗯了一声说，这都教的啥呀，我爸还好意思收钱。别人听她这么说，都把目光投向他，他被扎得难受，说，你啥意思。她说，没啥意思，替你可惜。周围响起哄声，他说，你知道我练的是啥吗？她说，是啥能咋的，都是套路。他说，这叫功夫。她哼了一声，狗屁功夫，套路就是套路，只练套路不讲手，就图个好看，更别说之后的对练和功法了。他瞪着她，她笑了，长包一甩，脱去报纸，露出雪白刀刃，刀身随着发出轻响，左右摇摆，状若游鱼，那是一柄表演刀。她笑着说，别不服，我就问你一句，你学这玩意能打人不。哄声大作，他并步抱剑，右掌斜倚，两臂外撑，说了声请。

他请字一出口，各种声响便息止不闻。他听见自己的呼吸声，随着心跳愈加明晰。其实她说得没错，他只练过套路，一招一式讲求的是连贯优美，至于为何是刺，为何是削，他没问过，师傅也没说。后悔已来不及，第一次临战，该如何对敌，他心中并无打算，一片空白中，唯一记得的就是平剑前刺。他刺出的那一刻，望见她眼神如刀，携风而来，凌厉异常，他慌乱地避开，再之后视线中一片模糊，他只听见一声脆响，手中剑被格飞，之后表演刀抹过脖颈，刀刃轻薄圆润，在绷紧的筋肉血管上划着，带着哗哗的轻响。

他听见咯吱咯吱嚼口香糖的声音，一阵甜香的草莓味儿泛起。

有老师喊，你俩干什么呢？不许打架！那个女生，你哪个学校的？她忙拾起报纸，随手裹在刀上，飞快地跑走了。他盯着地上的长剑，感觉心一点点变空。

他忘了后来自己是怎么收拾东西回器材室，又收了书本回家的，只记得回家后便一病不起，量体温正常，可他却说浑身发冷，也没劲，躺了一星期才去上学，但已经错过了体育加试。他爸表面没说什么，却和他妈研究了半宿，而后郑重地跟他说，再复读一年吧。

第二年他备考的时候，赵叔却忽然不见了，他跟着练过足球、短跑、铅球，最后定下了标枪，不过成绩平平，加试没过线，不出意外地高考落榜了。

再之后他念了成人教育，毕业后去了三好街，一点点从销售干起，直至远走南方。

5

她到底还是拿走了他的裤子，说是铁哥特意嘱咐的，得当事办。

他拗不过，就随她了，之后一直没碰见她，不过他也没在意，他们吃饭的营生都在这小区里，还怕见不到吗？

头春节一直忙，直到快递停了，他才歇下。三十在铁西过的，想来是他妈事先给他爸扎过"预防针"，关于小梅和南方，谁也没有提及。他在爆竹声声中吃着刚出锅的饺子。他妈埋怨他成天忙着赚钱，过年也不说给自己买套新衣服，他这才想起，身上这条裤子还是几年前回来过年时候买的，那条新裤子在她手里。他有些后悔，应该跟她要个电话，加上微信，大过年的，发点拜年的嗑，再包个红包，她不容易，得包个大的，她要是推脱，就说是给孩子的。思想信马由缰，他倒是先怕了，感觉自己不太地道，这种举家团圆的日子，该想起的，不该是她。可一想到小梅，他心头就一紧。小梅连着根刺，扎在他心上，尤其是刺尖，锋利无比，带着逃逸的悔意，越刺越深。

他是初二回小店的，倒不是有什么紧急的事，只是看不了他妈他爸一把年纪了，跟他说话还赔着小心。尽管他说现在生意挺好，一个人的日子过得也挺好，但好像没人信他。

下过了雪，小区里一片银白，没人踩过，所以光滑而洁净，星星点点反射着夜的光。对面楼的阳台上，不少人家挂起了灯笼，红红火火的，惹得他眼里发烫，偶尔响起的鞭炮声更衬得四下冷清。

手机在手里颠来倒去，屏幕和玻璃背板上，汗液沉积，湿了又干，干了又湿，渐渐变得黏腻。他终于在裤子上蹭干了手，划开屏幕，拨了那个熟悉号码，听了好一阵恭喜发财的彩铃，对面终于通了，小梅喂了一声，他慌不迭地挂断了电话，按住电源键，直至屏幕彻底熄灭。

他把手机扔在一边，盯着被分成四格的显示器，每一格都空空如也。在那一刻，他甚至有些羡慕——它的心中不见一人，无牵无挂，不像他。

破五之后，小区里人渐渐多了起来，他早早起床，在门口放了两挂大地红，为的是迎迎财神，图个吉利，也有点重整旗鼓的意味。还有两挂，留着第二天放，崩崩穷气。里外两间屋他都收拾过了，腾出不少地方，预备着收入积攒了将近一周的邮包。收拾出来的纸箱他都拆好展平，用绳子捆扎结实。裤子不能让人家白洗，几摞纸箱算是有来有往，如此开了头，以后再让她来收纸箱，也就顺理成章，不那么唐突。

他以为会等来大包小裹，没想到等来的却是小道消息，几家快递公司的快递员几乎异口同声：边哥，上边通知快递停了，听说是有病例，要管控。

他刚要给家里去电话，谁知道他妈先一步把电话打了进来，让他赶快去抢购，要封控了，给自己备够吃半个月的蔬菜。他妈信誓旦旦地说，实在不行就回家住，家里啥都有，我跟你爸忙活一下午，基本够咱们吃两个月的。他当然相信，他们那一代人，吃过糠，下过乡，历经风雨，备粮备荒早已写进DNA。他也相信，现在客厅和阳台，一定堆满了面粉、大米、挂面和各种各样的蔬菜，首选当然是耐储存的土豆、洋葱、卷心菜、大白菜、白萝卜和胡萝卜，然后是西葫芦、青椒、黄瓜、茄子和西红柿，最后才是芹菜、韭菜、菠菜和小白菜。他妈此时可能正在和他爸用保鲜膜或者报纸在逐一包裹娇嫩的蔬菜，然后把一新一旧两个冰箱统统塞满。

他赶紧打了几个电话要货，啤酒、饮料、香肠、面包、速冻水饺，甚至平时不卖的酱油陈醋食用盐香皂洗衣液甘油护手霜都要，方便面越多越好。他的大脑飞速运转，商机难得，小超市守着偌大的小区，真要封控半个月，得不少出货。虽然这点利润并不多，但他被某种信念所驱动，兴奋异常。这种信念在南方的那十几年时常在他脑中催生出一团热火，逼迫着他奔走，搜寻，交涉，沟通，计算，妥协。即便是在觥筹交错间熏熏然，他蒙眬醉眼之后所潜伏的，依然是热切的光。光照之下，谁是朋友，谁是对手，谁可以结盟，谁可以收买，一目了然，一切仿佛都自然而然地呈现着。他恍然发觉，自己其实从未甘心承认失败，因为他并没有败在哪个狡猾的同行手下，只是败给一场意外，或者夸张点说，是命运。人又如何与命运对抗呢？所以他甚至在潜意识中并不认为自己失败了，只是累了，歇歇，点刺劈砍的长剑套路不练了，改为助跑预跑，标枪离手，仅此而已。

等收完了最后一箱火腿肠，天色已晚，他去了趟小区东门的生鲜超市。灯火通明中，排着长龙，人们忙不迭地抢购着一切货架上还有的东西。等了将近一小时，他讪讪而归，两个紫甘蓝，一袋土豆，几个洋葱，还有若干坚硬无比的寒富苹果。

拎着菜回来时，他见蓝色的封挡逐一竖起，为了方便进出被打出若干孔洞的栅栏也用细密的铁丝网补好，东门已上了锁，如果不出意外的话，北门也会如此，整个小区只保留南门统一进出。果然，他见南门门口的电线杆挂上了硕大的照明灯，白光耀眼，套了白色防护服的保安已经在门口执勤，虽然不查证件，可还是跟进出的人们嘱咐着，要买啥赶紧的，明天小区就封了。

6

他预料的忙碌并未来临。

随着封闭开始，社区帮着对接了保供企业，具体到这个小区，就是东门的生鲜超市和另外一家农贸市场。他跟网格员商量，小超市里货不少，能不能也加到保供名单里。网格员说，可以帮着争取试试，但有难度，一个是规模太小，进货渠道和资质什么的都得上报审核，再一个小区封闭管理，每天取菜都得凭通行证在南门取，给他开了口子，不好管理。

话说到这份上，他心知应该是没戏了，但还是和网格员说了谢谢。网格员说，封闭期间，有什么困难尽管提，会帮着解决。他回复了个表情，关灯，睡觉。他嗅到了咸腥味，那来自纸箱中的腐乳和榨菜，还有面包的香甜气息，混着隐隐的酒香。一切都丝丝缕缕地纠缠在一起，暧昧不明。气味蒸腾起来，将他包裹其中。除了窗外呼啸而起的北风，这属于他也将禁锢他的小小世界，没有一丝声响。

之后的日子里，除了必要的吃喝拉撒，大部分时间他都躺在床上，微信里各种各样的通知不断响着，他懒得看，更懒得回复。偶尔有电话打进来，他在半睡半醒间都挂断了。不仅说话，很多平日里习以为常的事，他都已不再去做，例如早晨六点在闹钟的催促下起床，如厕，盥洗，买了豆腐脑油条回来吃，吃罢早餐，里外打扫一遍，然后开门迎来快递员的小车和装满邮件的麻袋。

许多念头从心底缓缓上升，逐渐清晰，然后在他的脑中盘旋，无尽无休。缠头裹脑四个字逼迫得他在心中不断默念着，不自觉地念出了声，久未发声，嗓子忽然一紧。窗台上的水杯空着，咖啡杯里残存着一圈细小的粉末，另一个高脚杯也空了，杯底结着暗红的痂。厨房里的电水壶也是空的。他索性在水槽里拎出用过的碗，随手涮涮，接了自来水，一口饮下。

那是透心的凉，激得大脑一片空白，氯的气味在口腔中蔓延，他又倒头睡去，任凭那凉一点点在体内扩散。

当他再醒来时，看了眼手机，显示的是四点。窗外一片晦暗，他一时分不清此时是晨是昏，只是感到一阵头疼。

世界一片寂静，他并不在意手机是开着还是关着，只是沉浸在偏执的幻想中。他觉得已经被整个世界所抛弃，是呀，像他这样一个选择了逃逸和背叛的人，注定孑然一身，只有猜疑和怨恨陪伴着他，不离不弃。他一面沉沦，一面享受。失速下坠，有时也是种美妙体验。

但显然整个世界并没有抛弃他，头顶响起重重的跳跃声，一下又一下。现在该是下午四点，他终于确认了时间，因为楼上的孩子又在手机摄像头前上体育课了。

他没来由地想起了带队老师，一个满口外地口音的壮汉，据说当年还是他们县的高考状元——铅球专业拿了最高分。带队老师后来如愿以偿考入体育学院，毕业分配，到了他们厂区的子弟中学，除了正常教学，下午没事的时候常常带着几个刚分来的青年教师跟学生打个对抗赛，然后洗澡，换衣服，走到斜对面的幼儿园，单手托着戴粉色小帽子的女儿回家。

想来如今带队老师该是年近五旬了，疫情对他们教师的冲击有限，因了网络的发达，他们依然保持着朝九晚五的作息，只是从面对一个个学生变为被分割为若干份的显示屏。

他想，若是那个下午没遇上她，没有错过加试，以赵叔的传授和他的文化课成绩，很有可能考入了体育学院，他的人生也将被改写，毕业后去一所中学任教，在安稳的生活中按部就班，与大多数人一样亦步亦趋，在该恋爱的年龄恋爱，在该结婚的年龄结婚，在该要孩子的年龄要个孩子，男女无所谓，健康就行。

于是他顺理成章地找到了这一切的罪魁祸首——她，那个赵艳，如果不是那在颈侧划过的一刀，他也不必陷入这样的泥潭。

他明知这是荒诞不经的偏执，却难以摆脱它的诱惑，亦如一个难以摆脱毒品的成瘾者。他甚至开始一点点构思起细节，先练拳术，再走步法，最后弃掉华而不实的剑术，改为修行刀法，并无花巧，一击毙敌那种，然后与她再战一次。尽管木已成舟，一切不能再回头，可击败她，或许是他唯一能做的事。

敲门声响起，急切而沉重，与其说是敲，不如说是砸。

他起身去开门，是两个穿着白色防护服的身影，一高一矮。矮的那个往后退了一步说，口罩，赶紧把口罩戴上。

他听那个声音耳熟，转回去戴上口罩再出来，想起是铁哥。

铁哥说，连续好几天全民核酸你都没去，社区让我们来看看。

他说，这几天难受，头晕，不爱动弹。

高个的听了，举起体温枪冲着他的额头嘀了一声，看过数值后和铁哥窃窃私语起来。

铁哥听完，嘀咕了几句，转向他：你这情况，全民核酸就别去了，我给你登记，上门采样，目前看体温正常，再观察观察，没问题了再出去。

他点了点头，去超市取了两瓶饮料送来，他们却摆了摆手。

铁哥说，心意领了，真不能喝，这一身不便宜，穿脱都费劲，咱们得控制饮食。

铁哥说完，高个的给他取了样，转身上楼，又去敲响另一扇防盗门。

他拿着两瓶饮料，一个念头划过：他们是不能喝还是不敢喝？

不过他已经不在意这些了，因为他的心中重燃起了热切，这热切推动着他放下饮料，为手机充电，然后搜索起关于刀法的各种视频来。

7

测试结果表明，他是阴性，又居家观察了几天，上报了几次实时体温之后，经过专家研判，他恢复了有限的自由，和小区里的居民一样，每天可以凭证出门两次，一次全民核酸，一次到南门领取购买的生活物品。

再见铁哥时，铁哥正在维持秩序，引导大家排队，间隔一米，自觉排队，文明有序，不随地吐痰。

他跟铁哥打过了招呼，铁哥说，小边，排队去那边。

他说，铁哥，这排人少。

铁哥说，你不懂，那排做检测的是女的。

他说，男女还不都一样。

铁哥说，你可拉倒吧，大早起来是男医生统一给我们志愿者做的，拿棉签使劲往里捅，来回撵拢，签杆子直磕打牙，手都快伸嘴里去了。

他到底还是没去那一排。铁哥也不勉强，和熟人们打着招呼，诉说着他在检测中的遭遇。闻者不免受到铁哥的感染，连忙掏出手机，在微信里跟人说，千万不要到这一排，大夫手法不行。

人流一点点向前挪动，人们打过招呼便开始闲聊起来。不安分的往往是孩子，总要摆脱了束缚蹦跳疯跑，铁哥他们就免不了提醒一句：谁家的孩子，看住了，别乱跑。

旁边那排有个做完检测的往回走，带着一路咳嗽。他跟铁哥说，得赶紧回家喝口水，没想到这个大夫捅得更狠。

铁哥问，不是女大夫吗？

那人恨恨地说，的确是女的，可我后边有个牵着狗下来的，那个大夫怕狗，狗一叫唤，手上就给加劲了。排队的人们哄然大笑。

一切都显得自然而然，人们也已习以为常。

他做过检测，没着急回去，和铁哥聊了一会儿，说上次见没来得及细唠，铁哥挺有觉悟，还当上志愿者了。

铁哥说，破五来老丈人家吃饺子，结果就被封小区里了。你嫂子单位通知她就地下沉到社区做志愿服务，我琢磨她得带孩子，再说我在家跟她妈她爸成天大眼瞪小眼也不习惯，就替她来了，挺好，每天忙忙叨叨地不闲着，比在家干待着强。

他说，你这天天接触这么多人，有风险吧？

铁哥说，还行，我们就是在这个小区，也不出去，倒是像小艳那样的，成天到处跑，风险不小。

他心里一紧，问，她也当志愿者？

铁哥说，那倒不是，给人送货，我帮着联系的，从保供超市往各个小区送货。一开始我也说，这活太辛苦，风险也大，不让她干，可她说，因为疫情，小区里都不让捡垃圾了，好歹得有个营生。再说虽然风险大，但收入高。

他还想问问她的事，却不知从何说起。于是沉默在他和铁哥之间蔓延开来。

还是铁哥先开了口：小边，你这脸色不好，灰白，一点血色没有，得时常走动走动，别老在家猫着。白天又是做核酸又是取菜的，人杂，晚上八点后没人，可以在小区里走两圈，把口罩戴上，跟其他人也接触不着，不算违规。

他真就照做了。一路向北，走到小区的边缘，原本低矮的铁艺栏杆上都捆扎着铁丝网。铁丝网外是个公园，兴建这片小区时产生的废土集中一处，堆砌成山丘，表面覆土，种了树，还有随风而来的野草种子，久而久之，变得郁郁葱葱，居然也有了些野趣。山顶自然是有凉亭的，而且是两层，封闭前他曾上去过一次，俯视着下面的花坛与桃林，以及聚在树荫下闲聊或者打牌的人们，还有一旁人声鼎沸的一排乒乓球桌。

如今除了人，余下的一切还在，只是变得灰暗了一些，公园正中那个高高耸立的灯柱上，白色的灯光亮成一圈，照亮这无人的一隅。他的脸不自觉地贴在铁丝网上，感觉到彻骨的凉。

虽然是假山，但依旧算是座山，不过要爬这座假山，也成为一种奢侈。

他想再爬一次山，哪怕是假装的，假装他还在岭南，每周都拉着小梅去爬市郊的某座小山。

路上空无一人，整个小区都寂静无声。

他闭起眼睛，沿着铁丝网走着，踩着路边的土地。一路向上，风掠过枯草与树枝，带来凉意，一切和人相关的声音都已消失不见，只有草木在沙沙作响。他走在风里，也走进了草莓的甜香中。

他忽然涌动起渴望，关于香甜的气息，关于艳丽的红，关于略带一点点脆的口感，关于舌尖触到的酸与甜。

他顺着草莓味儿看到了她的脸，一边嚼着口香糖，一边把报纸裹在表演刀上。

他睁开眼睛，顺着横穿小区的水泥路望见南门口电线杆上架设了个摄像头，对着他，虎视眈眈的，摄像头之上是发着白光的照明灯，晃得他双眼生疼。

他避过照明灯，看见一个熟悉的身影，正在从电动车上一袋一袋卸下蔬菜水果卫生纸，又摆在门口货架上。那身影穿着被羽绒服撑起的浅蓝色围裙，戴着蓝色外科口罩，手上是发灰的白线手套，粉色棒球帽上的亮片在灯光下闪闪发光。

8

她说，别说你了，我跟我妈也没找着我爸。他是你复读那年年初走的。走的时候什么都没带走，只留了张纸条，说是要精进武艺。后来听人说在武当山见过他，一身道袍，胡子老长，不练功夫，改练飞剑了，就是来回舞剑花，然后把长剑扔上去再接住那种。我去找过，没找着。

她说着，把塑料盒从栅栏外递了过来：特意给儿子买的，可他不吃，都便宜我了。

他看着塑料盒里的草莓，扁平硕大，白多红少，视觉代替味觉做出了判断，不觉眼角一紧。他又看到了拿着塑料盒的手，食指关节侧面磨出老茧，泛白处又有黑色的皱裂。

她说，怎么还客气上了呢？

他回过神来，在草莓里挑了个小一些的，咬了一口，酸得眉眼挤在一起。

她说，难怪儿子不爱吃，大地草莓，我贪便宜买的，贼酸。

他缓了缓说，可惜了，赵叔在的时候，我都没认真学。

咋的，还想跟我比画比画，报了当年的仇？她转过头看着他，眼中反射着路灯的光。

他说，学好了不就去体育学院了。

她顿了顿，岔开话题说，我爸练了一辈子套路，跟师叔是两条道。师叔来找过他好几次，都是想把真功夫传给他，他就是不学，好面儿，当大师兄的让小师弟传功夫，心里过不去这个坎。也是因为他不信有啥真功夫。他老说，练练套路强身健体，教教徒弟闹点外捞挺好，这都啥年代了，别说没有真功夫，就是有，学完要干啥？出去打打杀杀呀？

他说，你跟你师叔还有联系吗？

她点了根烟，深深吸过，长长吐出，烟雾随风消散，她才徐徐道，应该是没了，他找我爸传功夫，就是因为得了大病，时日无多，不想把老辈的功夫带进棺材。他为了传武，打了一辈子短工，天南海北都走遍了，一是与人切磋精进，一是寻找合适的人传下去，开枝散叶。可找来找去，最后只能落叶归根，找上我爸。我倒是想学，但他没教，隔着我爸呢，他不好包办代替。我跟他软磨硬泡，他实在没办法，教了我两招缠头裹脑，还有几个变式。讲手之后他就后悔了，他说这是一位姓于的前辈编的，不同于寻常套路，是另一条道上的东西，不该教我。

　　他说，缠头裹脑在各种刀法里都常见，至于那么神吗？

　　她说，起初我也不信，觉得他夸大其词。可这两招三式在脑子里扎了根，之后我就总琢磨它，越琢磨越觉得我爸从小教我的那些有问题。到最后，我爸教的套路我全扔了，拳不打了，刀法也不练了。我爸拿我没招，找师叔比试。那时候师叔都快站不稳了，可还是一个照面制住了我爸。再后来，师叔走了，我爸也走了。我爸说是精进武艺，我觉得就是个托词，他是受不了这个刺激，说是练套路挺好，其实骨子里还是免不了争强好胜，尤其受不了小师弟压他一头。

　　他想，叙旧不过是闲话，那次炎热午后的败北，稍后还要再叙，他倒是想问问她的近况，再说两句宽慰的话。她对于自己，言之甚少，只说孩子上初中了，在北海街，在学校边租了房，方便上下学，离医院也近。她在这里租了间库房，又干起回收废品的活，无非是因为时间自由，也方便照顾病人。他知道，还有一层，她不愿说，因为这离学校远，所以不太可能遇上她儿子的同学或者同学的家长，这里也不是他们的厂区，不会遇上熟人。

他想问一句病人是谁，她却踩灭了烟，递过来个无纺布袋：裤子给你洗完了，挺新的，踢了那么深个脚印子，抱歉啊。

他接过布袋，从里面拉出一截黑色的裤腿，洗衣液残留的青柠味儿升腾起来，萦绕在悠长的呼吸间。

她起身要走，他忽然想起了什么，喊她等一下。

过了会儿，他拿着两瓶甘油，顺着栅栏的空隙递了过去：上了不少，也卖不出去，你拿回去用吧，也没多钱。天天在外边跑，冻疮不能耽搁，多抹抹。

她低着头，没说话，左手在皲裂处轻轻搓着。

两瓶甘油悬在栅栏之间，两边的街路和小区寂静无声，只有风在动，从南向北，带着早春的湿气。

还是他先出声：超市里剩了不少纸箱，我留着也没用，你都拿走吧。

她说，先替我攒着吧，等啥时候解封了，我再来拿。

甘油被接了过去，他暗自松了口气。

她跨上电动车，补了一句：谢谢啊。

他透过栅栏望着电动车沿着空无一人的马路远去，直至头顶的亮片消失不见。他摩挲着裤腿，柔软而妥帖，心想回去再拆几个纸箱，摞齐，扎紧。等要走时他才发现，还有半盒草莓，她没有拿走。

以前不怎么吃草莓的他忽然对草莓产生了渴望。他在微信群里参加了几次接龙，除了吃方便面必需的小白菜或者菠菜，买得最多的就是草莓。疫情已经逐渐蔓延到了市区，连同水果批发市场也被纳入管控范围，所有水果的价格都在飞涨，草莓更甚。每当看到接龙里出现草莓，总有人会感叹：这都什么时候了，还有吃草莓的。他不反驳，也不表态，下一次接龙的时候还会把草莓写上。他知道，周边的草莓，只有一家有货，正好是她负责配送。每次收到草莓，他总会留下一半，剩下的装在塑料盒里让她带走。她自然会推脱，他就说，给孩子的，你这么撕吧让人看了不好。于是她收了。之后每次给他送菜时，总会多出一两样，要么是韭菜，要么是鸡蛋，要么是豆腐豆干，总之，都是难买到的紧俏货。

他并没有多付钱给她，因为他不想打破业已形成的默契。

他的生活也渐渐步入正轨，晨起打拳，练刀，用手机录下来，上传到公众号，然后排队做检测，中午吃完饭后，公众号每日更新的课程连同师傅的点评便被推送过来，他看过后，又一点点回放，暂停，跟着对练，直至烂熟于胸。吃罢了晚饭，他会出去走走，在南门取了菜，和她聊两句，然后走到北门附近的僻静处，将新学的招式打上几趟，悉心琢磨。

课程的价格不菲，但他认为值得，因为负责指导的师傅是他精挑细选的。师傅说，自己的功夫师承于中南某大学的教授，教授出身武术世家，一心想要复兴国术，走另一条技击实战之路。这条路当年教授的先辈走过，1928年中央国术馆在韩家巷开馆时，教授的先辈是元老之一。又过了三年，教授的先辈看不惯"术德并重，文武兼修"的馆训，奔走呼吁，国术能强身强国强种强族，不该变成权贵的玩物，理应在行伍中推广：国术要在实战中学，也要在实战中用。国术在明朝中期得以勃兴，正是顺应了抗倭的需要，由戚继光俞大猷在军中发扬光大。可当时的国术馆内，两大门都忙着为一己之私明争暗斗，无人响应。先辈一怒之下出走国术馆，将本门秘术刊行天下，带着门徒一路北上，以期再走抗倭兴武之路。无奈先辈年事已高，未到山海关，便染疾病重，终于在沉疴中含恨而终。先辈的门徒只窥得刀法的一二，随着之后连绵不绝的战乱，连这一二也失传殆尽，只剩下戚刀三路的名字。教授承袭先辈衣钵，在古籍《辛酉刀法》和《单刀法选》中钻研琢磨，再编戚刀三路，势法浑厚矫健，大劈大砍，又融入了本门的步法，疾速多变。戚刀三路暗合俞大猷所言的"奇诈诡秘，人莫能测"，编出刀法的教授看来是深谙古刀法的。

师傅说，先练拳，再练步，最后是刀法，循序渐进，不可操之过急。虽说有多赚课费的嫌疑，但他没在意，要学真功夫，这种小事不能计较。

所以到后来教刀法时，师傅推荐他在自己的店里选刀，他也听从了。

只是没想到，师傅传授的功夫，师傅帮着挑的长刀，师傅的悉心指导，封闭管控日日夜夜的修炼，换来的不过是又一场败绩。一样的缠头裹脑，不同的是上次她用的是表演刀，这次是光剑。

9

师傅仔细听过，又拿过他的长刀，当面演练过。师傅依他所言，突进，下斩，他侧身躲避，师傅又左手推刀背，横搅，侧身，斜刺。他见刀锋抖动，也是刺歪了，便弓身闯入，扛着刀背从师傅腋下划过，刀尖回点在腰间。

师傅撤步站定，又斜刺了两下，刀锋发出破空之声，一次比一

136

次尖厉，却无一例外地刺偏了。

师傅托刀轻叹：说是古法制刀，毕竟还是差了分寸，和你说的一样，刀镡以上两寸薄了，少了这点厚朴，发力时就没了根。你说的这位是高手，寻常兵器不行。你等我半个月，我亲自跑一趟浙东。

他从师傅那出来，有些意兴阑珊。古人说过，一鼓作气，再而衰，三而竭。他一败再败，早已没了雄心壮志。这世上有许多事，并不是他努力便可解决的，例如刀剑比试，例如来来去去的疫情，例如他那场并不光彩的逃亡。他满心想的，就是赶快将驿站出手，离开这里，找一处陌生的地方住下，从此不再与周围的人们发生任何联系。

他感觉累了，累得只想躺在床上，沉睡不醒。

敲门声响起，他没理，敲门的也没停，他大喊，没酒了，都卖了。敲门声停了，外面有人说，你还欠着我纸箱子呢。

他听出是她的声音，于是下床开了后门。

她问，好不容易解封了，你怎么还要兑店呢？

他说，累，不挣钱，也不知道啥时候疫情再来，就又封门了。

听铁哥说，你的申请社区不是批了吗，再有疫情你也是保供单位了。她倒是挺锲而不舍，让他有些难堪。

进货费劲，外地的货有不少都进不来，他随口搪塞着。

她说，我帮你联系联系，这段时间送货，我认识不少人，兴许能帮上忙。

她说着，还真的掏出了手机，划开屏幕，开始在微信联系人里翻找着。

他凭空升起恼怒，恨恨地说，用不着。

她放下手机，看着他，忽然笑了，上回比武的事还没忘呢？怎么还斗上气了？跟小孩似的。

他没言语，转身去收拾已经收拾了许多次的货架。

她问，真生气了？

他说，生什么气，有什么好生气的，就这点破事，根本不值一提。封控时候闲着没事，找了套刀法练着玩，跟你比画比画，输赢我压根不当事。

她说，你要这么想，这辈子也别想赢我，二十年前是，现在也是。

他转过身，盯着她。

她说，啥事要干好，就一条，把它当事干。可干可不干，好也行歹也行，那你趁早别干。

呼吸声在他们之间响起，越发地响。

她又说，一场疫情，受影响的又不止你一个，怎么就你这么脆弱呢？你又不是三岁小孩，指着谁还惯着你？

他说，你知道啥呀，就在叽叽地说。

你还别不服。我不知道你遇上啥事了，也不想知道，就是看你那个伴死不赖活的样难受。比你难的人多了。你还有钱卝店，成天小屋里一坐，风吹不着雨淋不着的，不用累死累活挨个翻腾垃圾箱，就为捡点破瓶子废纸壳卖钱，也不用紧赶慢赶地先给儿子做饭，再做一顿病号饭，然后一口一口喂，求爷爷告奶奶地劝人家赶紧吃一口吧，几口肉没多少钱，要是不吃，到时候再打营养蛋白，一袋就七八百。你不用使劲劝人家去打靶向药，还连哄带骗，说这是最后一期了，打完就全好了，控制住，不扩散，注意饮食，经常运动，规律生活，保持乐观，就能好，也不用在打完药之后听他成宿隔夜地哼哼疼，喊难受，还得攥着他的手安慰他，挺一挺就过去了，往常不是挺勇敢的吗，咱十一期都挺过去了，这回也能挺过去，不为了别人，为你多看几眼大儿子，也得挺住。你这边安慰着，那边人家还不领情，一个劲儿喊：小艳，就知道你恨我，要不然也不能老唬我去化疗，让我活受罪……有时候我自己也想不明白，既然人家不想治了，我还坚持个什么劲呢？真要是生活美满，夫妻恩爱也就算了，他穷得狗屁不是的时候是我做主，把我家北海街的房子卖了，给他买了辆大货跑长途。跑了几年，攒了点钱，开了个货站，日子看着像那么回事了，他就跟一帮狐朋狗友出去胡混，一天一天不着家。我为了儿子，不跟他计较，寻思男人都这样，玩够了也就踏实了。结果他倒好，变本加厉，还在外边养了个小的。等到人家合伙把他那点家底骗得差不多了，他才想明白谁是真心，谁是假意。我也是伤透心了，不想跟他过了，想着就跟儿子过，也挺好。谁知道手续都办完了，他那边查出来癌症了，还是晚期。毕竟是孩子的亲爹，当初也山盟海誓过，不能眼看着不管。原来我在公司做文案也不少挣，就为了照顾他，没办法，只能辞职干点零工。要不是铁哥跟他有交情，可怜他，帮我找了这么个活，哪家公司能雇一个三天两头就得请假往医院跑的文案？

她的手背在脸颊上抹着，他递过去纸巾，她瞪了他一眼，嫌他多事，可还是一把抢过去，擦过泪水，又大声地擤起鼻涕。

他不知该说些什么，只能继续扯出纸巾递给她。

她吸了吸鼻子，嘶哑着嗓子说，今天说的，哪说哪了，别出去给我传，我还要脸呢。

他说，一定的，你放心。

她要走，他从货架上拿下个小纸箱递给她。

她推脱着，可他却在坚持：给孩子的，夹心饼干，草莓味儿的，我特意留的。

她说，东西我收了，但你得答应我一件事。

你说。

咱们再比一场，正经八百地比。

你说什么？

我说再比一场，真刀真枪。人活着，有时候就是一口气的事。要赢不了我，你能咽下这口气吗，你自己想想。

那咱们就一言为定。

一言为定。

师傅从浙东回来，第一件事就是给他打了电话。

他到时，师傅坐着，膝头放着一把长刀，通体黝黑。

师傅说，试试。

他接刀在手，突进，下斩，左手推刀背，横搅，侧身，斜刺，一气呵成，意所指，刀必至，再无半点偏差。

他收刀，惊讶地掂了掂说，师傅，这刀比我那把还重，可使起来更顺手。

师傅接过刀，轻轻抚摸着锈渍斑驳，偶有钢底寒光露出的刀身，轻叹道，古法锻造再好，也抵不过真正的古刀。这刀比你用的那把重了四两，却因刀把上镶了几道铜箍，配重下沉，倒似更轻了一般。不愧是上过战场的，是武器，不是玩物。

师傅双手托刀，郑重地递给他：这是我特意跟锻刀的张师傅求的，家传之物，算起来已经有四百多年了。这次有它在，必定能胜。

他接了刀，向师傅深施一礼。

可胜负真的在兵器吗？他没问，因为他隐约记起，好像从未见师傅与人交手过。

10

老地方，在夜色中，还是他们俩，持刀而立，他的重三斤，她的重二斤六两。

握刀在手，他的心里却乱作一团，以他这几日翻阅《单刀法选》的心得，结合师傅教的步法，和他上一次对缠头裹脑的应对，好像将失败归于长刀，是理所当然的，可他又说服不了自己，冥冥之中，似乎还有另外的答案。

这些天来，他也想了许多，如同复盘上次的较量，生活中的种种都细细在心里过了一遍，她人活一口气的棒喝，使他终于一点点回忆起从前的时光，关于他和小梅的初识，关于他们的梦想，还有事发后小梅紧紧抓住他的手，手上的汗水，以及微微的颤抖。他想，自己毕竟不是她，把自己活成一把刀，直面阻碍，在劈砍中一往无前。可毕竟自己已经修习了刀法，为何不拼杀一番呢？

她喊，瞎琢磨什么呢！

她左手胸前成掌，右手持刀，刀背向下，挂边绕环。

刀刃劈出风声，他望着对面的她，已与长刀化为一体。

他原本打算待她近身强攻，便踏出右脚，屈膝下蹲，双手持刀内旋，向前推刺。可此时此刻，他却全盘放弃，不打算做任何预案。

因为他忽然懂了，除了一心求胜的意志，别的全无用处。

他所能依靠者，只有自己。

于是他握紧木柄，心意都汇聚在刀尖那一点，

对面破空之声响起，他挺刀迎上。

一颗心终于安定下来。

亦如手中长刀。

尘 归 尘

聂 与

1

苗可行的第一条狗是路边一个老太太硬塞给她的。

那天，热得吓人。苗可行从父母的海鲜摊往回走，她想过马路打车，站在斑马线上左右看来往的车辆，一个老太太蹭过来，对她说，小姑娘，喜欢小狗不，你看多好看哪。

苗可行低头一看，是挺可爱的，还没等反应过来，小狗已到自己手上了。再一抬头，老太太快步消失在人群中，苗可行第一反应就是遇到骗子了。手上的小狗是毒品，她把小狗一下扔到地上，逃命一样跑过斑马线，到了马路对面还有惊魂未定之感。她感觉自己似乎安全了，才好奇地转身看对面人行路上的那只小狗。

小狗躺在地上，安静得如一块奶油蛋糕。

苗可行突然发现，那个老太太挺狠，不是对小狗，是对她。现在那只小狗仿佛成了苗可行遗弃的，趴在不远的地方等待被领养。一个人经过蹲下去看了看小狗，走了；又一个人经过蹲下去摸了摸小狗，走了；一个女人终于把小狗抱了起来，跟大家说了一会儿什么，放下小狗也走了。越来越多的人围在小狗周围，苗可行什么也看不见了。

那天太热了，苗可行站在路边打车，毒辣的阳光舔着万物，仿佛把所有的物体都化得翻出赤红的皮肉，突然冒出的出租车，唰唰如逃难似的鬼一样隐没。苗可行索性坐在18路站牌下的长凳上歇着等，她想，要是车来了，就坐公交车，不管什么车，只要能让她回家，毛驴车也行。她感觉一层一层的汗，像火把她淹没，让她窒息。她想自己也许中暑了，也许被刚才那个老太太吓着了，她又不由自主地看向对面马路上的那块奶油蛋糕想，它挺不了太长时间，地面能把它烤熟。

18路车站的终点是郊区，二十分钟一趟，苗可行往马路上搜寻。车，车，车，心里念着怎么还不来，怎么还不来。这么热的天，街上的行人好像被热气蒸发了，偶尔路过的人打着遮阳伞，走得慢慢腾腾，似乎也被强烈的光照吸走了元气，徒留一副躯壳在移动。苗可行坐在木椅上，感觉后背的汗顺着脊柱淌到裤腰上，再渗透进更深的地方。她想，怎么这么热呀，还让人活不活了，想把人热死呀。

每次一遇到躲不过去的烦心事，苗可行就像被一键设置了重启，像被什么东西拖着止不住地往下滑，越努力阻止，掉下去越快。那种说不出来的焦虑让她无措，感觉自己瞬间如一片孤零的落叶浮在茫茫无际的虚无之上，在那片无始无终的迷茫中，恐惧巨浪滔天地倾覆。那个时候，苗可行第一个反应就是拿起手机，不停地一个个打电话约饭、约唱、约洗，一整套下来，累得啥也想不起来，倒头就睡。夜似乎可以把一切遮掩又托起，她在没有知觉的黑暗中，回到如子宫一样踏实的安妥里。

现在那股灼热让她连邀约的力气都没有了，只想快速地回家钻进衣柜里睡觉。那个衣柜是苗大路自己做的，不知从哪儿淘来一些木头板子，左拉右裁，拼拼凑凑。木头是原木，没上色打磨得光滑，有一种说不出来的原始强势，散发着木头本真的淡淡清香。搬了好多次家，苗可行说什么也要把它带上。苗大路说，闺女，咱们现在有钱了，不用这破玩意了，你想要什么样的给你买。苗可行说，我就要这个。后来，苗可行用蓝色的油漆，在那些木头上写上自己喜欢的话，字越丑看起来越有味道和好玩。很多人看到问在哪买的这么有创意的大衣柜，苗可行哼的一声说，绝版。

18路车好像从地球上消失了。热让苗可行感觉时间不存在。看着对面街上的奶油蛋糕，苗可行有一种冲动，想把它吃了。她站起来，背上背包，往马路对面走，就在她马上要来到小狗面前时，她看见小狗伸长了脖子往她这边看，像拉长的芝士。那一刻，苗可行有种莫名的感动，她执拗地认为小狗一直是知道自己的，知道她在对面的站点木椅上坐着，终会向它走来。苗可行快步走过去蹲下看着小狗，不摸也不抱，就是定定地看着它，小狗也定定地看着她，不叫也不动。

苗可行看着小狗，想自己曾经那个四面漏风的家，父亲开着残疾车拉脚，母亲支个棚子，在一块破纸壳上写"废品收购"四个歪歪扭扭的大字，就算开张了。她躺在最里面的一个大纸箱子里，铺着厚厚的棉被，在里面吃，在里面尿，一个人躺下去爬起来，再躺下去再爬起来，用哭声喊母亲。母亲无暇管她，她哭累了，再躺下去。再爬起来。透过纸箱的窟窿往外望，黑乎乎的一片，压着母亲佝偻的背影和凌乱的头发。她知道哭没用，就越来越不哭了。她在那个小小的世界里，唯一能做的就是用小手一点点抠着四周的纸墙壁，当碎屑成为玩具飘散下来，她感觉有趣极了。那些深浅大小不一的窟窿，能伸进一根手指、两根手指、三根手指、四根手指、五根手指、一条手臂、一只脚、一条腿、一个头、半个身子、整个身子。她从那个巨大的窟窿里掉了下去，咚地砸到地上。她没有哭。好奇完全掩盖了疼痛。她有生以来第一次看到了比纸壳箱更大的世界。她往外爬，爬过沾着泥土的酒瓶、废旧的报纸。爬过一只马铁蹄、半个铝盆。爬到门口，抬头看见苗大路和蔡彩勤的全身，他们如两个巨人，横亘在她的前方，惊讶地看着她，她才哇的一声大哭起来。

现在她看着眼前这只小狗，一如当年纸壳箱里的她。她们对视着，像要把对方看到骨头里去。然后苗可行在心里大喊一声，跟我走，一手抱起小狗，用外套遮住它的头。

苗可行抱着小狗重新返回18路站点，公交车来了。苗可行脸上的汗滴到小狗的脸上，小狗眨巴眨巴眼睛，任凭眼睫毛上悬挂着汗珠，也不挣扎，苗可行一把抹掉，小狗打了一个喷嚏，苗可行笑了。

把小狗抱到家，苗可行才发现不知道怎么养活。她又抱着小狗去楼下找乘凉的老头老太，向他们求经。大家你一言我一语的，有说得喂牛奶，有说米汤也行，把鸡胸肉煮好剁稀碎拌进去，还要准备狗食盆子。苗可行感觉脑袋嗡嗡的，看着手里的小狗，终于知道为何那个丢弃它的老太太跑得那么快了。她去楼下的小超市张罗大家说的东西，拎了一大袋子往楼上走，一边走一边对小狗说，你要是不听话就不要你了。小狗看着苗可行，好像听懂了，低下头从喉咙里嗯了一声。

苗可行给小狗起名奶油，这个名字是从脑子里一下子蹦出来的，当它安静地趴在地上的时候就已经注定了。

晚上苗大路和蔡彩勤从海鲜摊回来，看到小狗像没看到似的，把满是腥味儿的衣服往地上一扔，一起进卫生间如涮大萝卜快速地冲洗。洗完回屋一下砸到床上呼呼大睡，也不关门。苗可行看着他们四仰八叉的样儿，有时想笑，有时讨厌，全凭当时的心情，无论是什么早就习惯了。有时候苗可行一个月跟他们说不上几句话，但只要她要钱，像上供似的毫不心疼往她手里塞，投完转身冲出屋子，如跳进狼烟四起的战壕。

小的时候，苗可行总怀疑自己不是父母亲生的，她问过苗大路，为啥给自己起个男孩名。苗大路说，苗可行和任我行你觉得哪个更好。苗可行嗤之以鼻，有病。她想等自己长大了，找亲生父母去。她还偷过他们的钱想有一天悄悄逃走做路费。苗大路和蔡彩勤一人挂着一个腰包，苗可行趁他们睡觉光脚潜入房间，一次从里面抽出几张，吓得心脏狂跳，悄悄退出来放到衣柜的深处。那个衣柜里因为那些钱，让苗可行感觉像一个遥远的家，更像一个墓穴，在空气里脚不着地地悬空着，苗可行随着那首《万物生》在里面飘哇飘：从前冬天冷呀，夏天雨呀水……我看见山鹰在寂寞两条鱼上飞……一片河水落下来遇见人们破碎，人们在行走身上落满山鹰的灰。

在那首歌里，苗可行才会睡着，她把这首歌当成手机铃声和电脑屏幕，只要她在家，满屋飘散着那种空灵苍茫之音。时间长了，苗大路和蔡彩勤在浴室里冲澡，也会大声哼唱。苗可行有时感觉被侵权，有时又觉得小开心。

更多时候，苗可行会拿着那些钱，请狐朋狗友下馆子上歌厅，把那种说不出来的塌陷感压下去。在烟酒霓虹的氤氲中，会暂时脱去那层强行裹在她身上的黑暗内衣，在大家挺举的假相中，变得明亮一点，哪怕一点，就可以撑下去。在那份狂躁的热闹里，她的声音左冲右撞，如一个肆意的婴孩，没有顾忌，大家都看她脸色，她让谁干什么就干什么，她在前面走，后面跟着一帮人，用目光紧紧拖着她下沉的身体。她从来不知道那是个从自己的身体里逃出来的另一个自己，是一个充好气的备胎，时刻需要背在身上，才会感觉安全一点。她毫不心疼那些钱，像从没见到父母像狗一样卖力的样子。每次花完钱苗可行都感觉有什么从胸口里跳了出去，否则堵得厉害，像要把她闷倒，但跳完之后，她又如一个赤身裸体的小人儿，无遮无拦的茫然无助和更大的不安恐慌感覆盖其上，如一层厚厚的茧。

一个人的时候，苗可行会在网上买来各种小食品，它们躺在她面前的床上，如一个个小人，她撕开它们的衣服，把手伸进去，把那些五颜六色的小东西一个个掏出来扔进嘴巴里，听着咔嚓咔嚓的咀嚼声，得到暂时的满足。什么都是暂时的，但无数的暂时成了永恒。那些东西仿佛是种子，在她的肠胃里生根发芽，长成参天大树，让她有了漫无边际的饱腹感，那是一种充满的感觉，她依赖那种感觉。她让它们来到自己的身体里,再排泄出去。她控制着那些食物。那些食物也在控制着她。仿佛一对势均力敌的对手,彼此打击又成全。苗可行吃得越来越多,也越来越胖,这让她更加需要钱买名牌衣服套在身上,让那些四处流泻的赘肉看起来不那么愚蠢。反正苗大路和蔡彩勤从来不问她的钱花哪里去了。

苗可行半夜去卫生间,奶油扑棱一下站起来守在门口,苗可行迷迷糊糊恍惚一脚踩到奶油的腿,奶油嗷的一声,疼得跷跷板一样跳得老高,远远地看着苗可行往屋里走,拖着疼痛的身体亦步亦趋地摸索回去,把苗可行送上床,自己再悄悄地回到窝里,重新睡去。

就是在那一刻,苗可行爱上了奶油。她下床把奶油抱上床,摩挲着它被踩痛的部位。奶油往她的怀里蹭,一边蹭一边哼叽。苗可行说,以后你就陪我在这儿睡。奶油跳上跳下地转圈,转得一泡尿没忍住,撒在苗可行的枕头上。苗可行抬起手往空中打,说,轻点嘚瑟,你看你把我的枕头都尿了,我削你。奶油知道自己惹祸了,蹲在床脚不敢上前,苗可行把枕套换完,冲它招手,奶油还是不敢。苗可行起身把奶油抱过来,奶油哼唧一声表示感动,眼角是湿的。苗可行发现,奶油真如一块奶油蛋糕,黏黏的,软软的,一点点掉进自己的身体里。

2

苗大路坐在废品收购站里,望天看月想一个重大问题,怎么才能让自己残疾。有了残疾证,就可以免税,还有政府补贴,那种白来的钱让他感觉被什么托了一下，哪怕细如发丝，但不会断，就意味着从此不再毫无遮挡地裸奔。

苗大路祈祷自己能被一辆豪车撞倒，获得高额赔偿，可以拿着那笔钱开个真正的小店。他设想了无数种可能被撞的情景，甚至做梦都是缠着绷带躺在医院病床上的样子，可惜，醒来还是好好的。

蔡彩勤看苗大路整天一副心事重重的样子，问他，一天想啥呢，丢魂似的。苗大路说，你整你的，别瞎操心。蔡彩勤不敢再多问，苗大路喝酒的时候，魂魄在外，游哪儿算哪儿，拳头自己走道，不听使唤，想怎么抡怎么抡，弄不好把桌子掀了，再去市场重新买回来，炒给自己吃。这点蔡彩勤觉得还行，他作没让别人担着，她回屋睡大觉去，任苗大路自己折腾，反正他不心疼钱和力气，自己也懒得看。

苗大路为了能被好车撞到，特意去书店买了一本车标价格书，如获至宝，成天躺在收来的废品上捧着看，为了能更快记住，他把那些车名一遍遍地写在收来的废纸上，直到背得滚瓜烂熟，只要车一出现，产地价格脱口而出。

一切准备就绪，苗大路来到马路上，环顾四周，仿佛一个初生的婴孩第一次走向车水马龙的长街，不知如何迈脚。一开始因为心中有鬼，苗大路走起路来都是顺拐，好像在一个巨大的广场上，一个人阅兵，随着路径的熟练，心里越来越放松，紧紧盯着来往的车辆，如猎狗的双眼闪闪发亮。他心里明确自己不会碰瓷，那是要惹官司的，到处都是摄像头，还有那么多管闲事的人，偷偷拿手机录下来发到网上去，那就偷鸡不成反蚀把米，他才不会做那样的傻事。他要被撞得坦荡，以一个壮烈的姿势成为谋害者。

但那些好车像灵车似的沉稳，好像知道他的预谋，躲得远远的，还没等他近前就消失得无影无踪。为了增加概率，苗大路故意跌跌撞撞地走，不看红绿灯地跑，后来，他听说，违章被撞赔偿得少甚至不赔偿，这让他后怕得惊出一身冷汗，多亏没贸然行事，否则后果不堪设想。

蔡彩勤一个人在废品收购站看摊，苗可行从纸壳箱子里爬到院子里，给她吓一跳，远看以为是条大毛毛虫子，忙进屋给苗可行取衣服。苗可行真如一条大肉虫子，被蔡彩勤两手一捏，仰头朝上放在大腿上，赤裸的前身泥水一片。蔡彩勤顺手拿起一块破抹布胡乱擦拭，一边套衣服一边嘟囔，真是成精了，怎么爬出来的呢。邻居路过看到苗可行的身体被弯得如一根稻谷，对蔡彩勤说，你可真行，孩子的腰不完了吗，以为归拢你那些废品呢啊，没轻没重的。蔡彩勤把苗可行从大腿上拿下来，笑得嘎嘎的，说，大姨，刚遛弯儿回来啊。大姨闷着脸转身，鞋底踏得瓷砖嗒嗒响。

苗大路不在家，蔡彩勤心不稳，总被骂还会忍不住问，你一天不着家干啥去了。苗大路不吱声，蔡彩勤赶忙闭嘴，她也知道苗大路干不了啥坏事，兜里没钱，顶多有点抽烟钱，还是旱烟。她也太了解苗大路了，只要能赚钱，什么苦都能吃。

一开始，苗大路总会左顾右看，盼着那些车如刀剑一样擦向自己的身体，但不要撞碎。那些车总会逃过一劫。这让他沮丧。他发现，走撞不上那些车，如果加快速度，是不是就成功了，他开始试着跑，差一点被石子绊倒，他低头看了看自己的脚，如看着一个即将上台的丑角儿。鞋子灰头土脸，他一边跑一边想，自己都忘了还有这个功能，感觉骨节如生锈的齿轮咬合得嘎吱响，双臂摆动缺乏应有的节奏感，这让他有一种随时会倒的恐惧。越担心越看脚下，前面一个没看到，一下子结结实实撞到一个女人身上。女人的超短皮裙不知为何在他的冲力下，前面的拉链突然崩开，随着一声惊叫，女人一手拽住裙子，一手给了他一个耳光。苗大路被打得恍惚晕，看着眼前涨得通红的脸，骂他流氓的女人，心想，怎么不是一辆车呢。

苗大路快速闪上街道逃跑，好像那个女人会追上来似的。他知道，他在逃避那个耳光带来的火辣辣的臊。他越跑越快，他要把那种丢人现眼跑丢跑没，后来越跑腿似乎已经不是他的了，变成一种麻木输出的机械惯性。他又寻思，那个女人是不是上天派来给他加油的。不知跑出去多少公里，苗大路气喘吁吁地停下来，四处张望，车马人流，一如既往。他停下来慢慢走，一边走一边歇，差不多了就再跑。如此反复，他发现这样要比单一的姿势有趣得多。他身上的衣服也是干了又湿、湿了又干，不知多少个来回之后，天渐渐暗下来，往家的方向跑，公交车也不用坐了，跑到家推门一身臭汗熏得蔡彩勤脱口而出，比破烂儿味还大呢。苗大路说，我哪儿赶得上破烂儿，破烂儿还值几个烂钱，我谁要哇？

苗大路之所以要被撞，是他感觉到自己身体有了微妙变化。有一天刷牙，苗大路的右手突然使不上力，牙刷从嘴巴里跳出去，他没当回事，捡起来又放到嘴里，这时才发现，自己的小手指僵硬得不听使唤，嘴巴也变得麻木，他把牙膏沫子吐出去，走进屋躺在床上，想起出现在街上那些走路怪异的人，他们歪斜的肢体如来自另一个星球。他还记得，曾见过一个女人，一侧手脚耷拉着，每走一步都得用力把腿甩出去，才能软软地着地，每次即将要倒的身体，又险而未决地站住了，黑眼圈从眼底到鼻子眼，渐次黑下去，好像还未从黑夜里爬出来。那个女人穿着精致的黑色蕾丝连衣裙，悬挂着墨绿色耳环，头发是吹过的，整齐，这就更增加了一种说不出来的怪异感。苗大路与她擦肩而过，有一种想要把她抱起来飞奔的冲动。苗大路一想到那个女人，恐惧会慢慢逼近，他想自己是不是马上就要像那个女人一样，无力支撑着一种勉为其难的躯壳，仿佛在地上爬。那这个家怎么办。苗可行怎么办。蔡彩勤怎么办。他知道这个家经不起哪怕一丝一毫的折腾，存款就几千块，还不知道下个月能不能把这个钱攒住。他感觉有一种深深的巨大沉坠感把他攫住，那种感觉如纽扣，不知道什么时候来了一阵大风，它们就会纷纷坠落，他，她们，瞬间变成毫无遮挡的秃树。他想了整整三天，然后一拍脑瓜，想到了自己在病倒之前，用另一种方式倒下，把她们娘俩举起来。

苗大路如一个行者，在城市的大街小巷无尽地穿梭。有时候一想到自己就在不久的将来，或是下一秒，啪的一声断了或没了，却没有人知道他真实的设计，那种从来没有过的悲壮和伟大感从心底巨浪般腾空而起。他在那种感觉里，越跑越快，他的身体也一天比一天精神，头也不那么昏沉了，赘肉换成薄皮，像脱去一层一层肉衣。他开始光着膀子跑。光着上身不是预先想到的，有一天跑得太热了，皮肤燃烧了起来，他本能地把背心往空中一扬，飞了出去，感觉牛极了。他的胸前有一个长条的红痣，一出汗，那个痣就愈发地明显，如一根树或一条龙，在那些枯燥的近乎自虐般的重复动作中，那个图案让很多过路的人记住了他。有一次路边一个道士打扮的人拦住了苗大路，非要给他算一下，苗大路摇头摆手。道士说，不准不要钱，准了给三十块钱。苗大路看着快要把人烤晕的阳光，心想，就当扶贫积德了。道士说，你胸前有异形痣，不是一般人，以后会有奇遇发生在你身上。苗大路把钱递给道士，笑着摆手跑开，打开耳机，听里面唯一的歌。那首歌是一条红线，把他和苗可行缠绕打结在一起，哪怕是死结，都不会断。现在道士说有奇遇会发生在他的身上，他好像被那句预言点燃了，深陷在那种感觉里，跑得越来越欢实，越来越带劲儿，直到出现了传说中的腹肌。

有一天苗大路突然被人拦住，问他，哥们儿，怎么把身材练得那么好？他看着眼前的小伙，管自己叫哥们儿，呵呵乐，不知说什么好。他越是沉默，越让人觉得深不可测。问他做什么工作的，是业余跑还是专业跑，他都笑而不语。他的厉害就在那种表情里越来越放大，留微信电话的人也越多，但每次加上微信，他还是一句话不说。他的朋友圈也是一片空白，跟他打招呼，他也不回。他突然成了一个他人眼里的高人。

苗大路知道自己是一个什么样的货色，那个货色在什么位置上打着倒立。很长一段时间以后，苗大路才猛然感觉，他想被豪车撞到的概率跟中大奖差不多，这个想法比碰瓷要高级太多，几乎不可能降临身上。苗大路在步行软件上永居第一，每天能走三四万步。很多人给他留言，膝盖受得了吗？是不是作弊了？还是有什么特殊的方法，既不受伤还能走那么多，问他是怎么做到的。那一刻，苗大路才知道，原来自己天生拥有别人没有的"铁膝"。这个发现让他油然而生一种从没过过的高贵感，他是不是就是老话讲的那种能耐人，才稀里糊涂地被那么多人羡慕，原来他天赋异禀。如果不是想被车撞，他还不知道自己有这样的才华，是不是每个人都有一项超乎寻常的技艺，但大多数人没有契机发现，从而埋没了自己。他为这个发现而在内心欢呼雀跃，每天跑得更欢腾了，这回再跑好像已经不仅是为被撞，而是为了被仰视。他万万没有想到，一个跑步就能达到被众人膜拜的程度，很多人留言要请他吃饭，跟他探讨跑步的秘方。他在心里笑他们傻子，他的秘方就是老天偷摸塞给他一个镜子，他照见了另一个自己。

有年轻人给苗大路提议做视频，让他发到网上去。苗大路说，我哪会整那些东西。年轻人说，我会呀，你就只管跑，让我们随便拍你就行。有时候，他们为了拍摄的画面好看，给苗大路置办各种颜色艳丽和出挑的行头，以衬他的肤色，博得眼球，还故意让苗大路露出若隐若现的腹肌，更换各种颜色的发型，苗大路一跃成为一名时尚的奔跑达人。那些年轻人每次把苗大路打理一番，完事把东西都直接送给苗大路。他们要跟踪苗大路的住处，拍成纪录片，想更多地了解苗大路的内在肌理。一开始苗大路总是婉言谢绝，后来实在拗不过就直接告诉他们那不可能，只能到此为止，否则就不再合作。年轻人偷偷跟踪，无奈苗大路跑得太快，又深谙各种羊肠小路，几下就把他们甩没影了，这更激起了大家对苗大路的兴趣，甚至是热望。

突然有一天，有一个人给苗大路打了十块钱的赏，接着更多的人给他打赏，一块两块三块五块十块二十块五十块一百块一千块两千块三千块五千块，他抬头看天，真的掉馅饼了！苗大路不敢相信地原地转了一圈又一圈，再转一圈，眼前人来人往，确实是真的，就这么赚到钱了。在那一刻，他确信自己真的不是一般人，而是拥有翅膀的飞人。他再看苗可行就如看飞人之子，把她高高地举起，阳光穿透苗可行莲藕一样的身体，如端详一件珠宝。

苗大路与那些纵横交错的街道彼此认证，他来过，它们存在过，他们如此惺惺相惜地交融过。他用大家打赏的钱在市中心租了一个一百多平方米的房子，这回他再也不用东躲西藏，害怕让人看到自己的真实面目了。现在，他仿佛一只豹子，路过的人都对他侧目或注目，他俨然成了一个名人，很多人会在大街上认出他来，回头一个劲儿地看他，跟同伴说，他就是那个网红吗？原来他是我们城市的呀，太不可思议了！我们怎么没跟他拍个照片呢？随着苗大路发布在网上的视频越来越好，打赏的人更多了，他把钱交给蔡彩勤，对她说，别再干这个破东西了，咱们开个店，干点啥都比收破烂儿强。蔡彩勤感觉苗大路凭空炸出一个大坑，里面什么都有，苗大路说什么她都无条件点头。苗大路反而不那么没来由地说翻脸就翻脸了，脾气跟以前比温和沉稳了许多，那些人对他的仰慕和托举，让他变得厚重起来，好像那些轻薄之举会降低自己的身份。这让蔡彩勤更加欢喜，看着出来进去的苗大路健硕匀称的身体，再看看自己无边的肥硕，随手抓起手边的活一头扎进去，苗大路喊她也假装没听到，躲得越远越好。晚上苗大路去摸她，她跟跄地滚下地一股脑儿把灯统统闭掉。

3

肖大炯在同学中算出息的，在环山路十字路口当交警，同学聚会的时候，大家都叫他马路橛子。苗可行开车等红绿灯的时候，车屁股被轰然撞出一个洞，苗可行的上半身猛地撞向方向盘，又反弹回来。她爬出车外，坐在马路沿上等保险公司的人来。那个撞她车的司机一个劲儿地道歉，说，不好意思，太对不起了，我不是故意的。苗可行说，你是不是有病啊，那么大的车看不到哇，生呲呼啦往上撞。司机说，太对不起了，我想事溜号了，你一个刹车，我没搂住。苗可行说，你跟我那么紧干啥，你想啥事能想成那样。司机说，我老婆要跟我离婚。苗可行愣了一下，挥手说，行了，你走吧。司机又说了几遍，太对不起了，太对不起了。留下联系电话，说，有什么事打电话，你看着是女的，挺像个爷们。苗可行刚想怼回去，又一阵头晕迷糊恶心。肖大炯说，你没事吧，吓死我了，还以为你过去了呢。

苗可行抬头一看，一口又白又亮整齐无双的牙齿差一点把苗可行晃着。苗可行的心情一下子好了不少，说，你什么时候当警察了。肖大炯说，我本来考的是法院，面试以一分之差落榜，才当交警的。肖大炯问苗可行，咱们初中同学你都有联系吗？你后来是上职业中专了，学的什么专业？苗可行说，快把我拽起来，我屁股都要硌糊了。肖大炯说，你还跟上学的时候一样虎。苗可行说，你跟上学时不一样了，牛。

肖大炯说，咱俩是动物园毕业的呗。苗可行扑哧一声乐了。肖大炯说，我也要下班了，你把车送修理部，我请你吃饭。苗可行把钥匙给肖大炯说，你开吧，我现在还感觉晕乎的。

本来苗可行被撞不应该喝酒，但那天两人聊得太好了。肖大炯给苗可行不停地讲执勤中的段子，说有一天，他当班，有个司机把一个胖女人撞倒了，下车查看的时候，胖女人害怕司机跑，一下抱住司机的大腿，无论司机怎么哀求和喊救命都不松手，两人就在一层层的围观群众中撕来扯去，突然，司机的裤子被女人拽了下去，大家一片惊叫，司机迅速从裤子里退出腿，跑了。事后苗可行想，那天，肖大炯白话嗨了，自己傻乎乎地配合他哈哈乐，因为感觉太好了，苗可行大喊服务员，再拿两提溜啤酒。肖大炯说，我可喝不了六瓶，最多还能喝俩。苗可行说，我今天大难不死，必须庆祝，我还能喝十个，你信不。

那天，苗可行和肖大炯喝到下半夜两点，一共喝了三十六瓶啤酒。饭馆老板几次暗示时间不早了，要关门了，但两人浑然不觉，直到老板直白地告知两人，太晚了，请回吧。肖大炯对苗可行说，去我家。苗可行想了想自己幽暗的衣柜子，说，好。

那天，苗可行跟肖大炯说到了柜子。肖大炯说，没想到你成天嘻嘻哈哈，没心没肺，原来这样。苗可行说，我们三口从我懂事起就没在一起吃过饭，我起来的时候，他们都走了，他们回来，我不是睡着了就是在外面玩，好不容易大家都在家，一定有一个人在补觉，我感觉自己更像是寄养在那里一样，吃喝管够，其他啥也没有，我长这么大，我爸没跟我说过十句话。肖大炯说，我不信。苗可行说，如果说过，就是在梦里，他打我妈，我去拦，他把我骂得狗血喷头，能有一百来句。

肖大炯说，我倒是有个挺像样的家，但像在监控下活着，一点隐私都没有。我这个房子是自己贷款买的，我从家里出来那天，我妈哭得呀，好像我不是单独出去过，而是去死一样。要不是我二姨把她拽走，我估计那天她得一直再把我哭回去。

苗可行说，你现在跟我说这些，就好像一个富人对乞丐说吃得营养过剩。肖大炯说，上警校的时候，心理学老师说，如果一个人在被冤枉的时候，大声辩驳，甚至痛哭流涕，大多就不是冤枉的。苗可行说，我懂了，你把纸巾拿走。

肖大炯说，逗你玩呢，想哭就哭吧，你在衣柜里睡觉，伤得不轻。苗可行说，别说了，要哭了。肖大炯说，来，抱抱。

苗可行没过去。肖大炯走过来轻轻抱住苗可行。苗可行像是一块遗落千年的陨石，第一次有人类把她拾起，握在手心里把玩，那种轻触的悸动，让苗可行的心剧烈地跳动。肖大炯感受到了苗可行的稚嫩，更紧地搂过她。苗可行呼吸越来越快。

两个人打车去肖大炯家，一打开门，黑暗里若隐若现地飘荡：我看见山鹰在寂寞两条鱼上飞，两条鱼儿穿过海一样咸的河水，一片河水落下来遇见人们破碎，人们在行走身上落满山鹰的灰。

苗可行张大嘴看着肖大炯说，你喜欢这首歌？肖大炯睁大眼睛说，你也喜欢？苗可行身体一软靠在门框上。酒精袭来。

事后苗可行想，自己为什么那么草率，就因为那首歌吗？让她披了二十多年的铠甲如大雪纷飞般轰然坠落。还是肖大炯那口仿佛举世无双的牙，轻咬她的耳垂，在那股丝滑的冰凉中，彻底沦陷。还是与无尽的未来无尽的人提起这个成人仪式，那个莫名的巧合之光。

那天苗可行跟肖大炯的每一句话、每一个细节，她都能倒背如流，就像反复端详一件不敢确认是否赝品的器物，在细思极恐的悄然辨认后，苗可行知道肖大炯是有经验的。而自己像进了棉花地，空软无着，完全不知所以。那天苗可行先醒的，看到床单上的印迹，像凶杀现场，她悄悄穿好衣服溜出去，来到马路上，感觉自己像犯了罪。她想哭，又想笑，她不知如何摆放自己的心，或者是身体，她有种无言以对的茫然和窃喜。想逃跑也想迎上去。更多的是无措的甜蜜。那种不知如何摆放的矛盾让她掏出手机关掉，好像如此才能平静下来，否则就要被那种奔突的情绪推搡倒了。

苗可行不知要到哪里去。她发现如果不跟那些人在一起，她无所事事，而跟他们只能吃喝玩乐。苗可行突然瞧不起自己，对自己无比厌倦。人家肖大焖警校毕业有学历，有体面的工作，父母都是公职人员，自己是个啥呢。肖大焖让她第一次对自己清晰起来，而以前，她对自己像一个概念般模糊。

肖大焖的出现，让苗可行想换掉原来的自己，她给李小那打电话，哑然失笑手机已经关机了，她舍不得开机，仿佛那里是潘多拉的盒子，会飞出太多不可预测的东西，她怕接不住，也怕接完就没了。她把手机放到兜子里的内侧布袋里，开车去美容院。以前李小那总让她去，她说，我才不遭那个罪呢，躺在那里让你折磨，还要给你钱。

李小那说，那是享受，你不懂。苗可行说，只有难看的人才去美容，我不用。李小那说，你是长得还行，但经不起多长时间，你看吧，有一天你会求我折磨你。苗可行说，你等吧。没想到这个话才过去不到半年，苗可行就食言了。

推开李小那美容院的门，苗可行看见李小那正在那臭美呢，站在穿衣镜前披着一袭白色的长裙子左扭右盼，一群小姑娘围着她，把她围成一个骚公主。

李小那一看到苗可行进来，噢的一声冲过去，对苗可行又搂又亲，小翅膀们一哄而散，端茶的端茶，上水果的上水果，然后知趣地退到各自的阵地上等待顾客的降临。苗可行说，你行啊，这么大的店，我还以为偏铺子呢。

李小那说，我在你眼里，就那样 low 哇。苗可行，你这么有钱，为什么每次吃饭都是我结账。李小那说，你也不让别人结呀，那个时候，谁要跟你抢，你能把人给杀了。

苗可行说，我那么傻吗？李小那说，你以为呢。苗可行说，好，既然这样，今天你就从头到脚地给我整，来，把你欠我的账都还上。李小那说，一天还不完，怎么也得一年半载的。苗可行说，是一生一世。李小那说，是不是想男人想疯了，跟谁都一生一世的。一语道破苗可行的心思。苗可行的脸一下子红了。

苗可行躺在美容床上睡了一觉，醒来就说什么也不做了。李小那说，还差二十分钟的一个面膜就好了，你就不能忍一忍。苗可行把面膜从脸上一把扯下去，说，我现在才知道，美就是遭罪。再一仔细看李小那，精致的五官像无缝链接似的完美，皮肤是那种透明的惨白，光滑得如石膏，怎么看怎么说不出来的不舒服，想了半天，苗可行想到一个词，僵尸。李小那，你盯盯看我干吗，又不能看出钱来。苗可行说，我得走了。李小那说，这可不怪我呀，我可是给你做的全套，你要是效果不好可别找我。苗可行说，再找你我就是孙子。

从美容院出来，苗可行一看时间才过去三小时，她摸了摸手机，心想，肖大炯能给她写什么微信，打多少通电话呢。她想象着肖大炯满世界找她的样子，找他们共同的同学挨个打听她的住处，她在心里笑了。她想等到晚上，洗漱完毕躺在幽暗的柜子里再打开手机，她想那些未接来电如蝴蝶一样扑面而来，落在她的头发上、胸口上、嘴唇上，还有他们共同的影子上。

4

苗大路最终得偿所愿，成了一个残疾人，他的膝盖骨从积水到废掉，用了五年时间。中间有好几个女人给他留言，问他是不是单身。他知道自己是个什么德行，如隐藏在巨石后面的臭虫，一踩就臭不可闻。他越如墙壁般平静挺立，女人就越疯狂，跟那些苍蝇似的嗡嗡往上糊的男人相比，苗大路拽得令人自卑。

苗大路用大家给他打赏的钱动了手术，办了残疾证，买了残疾车拉脚。他发现自己跑了一圈，其实还在原地，只不过原来是用脚跑，现在用车跑，拉脚比收破烂儿能好点，但也好不到哪去，有了两份收入，晚上他和蔡彩勤把各自赚的钱往床上一铺，都是零零碎碎的小票，比谁赚得多，蔡彩勤总是少。苗大路说，你就是太老实了，不敢收，他偷的抢的跟咱们有啥关系呀。蔡彩勤说，那可不行，万一警察找上门来，说不清要坐牢的。哪条法律规定能坐牢了，他们从厂子里偷出来的东西，跟咱们有什么关系啊，咱们知道他们是怎么得来的，咱们有义务要调查清楚再收吗？蔡彩勤不敢再辩解，一个劲儿地说，你真能跑，一天比一天跑得多了。

苗大路说，那是我抢来的活，今天跟他们干了一架，好几个人一起打我，都没打过。蔡彩勤这才发现苗大路的胳膊肘青了一大块。苗大路说，我让他们全上也都是鳖子，我是谁呀！你说我是谁呀，他们一个个冤头鳖棒的，别看我腿不好使，照样给他们打趴下。

蔡彩勤说，还伤到哪了，用不用去医院看看，有没有内伤。苗大路说，胸口疼，赵老鞋踹了我一脚，你看着，我明天必须给他踹回去，我把他脸打开花。蔡彩勤说，可别打了，万一打出事了，咱们辛辛苦苦走到今天全完了。苗大路说，你懂啥，不打回去能有活吗？一共就那么点人，车一大堆，不抢连路都没得走，知道不？

　　蔡彩勤说，要不咱们想点法子干点别的。苗大路说，这还用你说，我早就想八百回了，哪有那个钱哪，买车花了好几万，苗可行花钱太大了。蔡彩勤说，亏啥不能亏孩子。苗大路说，那是，我就是说说，就这一个闺女，我比你疼。蔡彩勤说，我知道。

　　苗大路的消失让那些成天以他励志的人无着无落，打赏更多了，以激励他重新出山。苗大路把租来的大房子偷偷退了，每天乔装打扮不让人认出来，尤其是不能让给他拍过片子的那些年轻人认出来，他把大家送给他的那些好看的行头在夜黑风高的晚上都扔到了垃圾堆里。他无法面对那个隐形的自己，他要把那一段日子彻底忘记，那段高光时刻仿佛是他从上帝那里偷来的，本不属于他，现在老天又毫不手软地在他毫无征兆的时候收了回去，就像当初毫无征兆地来到他的生命里一样。现在，他又成了他自己。

　　苗大路每天开着残疾车默默地收着那些打赏钱，他知道，这是最后的收尾了，不可能太久，也许就在明天，一切都会消失不见。等他们缓过劲儿来，现在有多爱他以后就会有多恨他，他们会咒骂他，骂他祖宗八代，骂到骨头缝里去。他像一个作大案的人，等着那些被坑骗的人昭告天下。

　　苗大路用大家最后祭奠的钱在环球市场兑了个海鲜摊。蔡彩勤对苗大路佩服得五体投地，她觉得自己的命太好了，能遇到苗大路这样的男人，现在她俨然成了一个货真价实的老板娘，脚不离地地忙乎得合不拢嘴，中午跟大家一起吃大锅饭，也有了底气，以前她总是小心翼翼地活着，现在她感觉自己有劲儿了，还是力大无穷的那种。在众人面前，拿起一根大葱，蘸上大酱，咔嚓一口满嘴香辣，这成了蔡彩勤的招牌吃法，每天一根大葱，只吃葱白，后来，大家都被她感染，每餐必上一盘子大葱，那叫一个爽。她也敢像别的大老娘们，咧大嘴，气冲丹田嘎嘎大笑狂笑了，她像换了一个人，越自信嗓门越大，笑也越多，心情好了，对顾客的耐心和让利很快就拉拢不少回头客，有一次她捡到一个顾客的钱包，归还回去，一时间在坊间成为美谈，那个人是一个大公司的采购员，从此蔡彩勤家的海鲜摊再也不愁货源了，还总去别家串货卖，蔡彩勤一跃成为整个海鲜市场最让人羡慕的老板娘。苗大路对蔡彩勤也另眼相看，说，傻人有傻福，你知道你上次捡的那个皮包里有多少钱不？蔡彩勤说，我拉开看钱挺多的，但也多不到哪儿去。苗大路说，那里有比钱更要命的东西，老娘们啥也不懂，要不人家能对你那么感恩戴德呀。蔡彩勤也不问是啥，她现在的生活已经远远覆盖了那种好奇，眼前的好生意让她无暇关心其他事，她只在乎眼前，她每天都要乐出鼻涕泡了。海鲜摊生意越好，两人越累，雇了三个人还是忙得脚打后脑勺。苗可行并不知道他们家发生的这些事，她看到的跟以前没有什么区别，苗大路和蔡彩勤回到家还是把衣服往地上一扔，一起进卫生间快速冲洗，苗大路还是会在里面大声唱那首歌，然后倒头就睡。那些衣服散发出的那股海腥味儿，弥漫了苗可行对嗅觉的整个记忆。

苗可行的花销更大了。

以前苗可行买衣服有固定的牌子，但那天从肖大焗那里出来，她想换点更大的牌子。她走进一家香港外购的豪门店，店小姐看到苗可行进去，把她的包接过去锁进一个精致的柜子里，钥匙环套在苗可行的手上，给她引进一个巨大幕帘里面。苗可行走进去，氤氲的暖光瞬间把她吸进去，抚慰住内心那个花枝招展的小孩，四面都是穿衣镜，中间一个硕大的欧式高背长条白色皮沙发，店小姐蹲下给苗可行脱鞋子，递上一双舒适的拖鞋，让她松松脚。另一个店小姐送上一杯温热的咖啡，让她的身体缓缓进入一种虚幻的兴奋，引领着苗可行一件一件衣服地扫描。只要苗可行在哪一件衣服上略一停留，那件衣服立刻拿下来搭在店小姐的胳膊上，走完一圈，店小姐的胳膊上如覆盖了一层层毡布。苗可行本来就胖，但两个店小姐左右开弓对苗可行的大胸和细腿进行轮番轰炸，好像苗可行除了胸和腿，其他地方都是虚空。为了突显那两项优势，店小姐给苗可行选的衣服都是束胸的，但苗可行的腰太粗，下摆又不能太紧，要正正好好卡在腰上的那种才适合。她们强烈推荐苗可行穿短裙，说，这样既能显高又显瘦，那个瘦字是苗可行的死穴，一点一个准，苗可行在那条通向瘦字的路上狂奔不止，一举拿下五条裙子，一共一万两千块钱，带着胜利的喜悦飞驰到家，她要一件件地欣赏、自拍，发给想象中心急如焚的肖大焗看。

　　推开家门，一切都没有变。奶油扑到苗可行的脚上，用牙齿咬着苗可行的牛仔裤脚，苗可行每走一步，就如拖着一个白色的菲子边。地上堆着还没有来得及洗的脏衣服，散发着一股腥臭味儿，苗可行憋着鼻子抓起那些衣服扔进洗衣机里，倒了半瓶洗衣液，调到两小时的最高档。

卧室还如走时一样，被子如沙漠，但苗可行知道，从此那里是汪洋大海了，一想到这，心狂跳了几下。去卫生间洗澡，在镜子里看那个圆圆滚滚的躯体，一夜之间，它从贫瘠走向富裕，在最高处无限盛放，暗香扑面而来。苗可行冲自己笑了，擦干身体试那些裙子，心想，见一次面换一件，然后再来个反复，让肖大炯挑哪个最好看，她就知道以后选什么样的款式和颜色了。

苗可行如婚礼上的新娘换了一套又一套衣服，穿上自认为最漂亮的那一款躺进衣柜，在幽暗中捧出珍宝一样打开手机，想象肖大炯的电话纷至沓来，如迎接满天爆棚的礼花，时间在那个幽闭的空间里，仿佛静止，如无限孕育一簇簇圣洁的花朵。

但，什么都没有。

一开始，苗可行以为手机坏了，她给李小那打过去，李小那说啥事，别是脸太美受不了吧。苗可行说，呸，就我还用你们多此一举啊，我就是没事了去感受一下你的盛情。李小那说，呸，有种你再别来烦我。苗可行说，那可说不准，我必须把我请客的钱整回来。李小那说，那你什么时候来，提前约啊，我这边客人都是预约的，要不好不容易来了做不上，我也不能把人家从美容床上撵下去。苗可行说，你等着吧。

手机没问题，为什么肖大炯的电话和微信一个都没来，那她现在成了什么？一块臭肉还是一堆乱麻？在肖大炯眼里也许还不及这两样东西。一想到这，苗可行感觉眼前所有的背景都次第远去，任凭她怎么呼喊和抓拽都不能让它们停下来支撑一下自己，她只能拼命地逃跑，试图撞向那堆虚空，然而虚空没有任何声音。苗可行拼命地想喊，想听到哪怕是咒骂也好，只要有声音就好，只要有回应，但深渊里全都是自己的回声。有什么把自己一块块撕碎，扬在空气中，仿佛雷电雨雾把她扛起再往地上摔打，摔得四分五裂，在那种摔打中，她突然发现，她不但听不到肖大炯的声音，也听不到自己的声音了，她仿佛站在天边某一个说不出来名字的地方，让她变得麻木，没有任何知觉。

苗可行今生第一次体会到什么是欲哭无泪，她没想到自己最珍贵的失去如此轻薄。在此之前，她从来没有仔细想过这件事，苗大路和蔡彩勤从来没有跟她提过半点这方面的事，好像她天生没有拥有这个隐秘一样，好像她本来就应该承受这种赤裸裸的暴行，却无处申冤。她躲在衣柜里，仔细回想那天的情景，问自己到底是酒精的作用抑或荷尔蒙的作怪。不管是什么，她已经不是原来的她。那她现在是谁呢？她不知道。苗可行把手机关上，她第一次有了想从这个世界上消失的想法，她甚至感觉自己好像已经消失了，消失在一片空荡无边的沼泽地里，拼命往上挣扎，但空气如千斤沉重压着她喘不过气来，那种感觉又来了，如此熟悉又如此尖利，她的身体不可抑制地向下沉坠、沉坠，黑色的铁屑从四面纷至沓来，把她淹没。她成了一滴浑浊而坦荡的水，挂在肖大炯的胸前，肖大炯一把扯下，抛向远方。那一刻，她看到一个人从自己的身上分离出去，比她高大，那是冲破了某种边界，被一根巨大无形的刺扎得面目全非却不能喊疼，只能哑着嗓子看四面冰冷的铜墙铁壁。她被堵在里面，恨不能与那些水泥砖瓦融为一体。如果说苗可行以前还不知道身体对她意味着什么，因为肖大炯，她知道了那是一道藩篱，无论以什么样的方式翻越过去，都意味着失去，一种仪式或命定的失去，也是成长，她像一脚踏空，大头朝下，成了天空的笑柄。

一开始，苗大路和蔡彩勤并没理会苗可行的存在，苗可行大半夜回家是常事，但从来没有夜不归宿的时候，苗可行第二天两三点钟回家也有过，所以两个人从海鲜摊上回家呼呼大睡很是安稳。直到第二天早上，蔡彩勤做好了饭去喊苗可行起床，一推门，发现床上的被子板板正正，她忙去喊苗大路，说，丫头不知道哪去了。苗大路光脚跑去苗可行的房间，一种不祥的预感笼罩下来，一句话冲口而出，今天不能出摊了，苗可行可能出事了。

蔡彩勤一听出事两个字，开始号啕大哭，苗大路一脚把蔡彩勤踹个趔趄，一边穿鞋一边骂，你是不是有毛病啊，人还没死呢，哭那么大声吓谁呢。蔡彩勤忙止住声，把鞋子往脚上套，一边套一边拿钥匙锁门。苗大路已经跑出去老远。

5

苗大路和蔡彩勤四处寻找苗可行的时候，苗可行正躺在大衣柜睡觉。她梦见肖大焖站在路边指挥交通，肖大焖戴着大檐帽，苗可行没认出是他，她缓缓开车通过路口，肖大焖做出一个手势让她停车，把一个测试酒驾的东西往她嘴边塞，她被动地张嘴，测试仪发出吱吱的响声。肖大焖说，你涉嫌酒驾，把车停靠，上警车。

苗可行看着眼前的肖大焖说，我今天没喝酒。肖大焖说，测试仪叫了就说明你体内酒精含量已经超标了。苗可行说，我没喝酒。肖大焖说，不可能。苗可行说，我说的是真话，我昨天喝的酒，今天没喝。肖大焖说，那就对了，你昨天喝的酒今天身体还没有完全消化，所以能测试出来，但我们只听测试仪的，只要响了，不管你是今天还是昨天，哪怕一个月之前喝的，现在测出酒精含量你都要承担后果。苗可行说，那我这还算是酒驾吗，你可以给我做证，昨晚咱俩一起喝的，喝到后半夜。肖大炯说，我这有执法记录仪，请你不要乱说话，我不认识你。苗可行张大了嘴看着眼前的肖大炯，坐在驾驶座上对肖大炯破口大骂。过来几个警察把苗可行从车里拉出来塞进一辆警车，苗可行挣扎着一只鞋掉了，大声喊，我的鞋，我的鞋，这时过来一条小狗把苗可行的鞋叼走了，苗可行索性把另一只也踢飞出去。

苗可行坐在警车里看着肖大炯把测试仪往下一个司机的嘴边塞，她狠狠地用头撞车玻璃。肖大炯往她这边看了一眼，像什么也没有看到一样又把眼睛移开了。苗可行的眼泪噼里啪啦地往下砸，堆积在车窗玻璃上的黑色胶皮上，把上面的灰尘冲刷出一条条水沟。

苗可行就是被那些眼泪冲醒的，她睁开眼睛，一片漆黑，摸了摸脸颊，都是泪水。她从衣柜里爬出去，感觉饿，去厨房找吃的，发现桌子上摆好的饭菜，她一顿狂吃，感觉心满意足。然后洗澡，换衣服，把手机扔进背兜，她想好了，她要重新买一部手机，换一个新号，她的新手机里，没有一个联系人，当然一同消失的还有那首听了千百遍的歌。

苗可行没有开车，她好久没有那么安静地穿过一条一条的街道，仔细看看路边的风景了。她发现时光突然变慢了。很慢。慢到可以用手触摸到。用心贴靠上。她把手插进柳叶往下滑，一下刺痛，柳叶把两指之间划出一道口子，她看着血珠从指缝间冒出来，多像自己的身体，那些细密的血珠，她的眼泪夺眶而出，把手指放进嘴里，用舌尖轻舔着那道伤口，咸得蜇人。

苗可行感觉有什么堵在心口那里，再不疏通就要爆裂，但她不知道跟谁说能不被耻笑。但她真的想一吐为快，说出心中那种恨，悔恨自己的草率、瞎眼，恨酒精、荷尔蒙，恨那个孤独如一个蒙面大盗把她劫持的漆黑夜晚，她恨不能把它们统统撕碎，杀死，恨不能时光倒流，她不知道自己披头散发，一路走一路流泪，路遇的人侧脸回头看她，如看一个游魂，仿佛一碰就碎的瓷器。

她走到了18路站点对面的街上，那天热得吓人，她感觉每走一步都要被晒倒似的。她要过马路去等车，这时一个老太太蹭过来，问她，小姑娘，喜欢小狗不，你看多好看哪。

奶油在苗可行的裤裆里睡大觉，苗可行一动不敢动，怕惊醒奶油。她窝在沙发里感觉腰都要折了，慢动作地一点点把自己的身体放平，还好，奶油睡得异常香甜，苗可行也只好躺在沙发上睡。

第二天早上天刚蒙蒙亮，奶油爬起来看苗可行的睡姿，用爪子抓苗可行的头发。苗可行睁开眼睛，发现自己竟然没有半夜起床躲到衣柜里，那一刻，她紧紧抱住奶油，奶油好像懂苗可行，哪怕脖子被苗可行卡得难受，也不忍心挣扎出去，就那样一动不动地任其抱着，耳朵贴在苗可行的胸脯上，听着她的心跳声。

苗大路和蔡彩勤发现苗可行不深更半夜出去玩了，而是成天在家抱着奶油听书，像一个退休老太太。坐在楼下的凉亭里，旁边放着一瓶水，还有奶油的狗食和绳子。邻居看到有一搭没一搭地跟苗可行说话，问她怎么不出去找个活干呢，成天在家这么待着不完了吗？苗可行翻白眼，心想，我爹我妈都不管我，你们操什么闲心。时间长了，大家都懒得理苗可行，觉得她就是一个废人。

其实苗可行自己也觉得自己是个废物。除了养狗，她还会干什么呢，自从苗可行把手机号码换了，她的手机里如寺庙般清净，没有人能找到她，她也不想再过那种醉生梦死的生活，一想到这，她感谢肖大炯，虽然痛彻心扉，但醒了，可是醒了之后，她发现其实还是睡着，只不过跟原来的睡姿不同而已。现在，她从那个呼呼拉拉的假相中回到和奶油相依为命的假相中，那什么才是真实的呢。苗可行就是在那个时候开始听书的，她想找到答案，她下了一个听书软件，买课听，然后她发现，自己原来一直活在自以为是的井底。

苗可行试图一点点往上爬，她发现根本就爬不上去，她一无学历，二无技术，父母更不会让她去卖海鲜遭罪，那她是不是就成了大家所说的那种啃老族，这三个字吓了自己一跳，这个词如一个大巴掌狠狠扇过来，让她猝不及防，头晕耳鸣。她第一次跟父母提出要出去找个活干，干什么都行，但有一个要求，得让她带上奶油。苗大路和蔡彩勤你看看我、我看看你，觉得孩子在家这么成天抱狗确实容易待坏，就说，那你自己去找吧，干什么咱们都支持你，但你要是想带奶油一起上班，找到活的概率太小，除非你去宠物店打工，就像去幼儿园上班，连带把自己的孩子也看了。苗可行说，对呀，我怎么没想到这个活呢，爸，你真厉害。

苗大路说，你长这么大，第一次说我厉害。苗可行说，姜还是老的辣，明天我就挨家去问。蔡彩勤说，谁能想到你突然对这东西感兴趣呀，只要你自己喜欢就行，但你整这个，不好也搞个对象。苗可行一听对象两个字，转身就走。苗大路对蔡彩勤说，就你嘴欠，孩子大了，知羞耻了，说那个干啥呀，你怎么知道宠物店没有男的呢。蔡彩勤说，男宠啊。苗大路哈哈大笑，直拍大腿。蔡彩勤说，我就是顺嘴吐噜出来的，我也不知道啥意思，反正听人说过。苗大路说，以后你可别乱说话了，丢死人了。

苗可行抱着奶油去宠物店应聘，当然没成功。人家的理由是你把自己的宠物带到店里，还能塌下心来好好工作吗？苗可行说，这有什么不可能的呀？我成天看着奶油，心情好，自然工作热情就高了。人家说，你这心理依赖症太重了，我们只想招一个正常人。苗可行说，你说谁不正常了，你凭什么说我不正常，我哪点不正常了，你是不是有病啊。对方把苗可行从店里轰了出去，苗可行跟他们大吵一通，奶油不知是受到惊吓还是给苗可行打气，汪汪叫个不停。苗可行边战边撤。看着怀里的奶油心想，他们不要咱们，我还不稀得干呢。奶油好像看懂了苗可行的心思，一个劲儿往她的怀里拱。苗可行说，走，我带你吃大餐去。这是苗可行换完新手机号第一次出去吃饭，还有点说不出的小兴奋，但饭店同样把苗可行和奶油请了出去，他们的理由是，就算我们同意你们进来，其他顾客也不会同意的，还有小朋友，他们要是受到了惊吓，谁负这个责任。苗可行说，那我打包买走行不行。那当然行，但请您站到饭店外面等着。苗可行说，我身上有毒哇，让我站门外面？对不起，如果你不能在外面等，我们就不能满足你的要求了。苗可行转身走掉，一边走一边对奶油说，什么玩意儿啊，回家我给你做好吃的去，奶油从喉咙里发出嗯的一声。苗可行心里一甜。

苗可行发现，自从她把外界封死，只跟奶油在一起后，感觉自己进入了一个避风港，那里除了清净欢快什么都没有。她甚至开始害怕人类，那些各种各样的心思，让她猜不透，看不清楚，而奶油不会，它总是毫无条件和理由地呈现，就连闯祸都那么坦荡，然后缩在一角等待被冷落、被靠近、被彼此治愈。它唯一的要求就是给一点吃的果腹，什么也不挑，喜欢多吃一点，不喜欢一下子跳将出去也不会耽误快乐地玩耍。这是苗可行以前没有体会过的。现在，她吃了那么多的闭门羹，突然明白自己为什么喜欢躲在衣柜里睡觉了，那种感觉跟奶油带给她的是一样的，安全而宁静。但衣柜黑暗。奶油明亮。

6

苗可行每天抱着奶油在小区里游荡，有时也开车领它去草地、河边、山里玩。她把奶油吃的用的装在一个大包里，如哺育一个满月的孩子，苗可行跟着奶油奔跑，她笨拙的身体越发肥胖了，没几步就气喘得难受。奶油挣命地想要解脱狗绳的束缚，苗可行索性让它撒欢地狂奔。苗可行坐在树荫下，阳光透过缝隙打在她的身上，不一会儿就睡着了。奶油什么时候回来的，她都不知道，等到睁开眼睛，看见奶油趴在她的腿边，嘴角淌着哈喇子，睡得香甜。她抱起它，左亲右亲，奶油没睡好，不高兴地左躲右闪，舍不得急眼。

小区里的老人三人一团四人一伙地要扑克，苗可行带着奶油从他们身边路过，一个老头冲苗可行摆手，说，反正闲着也是闲着，过来凑个手呗。苗可行狠狠瞪过去一眼，气得胸口猛地一揪，疾走过去，把奶油扔到地上。奶油知趣地跑开了，苗可行颓丧地坐在木椅上，眼睛愣愣地看着地面，眼泪差点流下来，心想，自己真不能这样下去了，就连接近生命末端的那些边缘人，都对她如此轻薄，或许，自己也真就是那样的人吧，要不，她是什么人呢。这时，一条瘦得像刺儿似的小狗缓步走进苗可行的视线，苗可行一下子什么都忘了，蹲下抚摸小狗的身体，发现它不仅瘦，身上还满是疮疤，苗可行不敢相信地看着它，把它抱进怀里，小狗的身体止不住地抖。

苗可行把小狗抱回家，给它洗澡，剪毛，喂食，它像一个懂事的大人，怎么摆弄怎么疼痛都默不作声，如一摊破败的棉絮在苗可行的手里撕来扯去，再一点点絮成一床整齐温暖的被子。苗可行趴在小狗身上，柔软而喷香，心想，要给它一个名字，叫什么呢，苗可行一下子想到蛋糕，奶油蛋糕，它们本来就是一体。苗可行第一次喊出蛋糕两个字的时候，蛋糕抬起头静静地看着苗可行，眼角慢慢湿了。

这回苗可行再下楼就不是两个影子了，而是一支队伍。她感觉那些异样的目光离她远了一点，不再直抵后背截到心上，而是在深入的过程被一层膜抵挡了一点，那一点来自蛋糕。蛋糕让苗可行感觉到一种说不出来的超拔感，让她仿佛一下子站在了生物链的顶端，如一个拯救生灵的神，她可以让它们起死回生，赐给它们名字、食物和希望，苗可行感觉自己一下子被什么镀上了一层光，再相遇楼下那些闲人，她不再惧怕被轻看，而是以俯视的目光看着他们发了霉的光阴。

苗大路和蔡彩勤比原来更晚回家了。有时候为了卸货，苗大路索性就住在门市房，蔡彩勤本来累得也不想动，但还是强打精神回家给苗可行做顿饭，再把第二天的饭菜给她带出来。苗可行看不到这些，两只不会说话的狗完全占据了她的世界。她们打成一片。她主宰一切。

　　楼下小区的一个老太有一天找到苗可行，把她拉到一边悄声说，你知不知道小区后院有一个流浪狗的窝。苗可行像听到了中大奖，飞似的跑回家，换上旅游鞋要跟老太去找。奶油和蛋糕以为要带它们去玩，欢跳着准备行动，没想到苗可行把门咣当一关，两只狗在门里生气地扑向对方。

　　苗可行有生以来第一次看到那么多的残疾狗，在无法遮风挡雨的破砖瓦砾中，像养老院一样，躺的躺，卧的卧，浑身散发着刺鼻的味道，嘴里流出浑浊的哈喇子，毛发把眼睛遮挡得看不清视线。苗可行小心翼翼把它们的毛发扒开，一双双被分泌物糊得几近失明的眼睛，把苗可行惊得后退，她转身对老太说，这些狗不能待在这里，我们得想办法给它们整个屋子。老太说，哎呀妈呀，你可真敢想，这个窝还是不知哪个好心人给临时搭的呢，但总算有个地方，过路的人隔三岔五送点吃的过来，它们不至于饿死。苗可行说，它们在这里跟死了有什么区别。老太说，好死不如赖活着，人狗都一样，它们喘气一天就赚一天。苗可行说，不行，我不能让它们这么活。老太说，你应该说不能让它们这么死。老太看着眼前的苗可行，困惑地不知说什么好，摇摇头说，以后能常来看看它们，给它们带点吃的就算积德了。苗可行什么也没说，大步地穿过马路，一边走一边对自己说，我管定了。

　　苗可行管苗大路和蔡彩勤要钱，从来不需要说理由，这回要的数额过大，苗可行故意轻描淡写地对他们说，我想去旅行。苗大路说，好哇，出去走走见见世面，你成天这么在家待着，我都怕你待抑郁了。苗可行在心里暗自松了一口气，看着手机里打过来的五万块钱，心想怎么也够了。

苗可行一开始给狗子们选的是楼房的一楼，有后院的那种，她想着能多收养一些，但不到一个月房主给她打电话，让她过去。女房东说，你当初租房子的时候也没说养狗哇，它们把邻居吵得天天睡不好觉，都来找我了，你赶快把它们给我拿走，这房子不能租你了。苗可行说，我们是有合同的，我给你的是半年房租，凭什么让我搬走，女房东说，这还粘上了呗，你这才叫违约呢，我租的是人，不是狗。苗可行说，反正我不搬，这么多狗你让我一时半会儿上哪找房子去。女房东看说不动苗可行，拿起手机说，你马上过来。苗可行没想到，今生第一次被打，是因为狗，因为狗，又有了后来的很多次挨打。那个男人推开门二话不说把苗可行一脚踹倒在地，苗可行躺在地上，忍住剧烈的疼痛，眼泪在眼眶里打转，看着高大威猛的人影，突然间又想起自己从纸壳箱子里爬出来，第一次看到外面世界的样子。

楼房租不了了，苗可行开始去郊区找平房，虽然照看起来不方便，好在有车。苗可行开着车沿着大街小巷跟人谈价钱，说养流浪狗，人家说，看你小姑娘不大，怎么整那埋汰事。苗可行说，你怎么这么说话呢，什么叫埋汰事，再说了，养流浪狗还分姑娘和老娘们吗？对方扑哧一声乐了，说，嘴茬子挺厉害啊，看你做善事的份上，这个小院就租给你了，租别人每月六百，租你五百五，怎么样。苗可行说，使大劲就差五十呀，但我也替它们谢谢你，五十块钱够买几天的狗粮了。对方心说，好好整你的狗吧，有什么事电话联系。苗可行说，以后免不了麻烦你。对方说，可别，我就是租你房子，别有其他的事，我这个地方是老人留下的，就等动迁，都等二十年了，以前租给一个养狐狸的人，反正都是你这样的人，租给你正合适。

苗可行发现要把那些流浪狗运过去是一件挠头的事。每条狗足有十多斤，一条一条抱，跟雇车的司机商量能不能等，司机说，当然可以等，只要加钱就行。苗可行回家想找一套不好的衣服抱狗，每套都是名牌，翻来覆去取舍不了，去蔡彩勤的屋里找衣服，发现不是旧的就是破线的，苗可行愣在那里，半天没缓过神。

蔡彩勤比苗可行高，但比苗可行瘦，苗可行穿着蔡彩勤的衣服有点紧巴，苗可行想这身衣服抱完狗就扔了，给蔡彩勤买一套好的放进柜子里。

苗可行把狗子抱上货车。货车司机说，你这些狗这么脏，给你拉完就得去刷车，要不没法干活了，你得给我加钱。苗可行说，加多少。司机说，一百。苗可行说，你疯了吧。司机说，刷车四十，再加上误工费，我们的活是一个接一个，都是半夜收工刷车，这大白天的刷车就是刷钱，所以，你得把这个钱给我补上。苗可行又把狗一个一个从车里抱下来，说，不租你车了，我有车，我自己拉。司机说，那不行，我已经来了，你得给我二十块油钱，这还没管你要误工费呢。苗可行说，你这是敲诈，我要报警。司机说，你报啊，看看警察能不能来，来了怎么说。苗可行说，行，给你一百，你赶快把狗给我送到地方。司机说，我可不是欺负你啊，我跟你说，这一百都是少的，要不看你年纪不大，我要一百二都正常。苗可行说，闭嘴吧。

那些狗来到新居，欢快地撕咬狂叫，苗可行发现屋子没有窗户没有灯也没有水，其实就是一个临时搭建的破仓库。她看着躺在水泥地上的狗子，挨个给它们起名字，老栓、长毛、大瘦、淘宝、当当……她呼唤它们，它们慢慢抬起迷茫的眼神，从此把自己确定。起完名字，苗可行去院子外面找盆，想给它们准备点吃的喝的，但没有，什么都没有，仿佛这个地方从古至今就没有人来过一样。她把门关上，跳上车去市场买狗子用的东西，等到装了满满后备厢回到小屋，刚一进院子，狗子一齐狂吠起来，仿佛鞭炮齐鸣对她的迎接。她俯下身挨个顺毛摸头安抚，它们如音乐的递减，如一个个乐器安静下来。

7

越来越多的人知道苗可行收养流浪狗，不知从哪里得到她的电话，每天苗可行都会接到很多求助信息，说，哪哪有一条流浪狗。苗可行穿上衣服就往外跑，仿佛那条狗是她前世的亲人，奶油和蛋糕跳着脚要跟着，苗可行说，你俩别闹，懂点事吧，你兄妹在那边等我呢，没工夫搭理你俩。奶油和蛋糕知道苗可行去意已决，彼此对视一眼，一起扑向苗可行，苗可行虚设一脚把它们踢开，两条狗太知道苗可行的套路，不但不躲还往上冲，苗可行在空中迅速收脚，给自己晃得东倒西歪。

苗可行没想到那条流浪狗长得那么帅，即使颠沛流离，浑身肮脏也掩饰不了它的贵族气质。苗可行拿着狗粮蹲在地上等它过来，它远远看了一眼，迅速隐入草丛之中。苗可行把狗粮放在靠近路边远一点的地方，躲在不远的树后等待它出现，那只狗竟然能够忍住狗粮的诱惑，始终没有出现，这是苗可行以前从没有遇到过的事。

苗可行第二天一早去看那盆狗粮，已经空了，她笑了，心想，跟我玩这个，看你能挺多久。在之后的一个多月里，苗可行天天去给那条狗悄悄放狗粮，直到有一天，那条狗守着那个吃空了的狗粮盆，一副呆萌的样子等着苗可行的出现，苗可行蹲下去抚摸它的头，它把身体往苗可行的身上倚靠，苗可行说，咱们回家好不好。

苗可行给它取名叫王子。王子一下子占据了苗可行的心，它从不让人抱，总是跟任何事物保持一种刻意的距离，奶油蛋糕想要跟它亲近，它不是躲就是咬，把它们咬得鲜血直流，苗可行上前把它们拉开，一边给受伤的消毒包扎，一边骂王子，说，你是不是傻呀，人家跟你玩呢，喜欢你呢，你咬人家干啥，王子根本不听，独自三下五除二跳到楼梯上，俯视着苗可行和它的同类们。

半夜，奶油和蛋糕都睡了，王子还很精神，好像还在警觉着周边是否安全。苗可行找王子谈，问它为什么要那么凶狠呢，它们又没有恶意，能不能试着去接触和了解一下它们呢，包括我。王子似乎有点心动，苗可行一点点地试图靠近王子的身体，王子第一次没有动，苗可行小心翼翼地把它抱进怀里，王子呼吸急促，身体起伏不定，苗可行刚想进一步抚摸它的身体，王子猛地回头冲苗可行的手狠狠咬下去，苗可行嗷的一声，疼得跳起来，王子顺势跑掉。苗可行发现那条口子足有好几厘米，她去追王子，王子如一个影子，根本抓不到，她们追逐的动静惊醒了奶油和蛋糕，两条狗兴奋地狂吠，声音又惊醒了苗大路和蔡彩勤，所有的灯渐次打开，所有的眼睛盯着苗可行，看她手臂的伤和发红的眼。

苗大路和蔡彩勤跟苗可行说，你还让不让人睡觉了，这大半夜的，又跳又叫的干什么，你鼓捣这些祖宗有什么用，它们这么伤你，你还管它们干什么，它们是畜生，你知道不知道，你跟它们能讲出什么理，你不搞对象整一堆狗到底想干什么。苗可行听他们说前面那些话都没有什么反应，左耳朵听右耳朵冒，但他们偏偏又说到了搞对象，偏偏把搞对象和流浪狗放在一起说，再加上手臂上火辣辣地疼无处发泄，正好一下子就爆了，她喊，你们要是看不上我，我就出去自己一个人住，你们不用成天这么说三道四的，我这么大了，不用你们管，我愿意干什么就干什么，我就愿意养狗怎么了，我是违法了还是犯罪了，你们凭什么这么鄙视我。

苗大路和蔡彩勤对视一眼，心里一起想，我们鄙视她了吗。苗大路往前一步，抓起苗可行的胳膊，苗可行不由自主疼得失声大叫，奶油蛋糕冲苗大路狂叫，苗大路正愁没处发火，扬起脚左右开踹，苗可行扑过去拦苗大路的腿，苗大路刹不住脚，踢到苗可行的腿上，苗可行一个没站稳，倒在地板上，蔡彩勤张牙舞爪地抓这个拽那个，又开始哭。苗可行最看不上蔡彩勤那个样，眼泪像不要钱似的说来就来，苗可行从地上爬起来，冲苗大路大喊，你凭什么打我，你是不是有病。苗大路抬起手刚要给苗可行一个耳光，王子不知从哪儿突然蹿出来，腾空咬向苗大路的手，血在空中画了一道弧线洒下来，所有人又乱作一团，最后除了狗叫，没有一点声音。

蔡彩勤先缓过来，她快速去屋里取药包，苗可行把自己的屋门哐当一声关上，三条狗如三条闪电在门最后一道缝隙中闪进屋里，苗可行看着它们紧紧靠在自己身上的样子，号啕大哭。

苗可行以出去旅行为由要钱就不能回家住了，但她不知道自己要到哪里去，自从收养狗子，苗可行发现自己花什么钱都舍不得了，如一个手握兵权的人，所有的开销只能用在刀刃上，衣服更是一件没添过，在那一刻，她才感觉到以前的自己多么空虚浪掷，她看着它们悬挂在衣柜里，总想如果可以变回现金，将会营救多少狗子呀。现在，她更舍不得花钱住旅馆，她给李小那打电话说，你们美容院晚上需要人打更不。李小那说，太阳瘪了吗，你还想干那个，有啥事就直说吧。苗可行说，我想晚上借住你的美容院，不会太长时间，十天半个月吧，行不行。李小那说，这也不是你风格呀，你应该一脚把门踹开，劈头盖脸地说，今晚我就住这儿了，什么时候走，到时通知你。苗可行说，叫你说的，我是那样的人吗。李小那说，你就是那样的，自己不知道吗。苗可行说，好吧，我什么时候去知道，什么时候走真不知道。

李小那说，我这里什么都有，跟家一样齐全，保准你来了就两个字，舒服。苗可行说，谢谢你，如果你不收留我，我是真不知道去哪儿了。李小那说，你现在在哪儿呢，我开车过去接你，咱俩好长时间没喝点了。

苗可行说，我给你发位置。

李小那万万没想到苗可行会在一个贫民窟一样的地方。李小那看苗可行半天没缓过神来说，你现在整这个，你受了多大刺激整这个，你病得不轻啊，我陪你去看心理医生，咱有病治病，别整这些精神病的事。苗可行就像没有听到，继续给狗子分狗粮，李小那用手捂着鼻子说，我去车里等你。

李小那坐回车里，拿出手机挨个给同学打电话，一遍遍描述弯腰弄狗子的苗可行，还把远距离拉成近景拍摄一一发过去，以证明自己所言不虚。大家都不敢相信眼前那个穿着廉价衣服臃肿不堪的人是苗可行。李小那说，哎呀，不跟你们说了，我得把车窗都打开，车里都是狗骚味儿，可千万别把我发给你的照片外传啊，苗可行知道了，能杀了我。

放下电话，李小那想，用什么理由不让苗可行晚上住她的美容院。

苗可行从李小那闪烁其词的话里话外不落正题上很快听明白了，今晚她将无处落脚了。她在脑中迅速想着怎么办，至于李小那在那哇啦哇啦地试图自圆其说的话，她一句没听进去。苗可行想，我总不能住在车里，或是跟狗子挤在一起吧。但她能去哪呢，她想起了肖大炯，念头一出来，立刻按下去。她想自己应该找一份工作，能值班住单位的那种，但男人可以当保安，女人能干什么呢。李小那借道走了，苗可行看了看车后座，对自己说，今晚就住这儿，冻不死。

8

海鲜摊说不行就不行了，大的饭店直接从外地进货，各种新鲜果品超市一夜之间站排似的，几站地就一个，生生把海鲜市场挤兑黄了。整个市场下架那天，大家在市场的空地上摆了很多桌，吃着自己上的最后一拨海鲜加凉啤酒，喝得那叫狂放不羁，倒地不起的，掀桌子的，失声哭的，唱歌跳舞的。苗大路带头拿锤子把自己亲手建的档口砸个稀烂，更多的人加入进去。苗大路说，咱们不砸，明天也是被毁，与其让别人把咱们的命根子毁了，不如自己毁，自己毁痛快，越来越多的人围观，像看一场盛大的演出。

一夜之间，苗可行不能再管父母要钱了，但那些狗还是层出不穷地往她这边送,就像一层层漫天眯眼的沙砾,她不知道什么时候是个头,她只知道,她离不开那些狗子,狗子更离不开她。如果说,以前苗可行想找工作有作秀的成分,但这回,她知道,她必须出去找工作,才能让那些狗子活下去。她知道适合自己的工作很少,除了端盘子洗菜打扫厨房,就是去超市收银,苗可行太了解自己了,从小到大她对钱没啥概念,笨手笨脚的,后厨更不适合自己了,那她能干什么呢。她去劳务市场填了表格,人家一看她说,你年纪不大,钟点工、月嫂这些都不适合你,还没有一技之长,难找。看你长得挺诚实,有一个活你看看能干不。

苗可行说,什么活。

对方说,有一个离婚女人,五十来岁,丈夫跟人跑了,留下挺多钱,女人晚上一个人睡觉害怕,想找个人打扫卫生加住宿,住一晚上给三十块钱,打扫卫生的钱另算。

苗可行想都没想说,行。

苗可行上岗那天特意收拾了一下,还化了简单的妆,女人对苗可行挺满意,说有眼缘,自己吃得不多,但讲究营养,给苗可行一个菜谱,按照上面的做就行。苗可行拿过菜谱一看,还行,基本都是素菜,心想,一查百度就能搞定。女人问了一下苗可行的家庭情况,说,你父母同意你夜不归宿吧。苗可行说,要不我家里人也要给我买一个房子,我也要单独出来自己过了,三十多岁的人了,我喜欢养狗,老人不喜欢。

女人说,我本来想养一条狗陪我,但有点害怕,对活物不敢抓不敢抱的。苗可行说,没事,它们通人性,可暖心呢,赶巧儿我手里有小狗,要不给你抱过来一只,我跟你一起养,教你怎么弄,你就不害怕了。女人说，太好了，我雇你就对了。苗可行想，要给女人奶油、蛋糕还是王子，它们经过驯化已经乖顺很多，狗窝里流浪狗不是残疾就是狂躁，不适合眼前的女人。

女人说，我有外貌癖，有没有特别招人稀罕的狗。苗可行一下子想到王子，除了王子谁能配得上女人的豪宅呢。

苗可行每天给女人做饭，打扫卫生，女人看出苗可行根本不是那块料，但她喜欢苗可行身上的青春气息，尤其是苗可行带着王子疯跑的时候，女人也跟着跑，跑得微汗涔涔，感觉说不出来的舒服，心想，孩子不是很精，但人挺好。

女人不喜欢王子这个名，她叫它伟财。苗可行心里不喜欢，但嘴上说，你想叫什么就叫什么，只要小狗听你的呼唤就行，毕竟以后你们处得长。

女人喊伟财，小狗没听懂。女人让苗可行也跟着喊伟财。苗可行心里不情愿嘴上喊伟财，小狗闪着疑惑的眼神看着苗可行。苗可行心一酸。

时间长了，苗可行知道女人的故事，她知道自己只负责听，没权力接茬、疑问和建议，就像一座佛像，端坐在那里，闭口不言就行。果然，女人对苗可行很满意，女人对苗可行说，我现在就是花着他辛苦半辈子打拼赚来的钱，一点不心疼，甚至有一种说不出来的快意。苗可行不敢直视女人的眼睛，害怕她突然惊觉自己的失态，假装看着玩耍的小狗。女人说，我现在停薪留职了，除了美容就是健身，苗可行仔细看女人的身材，是跟年龄有些不符的苗条，脸上像李小那，心想，受了刺激是真有动力。

女人说，你年纪轻轻的还是学一个一技之长，这样下去不是办法。苗可行说，我就喜欢收养流浪狗，它们太可怜了。女人说，既然你那么喜欢小动物，不如学个兽医，也算专业对口。苗可行说，姐，你真是见过世面的人，一下子就把我点醒了，我一直不知道自己要干什么，说实话，这次我应聘来你家干这个，是因为我实在找不到什么其他工作，我给流浪狗租房子，买吃的，一百多只呢，一个月费用得好几千。女人惊讶地看着苗可行，突然感觉眼前这个女孩精神不正常，心下暗自恐惧，心想，明天就找中介把她辞退。

还没等女人跟中介公司说，晚上女人去卫生间，发现苗可行的屋亮着，她悄悄推门进去一看，苗可行趴在桌子上睡着了，走过去一看，桌上摊开一个本子，上面记着满满当当关于考兽医证的信息，女人心一软，觉得苗可行还是靠谱的人。

很久以后，苗可行想自己这一段求职经历，像做梦似的。她有时跟同学说，大家都说像电影，天下还有这样的好事，睡一觉给三十块钱，还供吃，还给讲故事。苗可行说，我就是赶上那个点了，那个女人那个时候极度虚弱，也是恨钱，所以才遇到的。大家说，以后有这样的好事，咱们组团去，一人一天。男同学说，异性加钱不。

苗可行在女人那里干了两个月，女人委婉地暗示苗可行自己找了更适合做饭的人。苗可行说，没事，姐，以后你有养狗方面的需要问我，我就过来。

苗可行每天像一个特派员，去指定地点寻找流浪猫狗，她只要一听到求救电话，就控制不住地跑出去。她把狗粮放在地上引诱它们出来，然后一点点走近，把它们抱进怀里，放进自己租来的狗屋。每只狗小的十来斤，大的二十多斤，苗可行抱着它们上车下车，上床下床，膝盖疼得厉害，去医院检查才知道膝关节受损，苗可行看着那些黄色的浓液抽进粗大的针管里，心中涌起一股说不出来的悲凉，问自己，我这样做到底为了什么，这种疑问以前也有很多人问过她，每次她都做同样的回答，它们需要我，它们的世界里只有我，没有别的东西，没有我，它们也许活不过明天，它们会被打死、冻死、饿死……行了，听到的人总是打断她还要继续说下去的排比句，脸上现出不解和轻蔑的神色，说，你看看你现在成什么样儿了，瘦得像根棍似的，你以前穿的啥，现在穿几十块钱的破衣服，起球不说还总有味儿，你自己闻不到哇，你……苗可行来而不往非礼也，打断对方继续要说下去的排比句，说，你们要是嫌弃我就别找我，我就这样，你们成天吃喝玩乐，花家里人的钱不觉得没意思吗。哈哈哈，我的天老爷呀，大家发出哄堂大笑，你这才几天啊，养几条破狗就感觉自己是圣人了。

突然有个同学，一边夹菜一边小声嘀咕，你也不赚钱哪，怎么养那些狗，还不是花父母的钱，算什么能耐。

苗可行气得浑身冒汗，感觉自己的脸热得发烫，无处发泄，看到自己手里的饮料瓶子，狠狠地掼到地上，随着一声炸裂之声，另一只手把一桌子烧烤掀翻在地，然后扬长而去。大家你看看我、我看看你，感觉当初那个苗可行又回来了，但仿佛跟原来的那个人又不一样。

苗可行横冲直撞地开车，那个女同学的话如一根刺狠狠地插向她的喉咙，让她说不出话。苗可行知道自己也挺不了太久了，因为毫无节制地收救，已经出现了踩踏事件，一开始苗可行还以为它们是病死的，并没在意，在清理尸体的时候，有一只狗被拖布扫翻，露出鲜血淋漓的腹部，结了黑色的硬痂，伤口如一张大嘴，把苗可行一口吞下。苗可行惊在当场缓了好几口气，才蹲下去仔细看那只被撕咬的狗，如一名刑警侦破旧案，然后确定，它真的是被咬死的，苗可行的心骤然跌到谷底，首先想到的就是钱。

苗可行的手机每天还会接到各方神圣的电话，有学佛的、做公益的主动加苗可行微信转钱给她，说是给狗子买狗粮。有广播电台报社的记者要采访苗可行进行宣传报道，说现在像她这样默默无私的人越来越少了，她的精神值得人学习。这个苗可行拒绝了，因为当记者问到她一个月花那么多的钱买狗粮你吃得消吗，她语塞，她无法开口说，这些钱要么是父母给的要么是大家捐的，她感觉自己成了一个中介，一个假手他人之手的奉献者。她跟记者说，宣传报道就不用了，如果我遇到什么困难，你们能帮我一把就千恩万谢了。记者说，没问题，只要你在这个事上遇到什么难办的事，就跟我们联系，我们会尽力帮助你。苗可行暗自松了一口气，也有了继续下去的力量，更让她看到了一线光亮。资金暂时有了点松动，但还有一大块缺漏，苗可行不知道自己能干什么，在大马路上四处看招工广告。苗大路给苗可行打电话，问她在哪儿呢。苗可行说，到处溜达呢。苗大路说，快回来吧，这回来个好活。苗可行回到家，才知道可以去一家工厂当检斤员，虽说是临时工，但给交三险，全家人都乐够呛。苗大路说，这个是海鲜市场你刘叔给介绍的，咱们关系没得说，我曾救过他的命。蔡彩勤笑着说，是，有一次上的大嘎牙鱼，一口咬住老刘的手，哗哗淌血，大家都吓得直叫唤，你爸拿起砖头把鱼拍稀碎。苗可行说，我还以为怎么个救命法呢。苗大路说，你不知道，那个鱼的牙有毒，可不是救命咋的，老刘的手从鱼口里拽出来，青紫一片去医院处理，观察好几天才出院呢，人家医生都说了，再晚来一会儿小命容易没了。老刘的侄子在那个厂子当调度，我跟他说了你想找一个工作，他说这个忙一定得帮，所以，你明天就可以去报到啦。

苗可行激动得一夜没睡好，她想自己从没有真正工作过，能干好吗。她害怕自己手忙脚乱搞得一塌糊涂，再被辞退可怎么办呢。等到上班了，苗可行才知道自己多虑了，工作很简单，就是面对电脑一通操作，认真就好，但后来，她又发现，自己想少了，太少了。

苗可行今生第一次看到那么多的男人光着膀子，穿着内裤向自己走来，有的还是三角的，明晃晃的杀气腾腾，吓得苗可行扔掉电脑，跑到门后面躲着。等着他们肆无忌惮穿过自己的窗玻璃前、门前、后玻璃前，如被轮奸了一样瑟瑟发抖。这个场景每天都会上演两次，她是他们唯一的被迫观众，他们的身影远远地如炮弹夹着灰黑色的迷雾，向她涌来，等到他们趿着拖鞋的声音消失，她才从门后面探出身体，惴惴不安地坐到电脑前，每次都有惊魂未定之感。他们让她想起了肖大炯，想起了雄性的杀伐与冷漠，看着他们在群山和漫天飞舞的水泥背景中，断然舍弃了遮挡，以几近赤裸的姿态当她不存在，是呀，在这个远离市区与人烟的地界，她成天穿着劳动服，一身狗骚味儿，他们根本就没把她当成女人，或者没把她当人。厂里唯一的公厕要走出几百米，所以，为了少上厕所，苗可行平时尽量不喝水，实在渴了吃点水果。如果非去不可，要带上一团纸，把那个隔着男女隔间板子上的窟窿堵上，要带上一个盆，下面的缝隙过大，如果不用盆挡着，屁股很容易被偷窥到，还要戴上一个塑料帽子，以抵挡万一从天而降的蜘蛛、叫不上名字的各种虫子，不知道的人，还以为苗可行去扫厕所。

很多时候，苗可行都佩服自己，怎么能熬过去呢，后来她明白了，她在检斤室的后院可以收养二三十条流浪狗，这个事没有人管她。虽然领导看到过，也知道她有那个怪癖，在大家眼里，苗可行工作挑不出什么毛病，她很少跟人说工作以外的话，不显山露水，也不招人烦，对她养狗也就睁一眼闭一眼，而苗可行，只要让她收养狗子，她怎么都行。

有时候，苗可行一个人躺在值班室里，看着窗外的白云想，这样的日子能维持多久呢，她能一直干下去吗，最起码这是个保障，活不累工资也保靠，主要是狗子有吃的了，她就感觉心境舒朗，无限满足。

9

上次半夜与苗大路大闹一通，苗可行提出自己出来过，蔡彩勤说什么也不同意，说，一个姑娘家家的，万一被人盯上了，有个三长两短的，还让我们活不活。苗可行说，你们不让我出去过，我就得把狗带回家养。苗大路说，你养吧，宁可养着它们，也不让你走。但后来，还是苗大路找苗可行说，给你买房子，上网看看有没有相中的，自己出去凡事多个心眼，别傻不拉叽的。苗可行说，太阳从西边出来了，怎么突然想通了呢。苗大路说，那些狗毛，你妈过敏你知道不，她成天半夜咳嗽你知道不，她已经咳半年了你知道不。苗可行转身去看蔡彩勤，在门口就听到母亲的咳嗽声，她没有勇气走进去,又折返回自己的屋里,失魂落魄地坐在沙发上。

因为狗子越来越多,发生踩踏事件,苗可行决定定制分层的大铁笼子,那是一笔不小的开支,苗可行不好意思管苗大路和蔡彩勤要钱,在闲鱼网把自己的衣服挂出去,还真都卖了出去,这让苗可行有了一种说不出来的成就感,好像弥补了一些以往的什么过失。

大铁笼子足有三层,苗可行雇好几个人才把它们支上,那些狗看到新屋子,一窝蜂冲上去,苗可行又给轰下来,给它们分组,谁和谁在一起不会打架,或少打一点架,但狗太多,它们过于强势,把苗可行的手臂咬出左一块右一块的血痕。苗可行好不容易把它们分出来,它们又横冲直撞地乱闯别人的屋子,苗可行只有两只手,没办法,把它们统统拉到外面去,开门缝弄进去一个,送进一个笼子里,再开门缝弄进去一个,送进另一个笼子里,累得一身汗一身汗地出,汗水滑过被咬伤的地方,蜇得钻心地疼。那一刻,苗可行心里强烈地想找一个男朋友帮自己一把,但她知道,那一定是一个跟她一样喜欢养狗的男人。

铁笼子摞了三层还是不够,越来越多的流浪狗,如河流一样涌向她的救助站,互相挨挤着碰撞着,总有年龄大的残疾狗被苗可行清理出来,一开始她还把它们用报纸裹好,找山上埋,时间长了,她发现自己埋不起,首先挖坑是一个力气活,再就是老狗的尸体足有几十斤重,她也抱不动,这时有狗肉馆的老板联系苗可行,要收狗肉,苗可行气得按掉电话把他们挨个拉黑。

苗可行万万没想到,狗贩子会半夜去偷狗,邻居给苗可行打电话,苗可行顾不上穿外套就往外跑,开到地方,苗可行远远看到一伙人正举着锤子砸锁头。苗可行冲下车,一边跑一边喊,你们干什么，我已经报警了，警察马上就来，你们这是抢劫，是违法的，你们住手。

那伙人一看眼前的黄毛丫头，对刚刚砸锁未果的气愤瞬间转嫁到苗可行身上，他们上前对苗可行拳打脚踢，天那么黑，苗可行一个人也没有看清，只能护着自己的脸，她能感到他们的脚踢在她身上的愤怒有多重，每一脚，恨不得把她踹进地里。

直到有人听到惨叫声，打开屋灯推开窗，他们才一哄而散，一边跑一边叫，像一群欢快的野兽，因此苗可行分析他们应该都是不大的孩子。

苗可行感觉自己的腿连踩油门的劲儿都没有了，她只好再一次睡在车里。有了上次的经验，她在后备厢放了被子，就不会冻得感冒发烧了。蔡彩勤给她打电话，问她怎么还不回家呢。苗可行故作镇静地说，今晚李小那过生日，我就住她的美容院里。第二天苗可行给记者打电话诉说了整个事件，她说，你们能不能呼吁人们监督这些偷狗卖狗肉的人，他们太可恶了，那是生命啊，它们简直就是在犯罪。记者说，现在出现了一些狗咬人事件，社区都在喷药毒狗呢，你那些狗都有狗证吗，如果没有，就是违法收养。苗可行放下电话，气得心怦怦跳，她没有想到，昨天她还是一个英雄，要被歌颂，今天她就成了违法者，一个狗证全下来要一千多块钱，这么多狗，苗可行开始乐，乐得泪水横流。

苗可行什么时候发现自己上瘾了呢，是母亲托人给她介绍对象，她蓬头垢面地去相亲，不断有电话告诉她哪里又发现流浪狗了，她撇下相亲对象去救狗。男孩对介绍人说，她浑身散发着一股狗臭味儿，关键还一副好像自己拯救苍生一样的劲儿，那种不要命的样儿，简直把我看得目瞪口呆。

苗可行说，我就说不去相什么亲，你们非得逼我去，这回好了，让人骂你们开心。蔡彩勤说，行了，以后你的事，我们再也不管了，你就是老死家中，也不让你去相亲了。苗可行说，你知道什么是自取其辱不。苗大路说，就你成天咸吃萝卜淡操心，整不好埋怨一辈子，到时候有你后悔的时候。蔡彩勤又要流眼泪，苗可行和苗大路赶紧躲出去。

苗可行万万没有想到，有一天她会被那个收养流浪狗的群踢出去，因为很多人捐助，苗可行进了一个微信群，把账目公开，买了多少狗粮，做了多少节育，生怕说不清楚。苗可行一时之间成了比苗大路还要红的红人，在那个不大的城市，只要有人提收养流浪狗，第一个说出的名字一定是苗可行。有时候苗可行一个月收到的捐助能有一万多块，这让她感到肩上的责任更重了，也知道，她将万劫不复，没有出头之日了。

很多人劝苗可行把它们送到好人家去，每一个苗可行都舍不得，哪怕是残疾的、衰老的，她想等它们自然消失以后，就再也不养了。苗可行无数次下决定自己也老大不小了，应该找个对象嫁人，过正常人的生活，但狗一来，她就止不住地接过，像接过一道道光芒，叠加地穿在自己的身上，那么重又那么亮。

群里人看到苗可行收到越来越多的捐款，有人找到苗可行要跟她谈，说，应该制订方案收更多的钱。苗可行说，我们是在做善事，那么多的人相信我们，把钱交到我们的手上，你们怎么能想到从中获利呢，你们连狗都不如。把苗可行踢出群那天，苗可行正在厂子检斤，手机响了一声，她没在意，等到晚上下班，她喂完狗子松了一口气，拿起手机一看，愣在当场半天没缓过神。她给那些人打电话，不是不接就是接了一听是她，就把电话挂了。她坐在椅子里，那种无可抑止的下沉感又来了，那种感觉已经好多年没有出现了，自从收养流浪狗之后，她的世界渐渐清晰，但那天，她再一次被一种说不出来的诡异而陌生的气息狠狠攫住，往下，一直往下。

正当苗可行心乱如麻的时候，她又接到电话，对方说，你是苗可行吗，现在有一辆大卡车，上面拉的铁笼子里全都是流浪狗，快去救它们哪，再晚就完了。苗可行让对方加微信给她发位置。那一刻，苗可行什么都忘了，一想到她要营救一大卡车的流浪狗，那些狗因为她而活下来，她就血脉贲张，那种神一般存在的感觉又来了，她加大油门往那个方向冲去，甚至因为慌不择路闯了一个红灯，但她顾不了那么多了，她恨不得立刻飞奔过去，把那些狗搂在自己的怀里，安抚它们因惊吓恐惧而瑟瑟发抖的身体。

苗可行那天至少追出去一百多公里，如果不是那车大卡车的司机要撒尿，她追不上他们。当她远远地看到那辆卡车，像看到了杀人犯那般眼红，她猛踩油门横在他们的车前面，跳下车，看着司机正在解手，一边拎着裤子一边看着自己。苗可行说，我已经报警了，还有报社记者马上就到，你们这些狗贩子是要坐牢的。司机把裤门拉好，说，你是谁呀，谁是狗贩子，我们这是养殖狗，专门给朝鲜族饭店送货的，你是干什么的。苗可行瞪大眼睛听着，有些不知所措，她第一次听说养殖狗，以前听过养殖猪、鹅、鸡、虾、牛蛙、鱼，太多了，但从没有听过狗也有养殖的，她不相信地看着眼前的司机说，你们不许走，等警察记者来了再说。司机说，我凭什么听你的。苗可行说，你们要是想走，就从我身上压过去。司机说，压你，你不够，懂不，瞅你长那个样吧，还压你，想太美了。苗可行因为狗被打不止一次两次了，还有厂子那帮人更是把她磨炼得皮糙肉厚了，对于这样的流氓死磕，苗可行不屑一顾。

苗可行给记者打电话，问他们到哪儿了，记者说，快了。苗可行又给警察打电话，警察说，马上到。

苗可行万万没想到，大卡车被大家团团围住，一拨又一拨的人轮番调查取证，最后真的是养殖狗，这些狗天生就是为了被吃掉的。所有人都很泄气，本来以为能有一个深度报道，没想到一场空不说，还让司机笑掉大牙，像看着一群小丑一样面面相觑。司机示威似的又在不远的地方撒了一泡尿。苗可行恨不得一脚把他踹飞。

这件事给了苗可行深深的打击，她第一次开始审视自己收养流浪狗的意义，也让她下定决心在各个群里发出领养的信息。苗可行把狗子排成号，出去一个登记一个，收养人的电话、地址，隔一个月苗可行拿着狗粮和玩具去回访，像老师去学生家里走访，看看有没有负责、虐待和遗弃。

苗可行把王子带到女人面前，教她怎么一点点跟王子亲近，告诉她不要太急，小动物比人还没有安全感，因为它们遭遇的苦难更曲折。王子对这个富裕的家并不待见，显得焦躁不安。苗可行一点点安抚，女人看着苗可行那么耐心细致，说，你是一个好女孩。苗可行笑了，这是第一次有陌生人如此温柔地评价她，是因为一条狗。

那天苗可行回访王子，还没进女人的房子，就在楼道门口看到王子躺在狗窝里。看到苗可行走进楼梯，王子一下子蹦高扑过去，苗可行感觉像自己的孩子被遗弃在门外一样。苗可行气得狠狠敲门，女人一看是苗可行，热情地介绍王子的情况，说能吃能睡挺好的。苗可行强压住怒火说，怎么让它睡外面呢，外面多冷啊。女人说，不是我让它睡那里的，是它拼命挠门，狂叫不止，然后趴在那里，我只好把狗窝给它挪出来。苗可行知道，王子是在等她，眼泪一下子掉出来。女人说，你放心吧，我总带它出去到处玩，它挺听话的，也挺可爱的。

苗可行说，姐，如果你有一天不喜欢它了，不想要它了，千万别给它扔了，第一时间给我打电话，我接它回去。

女人说，那怎么可能呢，再说了，如果真有那么一天，我也会物归原主的。

苗可行从背包里拿出玩具给王子，对女人说，如果它有什么不舒服，我现在学兽医呢，你问我，我告诉你怎么处理。

女人说，放心吧。

这时一个五十多岁的女人手里拿着抹布从屋子里走出来，对女人说，狗尿擦完了。苗可行心想，换这么大岁数的，倒是比自己强。

苗可行从女人家出来，王子在门口嚎叫，狗绳仿佛要把它的脖子勒断，苗可行几次话到嘴边想对女人说，要不我带走得了，它这么在走廊里趴着也不是一个事，但又说不出口，属实是王子的意愿，跟女人没关系，那样说，太不近人情。

苗可行看着那条狗绳好像已经嵌进王子的皮肉里，她把绳子拿下来，对王子说，好好的，听话，你在这里比我那个黑咕隆咚的狗窝强，在这里有吃有喝还带你出去玩，你跟着我住那里，不一定哪天被咬死了，还又冷又饿。王子眼睛湿了。苗可行说，别傻，好好待着，听到没。

苗可行跑下楼梯，眼泪再也止不住，她知道王子是怎么想的，但她不能带它走，在女人这里是最好的归宿。

外面下着雨，苗可行开车一路狂奔，好像要把王子期待的眼神甩在身后，她的视线越来越模糊，用手糊了一把继续往前开，但王子就像附体了一样，印在苗可行的挡风玻璃上，看哪儿都是王子的影子，眼泪哗哗淌，她看不清路。她踩停车趴在方向盘上，脑子里全是王子。苗可行起身再也控制不住掉头往回开，外面的雨更大了，苗可行把大灯打开，她远远看见一个黑色的身影向她的方向狂奔，苗可行的心猛地狂跳，她加大马力往前冲，但雨大路滑，好几次都发生了侧滑，她不敢再猛开。她把车停下来，向着那个黑影跑去，直到她们确定了彼此，苗可行单膝跪在雨中，王子一个飞跃扑进苗可行的怀里，两只爪子紧紧搂住苗可行的脖子。抱头痛哭。

苗可行把王子带回家，给它洗了澡，哄它睡下，才给女人发了微信，告诉她，王子跑回来了，马上就冬天了，如果它还执意睡走廊会生病的，王子跟我时间太长了，它舍不得我，我再重新给你一条狗吧。没想到女人没睡，回了一个字，行。

几天后，苗可行带女人去出租屋选狗，女人刚走到大门口就站住了，她错愕地看着一层层铁笼子里的狗子，在黑暗与恶臭中疯狂地喊叫，她简直不敢相信自己的眼睛，问苗可行，伟财就是从这里出来的。苗可行说，它不是，它一直在我家里。女人说，太可怕了，这像监狱，你不是在收留拯救它们，而是在控制虐待它们。苗可行说，你说什么。

女人说，你在收集它们。

苗可行又问，你说什么。

女人说，如果它们不到你这里来，它们至少还有自由，自由地死去，而你把它们整到这里，就是暗无天日的地狱，它们是有了一个遮风挡雨的地方，有固定投喂的时间，但它们这样拥挤踩踏，血淋淋地撕咬，它们是在仇恨中死去。

苗可行说，如果它们不来这里，早就死了。

女人说，那是自然的死。

苗可行说，你觉得哪一个更好呢。女人说，你要听从它们自己的意志，如果你把铁笼子打开，看看它们会不会跑出去，跑出去会不会再回来就知道了。

苗可行说，它们老弱病残，耳聋眼花，它们会走失的，它们兴许一个晚上就会被冻死在街上。

那它们在这里，被同类践踏、残杀就好吗。狗和人是一样的，自由比什么都重要。

苗可行呆立当场，感觉血液凝固了一般地冷，心脏止不住地打战。她想杀掉女人刚才说出的那些话，她想杀了眼前的女人。

女人说，我不想收养了，它关在这里，不可能是正常的狗了。苗可行看着女人离开的背影，说，它们来这里之前就已经不正常了。苗可行看着那些在狗笼子里癫狂的狗子，女人的话反复如一记记重锤一下下地砸在她的心上，在此之前，她从来没有真正审视过自己收养流浪狗的动机，只感觉狗子带给她从没有过的那种感受，但那到底是什么，她说不清楚，那种东西令人迷恋、上瘾、无法自拔，越陷越深。苗可行看着那些黑暗里的狗子，在它们震耳欲聋的叫声中瘫坐下去，仿佛看到了三十多年前的自己，从纸壳箱子里爬出来，掉到地上。看到二十年前的自己，每晚躲在黑暗的衣柜里睡觉。看到十年前的自己，被肖大炯无声地抛弃。再看眼前的狗子，它们用身体撞击着铁笼子，在那个狭小的空间里，来回无措地奔突，她站在铁笼子前，狗子疯了一样地挤向锁链，苗可行在心里念着它们的名字，板凳、钥匙、花盆、大梦、二鱼、精精、阿抱……她拿起斧子疯狂地砸向那些锁链，一边砸一边哭，一边哭一边想起那些狗子，在秋天的季节里，翻滚跳跃，那些金黄的树叶时而被它们腾空刮起，时而又被树叶掩藏，它们玩得那么狂浪肆意，仿佛世界不存在，仿佛那些树叶是它们的衣裳，随风飘逸。而她一直被困在那个纸壳箱里。苗可行看着自己砸锁的身影映在墙壁上，与门外的光混合在一起，影子臃肿得像狗熊，随着光线的移动，越来越被拉长，像翘首的长颈鹿，更像不停与风车作战的蒙面人。

上初中时我叫李新

辛 酉

1

我怎么也不会想到，会在这样一个细雨蒙蒙的天气里和马佐重逢。他撑着伞，紧锁着眉头像座雕像般戳在一辆丰田凯美瑞旁。我一眼就认出他来，也难怪，他简直就是他爸老马的翻版。前额到头顶的头发秃了个精光，偏偏还要把两鬓和后脑勺的头发留长烫卷，再配上标志性的大鼻子，整个就是一个格格巫。

马佐并没有认出我，见我从救援车上下来，立即气急败坏地嚷道："怎么这么久才来？"

"这个点，肯定堵车嘛。"我漫不经心地解释。

半个多小时前，车里的对讲机响起了调度老刘的声音，说是在北京街市政府附近，有一辆丰田凯美瑞发生独立事故，等待救援。赶上了晚高峰，主路堵得水泄不通，我各种穿小道，紧赶慢赶，还是用了半个小时才赶到。

丰田凯美瑞是全新的，还没上牌子，前脸被撞得凹进去一大块。车前方散落了一地的各种碎渣，斜侧方，一个公交车站牌直挺挺地倒在地上。新车撞成这个样子，搁谁都心疼，我却暗自窃喜，早知道是马佐的车，我就多磨蹭一会儿，让他自己着急去吧。

拖车的费用是一百五，马佐在电话里和老刘早已谈妥。可我还想给他添点堵，借口他这是新车，固定起来比较费事，要求他再加五十。原以为他会起急，没承想，他不耐烦地连连摆手说道："加吧，加吧，赶紧的吧。"

说实话，我真心希望他能和我急眼起争执，最好再打上一架。他不接茬，我这一拳算是打在了棉花上。

丰田凯美瑞装车固定完之后，我拉上马佐直奔4S店。

依然是晚高峰，加上下雨，照比平时，路上格外拥堵，这回我也不穿小道了，慢悠悠地跟着车流挪行在主路上。

马佐坐在副驾驶位置上低头刷着手机，脸上阴云密布。我开着救援车走走停停，偶尔踩一脚急刹车，晃得马佐前仰后合拿不住手机。

"我说你到底会不会开车呀？"

又一次被晃后，马佐忍不住质问。

我目视前方，不咸不淡地回应道："不咋会，开得不好，但从没撞过公交车站牌。"

话刚一脱口，我忍不住笑出了声。马佐终于被拱出了火，"你会说人话不？打人还不打脸呢，我要投诉你。"

说话间，正好赶上了路口是红灯，我不卑不亢地侧过头定定地望着马佐，望着这个三十年前和我在上下铺睡了五年多的兄弟。

在我整整四十年的人生中，曾先后有过四个名字，刚出生时我叫王永锋。对于生父，我没有什么印象，我妈魏红莲也从不提他。我只知道他姓王，我出生后不久就和魏红莲离婚了。自打我记事起，就是和魏红莲一起生活。我们颠沛流离，居无定所，曾在大年三十除夕之夜，被舅舅舅妈从姥姥家赶出来，顶着漫天的飞雪和此起彼伏的鞭炮声，落寞无助地在街头徘徊；也曾因交不起房租，在桥洞下睡了两天的水泥管子。

直到魏红莲嫁给同样也是离异的老马，带着我一起住进马佐家，我们娘儿俩才算是有了安身立命的地方。

上小学时我叫马佑，老马替我改的名字，他对我说："你们哥俩儿一左一右，我就有俩儿子了。往后你和马佐就是亲兄弟，一定要好好处。"

我打心眼里反感这个名字，在大连话里，马佑和马肉同音，难听死了。可是没办法，寄人篱下，用人家的户口上学，就得听从人家的安排。

老马在肉联厂工作，是个屠夫，整天和各种肉打交道，两只手常年油腻腻的。他天生长了一副笑模样，甭管见谁都乐呵呵的，两个眼睛弯成两道缝，让人看不到里面的眼珠和眼白。从表面上看，老马对我还不错，虽说他工资一般，但时不时地从单位拿些排骨肉和大骨棒回来，至少在吃上没让我和魏红莲亏嘴。

马佐比我大三个月，白天我们在一个班级里上学，晚上在一个屋子里睡上下铺。我俩没能遂老马的愿处成亲兄弟，相反倒像是一对冤家，势同水火总干仗。一二年级时，我俩尚能打成平手，三年级以后，我蹿个儿高了他半头，他就不是对手了。可这小子也是硬骨头，屡败屡战，屡战屡败。老马每次看到我和马佐打架，都会用他那双油腻腻的手拉住我的胳膊说："别打，别打。"

这时候，马佐就会趁机挥舞拳头直击我的面门。

六年级上学期的一天夜里，我和马佐都熄灯睡下了，从隔壁传来老马和魏红莲折腾的声音。老马这人，没事就愿笑嘻嘻地在魏红莲身边腻歪，到夜里更是不消停。我和马佐早就习惯了。

黑暗中从下铺传来马佐的声音："你知道你妈为什么哪个单位都不要，只能四处打零工吗？"

我没搭理他，他自顾自地接着说："你妈以前是站街头的。"

我霍地一下坐起来，大喝道："你放屁！"

魏红莲这个人，有几分姿色，也爱打扮，走在大街上是个拉风的主。但要把她与夜幕下中山公园小树林里那些浓妆艳抹的暗娼画等号，我坚决不答应。

"不信你自己可以去派出所查，你妈有案底的，被劳教过……"

马佐的嘴巴仍在动个不停，直到我的拳头落到他脸上才停止。老马和魏红莲听到动静后，马上来到我们屋里，拉开灯绳后，看到我骑在马佐身上发疯似的用拳头捣着马佐的脑袋。马佐蜷在地上双手抱头，毫无还手之力。

老马见状，赶紧上来用那双油手拽我的两条胳膊，嘴上说："别打，别打。"

我双手被老马钳制，顿时失去了战斗力。马佐旋即就一骨碌跳起来，一拳打在我鼻子上。顷刻间，一股腥热的液体从我的两个鼻孔里汩汩冒出。马佐还想挥拳再打，双手却被魏红莲反剪在身后，一时动弹不得。

弄清打架的起因后，魏红莲柳眉倒立，狠劲儿推了马佐一把，马佐直接摔了一个狗啃泥。

然后，魏红莲一脸狰狞，双眼射出两道寒光，直接喷到老马脸上。

老马被盯得有些发毛，终于松开了一直束缚我的那双油手，掩饰地干笑了一下，嘴唇翕动了两下，却没发出声音。

魏红莲梗着脖子走到老马面前，二人面对面站着。我和马佐在一旁大气不敢出一声，气氛压抑得近乎窒息。

半晌，老马才赔着笑脸，低声嗫嚅道："不是我说的……真不是我说的……"

魏红莲早已涨红了脸，怒目圆睁地打断了老马，"够了，孩子打架你每次都拉偏手，我忍了；孩子喝牛奶，奶油永远在马佐碗里，我忍了；每次啃骨头你敲出来的骨髓都偷偷塞到马佐嘴里，我也忍了；但今天这个事，我忍不了了……"

魏红莲和老马的婚姻结束在那天晚上。

分崩离析的后果自然是扫地出门，魏红莲带着我又开始了新一轮的漂泊。然而，令我难过的并不是这个，而是之前盘旋在心头的那些不好的猜测得到了印证。

2

马佐的投诉电话打了很长时间，也捎带着反映了我的坐地起价行为。他在喋喋不休中，尽情发泄着撞车带来的愤懑和堵车带来的烦躁。我不动声色，冷眼倾听，按公司规定，只要被客户投诉，提成自动取消。这一单算是白干了，我索性破罐子破摔，悠闲地吹起了口哨，这更加剧了马佐的不满。他叫嚣着等到地方之后要好好收拾我一顿。

到4S店时，天已经擦黑了，雨也停了，空气中弥漫着一股湿漉漉的潮气，透着阵阵凉意。时下已过立夏，春天却迟迟不肯来，路上的行人都被风衣长裤包裹，行色匆匆地奔走在各自的人生路上。

交钱，卸车，一气呵成。随后，我径直走到马佐跟前，想看看他怎么收拾我。他还是比我矮半个头，嘴上和小时候一样强硬，"想打架？来，来，我陪你。"说着就迎头顶了上来。

等他的脑袋抵到我的鼻尖时，我扑哧一下乐了。两个四十岁的中年大叔，竟还像个孩子一样，着实可笑。

马佐却会错了意，眼睛里透着不屑和轻蔑，颇为得意地说："怎么？瘪茄子了？"

我的笑声更大了，边笑边说道："我确实不敢和你打，倒不是怕你，主要是怕你爸过来拉偏手。"

马佐明显有些发蒙，半张着嘴巴，快速眨巴着眼睛杵在那儿。

我不等他回过神来，转身疾走几步，上了救援车，摇下车窗探出头对仍是一脸茫然的马佐说："再见了兄弟！"随后发动车子，绝尘而去。

"怎么搞的呀，老魏？"

老刘很快打来了电话询问情况，开了十五年的拖车，被客户投诉这还是头一回，老刘的问询是例行公事，更透着好奇。我信口编了个理由搪塞了过去，又跟他要了一单活。

我们开拖车分白班和夜班，白班从早上8点到下午6点，其余时间都是夜班。白班肯定活儿多，人手也足。夜班相对活儿少，只安排两三个司机值班。眼下已经过了晚上7点，这个白班早该下班了，可近些日子，我不怎么愿意回家，总是和老刘多要个一两单，明面上是想多挣提成，实则是想躲清静。

这单活儿位置在唐山街一心烤肉店门口，待拖的车是一辆2015款的江淮瑞风S3。看到车完好无损，规规矩矩地停在车位里，车主又是一身酒气，我马上明白这又是一免费占便宜的。各大保险公司对车险客户都有不同里程数或次数的免费拖车服务，不少车主就把这项服务当代驾来用，尽管操作起来比较麻烦，但既省了钱，麻烦的又是别人，不干白不干。对我们司机倒没什么影响，该拿的提成一分不少，可我对这类客户总有一种莫名的反感，说到底，拖车终归是起救援作用的，就好比120急救车拉的就应该是危重病人一样。

客户家住在交通大学地铁站旁边的小胡同里，送完客户往外走，正好路过大连著名的交大夜市。夜市里人来人往的，我开着车走走停停，在避让行人的同时，记忆的闸门也缓缓开启。

有些年没来交大夜市了，照比十几年前，这里冷清了不少。当年我和妻子，不，现在应该说是和我前妻钟文艳可没少来交大夜市。她对麻辣烫、臭豆腐、烤冷面一类的食物特别钟爱，我对这些乱七八糟的东西不感冒，大多数时间陪在一旁看着，等她吃完后替她付账，偶尔吃一两口她亲手喂过来的杂食。

开拖车这些年，形形色色的人、车、事遇到了不少，连钟文艳这个前妻都是开拖车认识的。

那是我开拖车后的第二年冬天，救援地点在红旗中路的一处建

205

筑工地门前，一辆黑色的桑塔纳2000侧翻在路边，地上一片狼藉，一对年轻男女正当街厮打，女孩不是对手，很快被男孩打倒在地，四周围了一圈人，却没有一个上前劝阻的。我跳下救援车后，冲进人群，拦住了那个男孩。

"你就是一软蛋，熊包。"女孩躺在地上仍在不住叫骂。

"你个贱货。"男孩不甘示弱，还想继续殴打。

我挡在女孩身前，对男孩说："先让我把活儿干完了，你们再接着打行不？"

这两人在我拖车过程中，挤在副驾驶位置上吵了一路，我也大致理清了头绪。二人是情侣关系，男孩家有钱，女孩家境一般，男孩家里不同意二人交往，无论二人怎么抗争都没用。二人有些灰心，就动了殉情的念头，还选择了最惨烈的死法，由男孩开车随便遇到什么大车就直接撞上去。孰料，付诸行动的一瞬间，男孩胆怯了，往旁边狠打了一把轮。

二人争执到最后也没争出个结果，车子拖到旅顺的一个修理厂之后，男孩下去办理相关手续去了。女孩压根就没下车，让我捎她到龙王塘海边。我寻思这丫头八成还是要寻死，没敢撵她下车，重新启动车子后，七拐八拐地转着圈往市内方向驶去。

女孩扎了一个松松垮垮的马尾，也可能是之前打架打松了。小姑娘长得挺白净，眉眼也俊，两个眼睫毛像两只蝴蝶的翅膀，忽闪忽闪的，虽是单眼皮，却特别耐看，身上的羽绒服滚了一身的脏泥，斑驳了原本的红色。她头倚靠着车窗，一直保持着"思想者"的姿势发呆。不过，后来她还是发现了路不对。

"你这是去龙王塘的路吗？"

我自知肯定瞒不住，只能开启开导模式。

"想死可以，但别给无辜的人添麻烦，我要是送你过去就是帮凶。"

"死个屁呀！为那个人死，不值当，我家是龙王塘的，你快点掉头吧。"

我自讨了个没趣，只得掉头往回开，在一个路口将女孩放下。我还是有点不放心，将车停在路边后，远远地尾随在女孩身后。跟了一会儿，脚下就全变成了土路，女孩拐了一个弯后，不见了。

不远处有一口井，宽大的井口仿佛一个吃人的怪兽张开的血盆大嘴。近身探头望一眼井里，水面上浮了一层碎冰，颤颤巍巍的，犹如婴儿的摇篮。我有点忐忑，那丫头不会是跳井了吧？

踟蹰之际，女孩像神兵天降一般突然出现在我的面前。

"哥，你放心吧，我想明白了，不会做傻事的。"

见她说得诚恳，我缓缓点了点头，"这就好。"

"哥，你是个好人，谢谢你。"女孩最后对我说道。

等我回到救援车旁时，看到一张黄色的违停罚单在车窗上正迎着寒风瑟瑟发抖。

女孩名叫钟文艳，是西安路一家商场的营业员。两个多月后，我去西安路买东西，意外地又一次遇到她，我们一点一点从普通朋友过渡到男女朋友，并且在两年后结了婚。

3

回到家时已经八点多了，齐红对我还是没好脸色，一见到我就转身回到她自己那屋，反手关上了门。倒是她儿子小末像往常一样，帮我把温在锅里的饭菜一样一样地端到厨房的餐桌上，我自己的儿子小东神情漠然地窝在客厅的沙发上看电视，仿佛我这个亲爹是一个外人似的。

我家两屋一厅，六年前魏红莲突发心梗去世后，为了缓解房贷压力，就把原先魏红莲那屋租了出去。四年前，齐红母子住了进来。齐红老家是黑龙江的，离婚后带着小末来大连生活。她没有正式工作，在我家附近的地税局食堂帮厨，工资虽然不高，因为人朴实能吃苦，这份临时工作干得还挺长远。

我们两个有缺憾的家庭在同一屋檐下住着，也算是优势互补。齐红让家里有了女人味儿和烟火气，不像她没来时，脏得没法下脚，乱得不忍直视。她在接送小末上下学的同时会顺便捎上小东，我工作忙的时候，更是接管了小东的吃喝拉撒等等一系列琐事。我打心眼里感激她，故一再降低房租标准。与此同时，我俩房主与租客的身份也渐渐有了微妙的变化，直到那天晚上，我和她有了实质性的身体接触后，这种身份关系也随即画上句号。她不再交房租了，虽然我一直模模糊糊的，没给她一个正式的身份；虽然我们两家还是各睡各的屋，但她俨然已经自认为是这个家的女主人，里里外外都操持得井井有条。

"叔，今天忙吗？有没有遇到什么奇葩的事情，讲给我听听呗。"小末坐在我对面，单手托着下巴饶有兴趣地问。

我嘴里嚼着一粒花生米，略加思索便想到了马佐。

"遇到了一位老朋友，但他没认出我，我也没告诉他我是谁。"

"为什么呢？"

是呀，为什么呢？我怔怔地凝视着小末的脸，陷入沉思中。我很喜欢小末这孩子，在他身上总能看到我从前的影子。我不止一次像现在这样长时间地盯着他看，看着看着，眼前就会浮现出我上初中时的模样。

上初中时我叫李新，魏红莲给我改的名字。魏红莲又嫁人了，这次嫁的是丧偶的老李。"李"自然是随了老李的姓，取"新"字为名，魏红莲说是寓意新的开始。

我曾问过魏红莲："就咱俩一起过不挺好吗？干吗非得嫁人？"

魏红莲叹了一声，回答："傻孩子，咱得有个家呀！"

家是什么？那时候我的理解是：家就是不需要交房租的房子。

老李家不小，两屋一厅，接近80平方米，可我晚上只能在客厅里搭简易的折叠床睡觉。老李和魏红莲睡一个屋，老李的女儿李菲菲睡另一个屋。老李比魏红莲大了十多岁，当时已经五十出头，原先是一家国营粮站的站长，粮站全面取消之后，被安排到粮食局下属的一家副食店当店长。平时总绷着个脸，没个笑模样，把官威都刻在了脸上。

李菲菲比我大三岁，当时正上高中，和她爸差不多，用现在的话讲爷俩都是高冷范儿。她对魏红莲和我敌视得很，从不拿正眼瞧我们，在家时就待在她自己那屋，除了大小便外从不出来，吃饭也是魏红莲送到她屋里，不在家时就把她那屋的门锁上。

李菲菲和老李的关系也不好，时不时地干上一架，经常吵着吵着，嘴里夹枪带棒地捎上魏红莲和我，后来只要他俩一吵架，魏红莲就带我出去，等他们吵完了再回来。

在正式搬到老李家之前，魏红莲曾郑重其事找我谈过，她说：

"老李家条件不错，咱要珍惜，你也长大了，该懂事了，可别像以前那样愣头青了。"

我不以为然道："他们要是骑在咱们头上拉屎，难不成咱还得用嘴接着？"

魏红莲伸出右手食指狠戳了一下我的脑门儿："真要那样，咱就用嘴接着。"

于是，为了不让魏红莲夹在中间为难，我在老李家谨小慎微，战战兢兢，吃饭从不挑食，给什么吃什么；早上从不长时间占用卫生间，有屎也憋着到学校再拉；放学回来立即洗脚洗袜子，决不让自己的臭脚味污染空气……

说良心话，老李对我还行，虽说总是不温不火的，但也没给过我气受。至于李菲菲，她不搭理我，我也从不主动招惹她，想起冲突都难。

可是，一个锅里吃饭，哪有马勺不碰锅沿的。

初二那年夏天的一个深夜，从膀胱处传来的充盈感把我从梦境带回现实，惺忪着睡眼匆忙推开卫生间门那一刻，同时响起了李菲菲尖厉的叫声。

那晚，李菲菲不依不饶，反复说着一句话："他就是个流氓！"

魏红莲赔着笑脸，不厌其烦的解释也是一句话："他还是个孩子。"

"什么孩子，他都变声了，你看看，嘴唇上全是小胡子。"

"别吵了，你自己忘锁门了能怨谁？"最后，还是老李说了一句公道话，才让李菲菲闭上了嘴巴。

我心里气不过，凭什么冤枉我？挣扎着非要和李菲菲理论理论，可魏红莲始终拉着我，还用手紧紧捂住我的嘴巴，不让我出声。后来，她连拖带拽把我推到卫生间里，锁上门后压低嗓门说："你就忍一忍吧，明年她考上大学走了，这个家就是咱们的了，她那屋就是你的了。"

我放声大吼道："我不稀罕！"

等彻底冷静下来后，我再三思量，决定按照魏红莲的要求给李菲菲赔礼道歉。实话实说，这事我也有责任，当时卫生间的灯是亮着的，应该想到里面是有人的。可怎么张这个口，我始终磨不开面子。磨叽了好几天，才终于鼓起勇气。

那天下午家里只有我和李菲菲两个人，我在她房间门口默默站了许久，她一直浑然不觉，背对着我在写字台前伏案复习功课。我从未踏足过她的房间，这是最近距离的一次，她房间里有一股淡淡的芳香，很好闻。

我反复在脑海里打着腹稿："菲菲姐，对不起，那天是我不好，可我真不是故意的，我诚恳地向你道歉。"却怎么也没想好开头第一句话该怎么说。

"菲菲姐……"我总算张开了嘴，刚蹦出三个字就哑了火。

李菲菲冷冷地回头瞟了我一眼，露出极度鄙夷的神情，随后起身径直走到我面前，砰的一声重重地关上了房门。带来了一阵风，轻轻掠过我的面庞，不争气的泪水从眼窝顺流而下。

在那一刻，一个十四岁少年的尊严被肆意践踏，我第一次萌生了逃离老李家的冲动。

从那天开始，我不再伪装和委屈自己了，有时甚至会故意挑起事端，和老李父女冲突不断。魏红莲依然忍辱负重，却没能换来好结果。我上初三后不久,她和老李的婚姻就走到了尽头。

魏红莲和老李的决裂看似偶然,实际上也是必然。老李别看年纪大,但和老马一样,晚上热衷于房事。魏红莲一贯有求必应,唯独那天晚上,因为身子不舒服拒绝了老李。

由于之前和李菲菲吵了一架,老李本来心里就不怎么痛快,这下更恼火了,嘴上不由得嘀咕了一句:"臭站街头的,装什么装!"

这句话触及了魏红莲的底线,她第一次对老李发了飙,进而和老李厮打起来,我和李菲菲闻声后迅速加入战团,这个重组家庭就此解体。

4

我始终没想出来该怎么回答小末的问题,最后反而问了他一个问题。

"小末,你觉得家是什么?"

小末歪着脑袋思索了片刻后,说:"家就是有你有我,有我妈有小东的地方。"

我淡淡一笑,心里多少有些沉重。小末和小东同龄,都是十二岁,上六年级,生日还比小东晚一个多月,却远比小东成熟懂事。他在这个家里每天都小心翼翼的,连走路用的都是一种类似猫的步伐,脚前尖先着地,悄无声息的,生怕影响到旁人,而且自理能力强,会自己洗衣服,还很有眼力见儿。我每天早上出门穿鞋,前脚掌刚伸进鞋里,他在我身后就把鞋拔子垫到我后脚跟上。

小东则性格寡淡得很,整天像个木头似的三棍子也打不出一个屁来，你问他："吃饱了吗？"他呆愣半天，面无表情地回答："嗯。"

你问他："冷不冷？"他呆愣半天，面无表情地回答："还行。"

你问他："考得怎么样？"他呆愣半天，面无表情地回答："凑合。"

总之，从他嘴里，我就从没听过几句完整的话。我和钟文艳离婚那年，小东四岁，也许是单亲环境造就了他的这种性格。我一直尽自己最大努力给他创造最好的生活条件，可他好像生无可恋，对什么都提不起兴趣来。有事情也是闷在心里，从不和我说。学校里曾有一个比他高一年级的男孩子欺负了他整整两年，他都只字不提，逆来顺受。还是小末插班到他们学校后，替他出头狠揍了那小子一顿，我才得知这个情况。

对此我自责了很长时间，我和钟文艳离婚，主要原因是魏红莲。她从一开始就不喜欢钟文艳，嫌弃钟文艳是个站柜台的，不能好好照顾家庭。可钟文艳早就习惯了营业员朝九晚九的工作，又没有别的技能，换不了其他工作，婆媳之间为这事一直心有嫌隙。小东四岁那年冬天的一天晚上，魏红莲又一次对刚刚下班回到家的钟文艳抱怨："我儿子在外面累了一天，晚上回家还得伺候你这个站柜台的。"

钟文艳当时就黑了脸，隐忍了好几年，那次终于没忍住，说了一句大不敬的话："站柜台也比站街头强。"

这句话无疑捅了马蜂窝，怒不可遏的魏红莲当即对钟文艳动了手，钟文艳随即还手，我拦架时推倒了钟文艳，致使事情快速发展到不可挽回的地步。

吃完晚饭，小末抢着要洗碗，被我拦下了，我让他到客厅里和小东一起看电视。我刷完碗后，也来到客厅坐到沙发边上，两个小家伙正挨一起吃虾条，小末单手擎着包装袋送到小东面前，小东像个少爷一样，边看电视边吃虾条。

　　"叔，你也来点。"小末把虾条举到我面前。我摆了摆手，"你们吃吧。"

　　电视里正播放着一部外国的科幻电影，小末和小东看得很投入。

　　小末不时和小东聊上一两句，小东偶尔点一下头，大多数时候根本没反应。

　　"我还有这个电影的漫画书呢。"小末说。

　　这次小东来了兴致，偏头问道："真的?"

　　虾条正好也吃完了，小末将包装袋放到台几上，双手对拍了两下，用他那独特的猫步在自己房间和客厅快速往返，将那本漫画书送到小东面前。小东两眼放光，伸手就要拿，小末突然又将漫画书背到身后，小东脸一沉，眼神顿时黯淡了下来，小末见状又赶紧把漫画书塞到小东手里。

　　"给你给你，和你闹着玩呢。"小末俏皮地说道。

　　小末平和小东在一起时，无论干什么，多多少少都带有一些讨好的意味。我不喜欢他这种低眉顺眼的样子，一个处在叛逆期的孩子不应该是这种状态的。

　　在小末和小东身上，我时常会有一种错觉，他俩是我和李菲菲的另一种表现形式。有很多次，我都想对小末说："你不需要迎合任何人，做你自己就好。"可是，不知道为什么，每次话到嘴边，又被我生生咽回肚子里。

最近这段时间，齐红和钟文艳几乎同时对我念起了"紧箍咒"。齐红的"咒语"不多，那天早上她眼帘低垂，咬着嘴唇对我说："小末大了，再在一个床上睡就不方便了。"

话虽不多，意思却再明白不过了，我得给人家一个正式的名分了。

类似的暗示，以前不是没有过，我每次都不置可否，这次也同样。我是真不知道该怎么回答她，我也知道这么做有些不地道。齐红不如钟文艳漂亮会打扮，却要贤惠得多，对我和小东好得没话说。想想都惭愧，我还曾神经质地暗暗留心过她早上热完牛奶后，把浮在上面的那层奶油给谁喝了。她有时候给小末，有时候给小东，没个准儿，她根本没像我想得那么多。她从没跟我要过钱，把自己有限的那点工资全都拿出来贴补家用，我能感觉到她是真心把我当成她自己的男人。而我呢？

钟文艳的"咒语"要多得多。

"那娘儿俩就是哄着你玩呢，他们图的是房子。"

"不为你自己考虑，也得考虑一下小东。再怎么说，我也是小东的亲妈，咱俩复婚那就是原生家庭。"

"过去抛开小东奶奶的因素，咱俩的感情绝对没问题吧？现在她老人家不在了，咱俩怎么就不能在一起了呢？"

…………

对于钟文艳的一再逼问，我同样不置可否。

是给小东一个完整的家，还是给小末一个真正的家，是一道单选题。这道题很难，我迟迟想不出答案。有时我会将一枚硬币自欺欺人地抛向天空，无论哪一面朝上都还是一样的心烦。有一次，我问小东："你希望妈妈回来，还是齐姨做你的妈妈？"

小东低着头木讷了半天，才从牙缝里挤出两个字："你定。"

钟文艳每个周六来看孩子，原先都是带小东到外面玩一天，最近这几次却故意待在家里。齐红看到这种情形，就带着小末出去，尽量避免和钟文艳正面交锋。可钟文艳存心要和齐红正面硬刚，周二那天晚上9点多，钟文艳突然来了，还带了睡衣。看到钟文艳大摇大摆地在我那屋换睡衣，齐红的脸涨得通红，带着哭腔冲着我说道："太欺负人了，你这是耍流氓。"说完摔门回到自己房间。

我自然不能让钟文艳留宿，虎着脸连拉带扯地攮她出去，拉扯过程中，她前额的一缕碎发垂落下来，露出几根白头发，我忽然心软了，手上的动作也停了下来。

我俩迎面而立，就像当年在那口井旁边一样。我看到钟文艳的眼睛里噙着两汪晶莹的泪水。

"在这个房子里，咱俩一个被窝里睡了六年，在你心里我还不如一个房客吗？"

说完，两行泪水终于滚落下来。

那晚，钟文艳最后还是走了，不过，临走时她扬言，这个周末就搬回来住。

5

初中毕业后，我没考上高中，念了个技校，名字也改成了魏永锋，我自己改的，用了魏红莲的姓，永锋是我本名。我不想再依附于任何人了。魏红莲也没再嫁人，她和我都想明白了，委曲求全是没有用的，靠人不如靠己。我参加工作后第三年，和魏红莲凑钱通过按揭贷款的方式，买下了现在住的这个两室一厅，总算有了自己的家。

夜里躺在床上，我辗转反侧，满脑子都是那道单选题。我知道时间不允许我继续模棱两可下去了，必须马上做出抉择。可是，到底该怎么选呢？

心里一团乱麻，想着想着，脑子里就成了一团糨糊，王永锋、马佑、李新、魏永锋，这四个名字交替闪现，我都搞不清楚自己到底是谁了，甚至有一个种强烈的渴望，渴望这四个名字都不是我的，我只一个旁观者，一个局外人。

翌日早上醒来时，脑袋昏沉沉的，一想到今天是周六头就更大了。钟文艳今天又会搞什么名堂呢？我有了一种逃离的想法，快速洗了把脸，连早饭都没吃就出门了。

周末的清晨，马路上的车不多，几乎没有堵车的路段。刚开拖车那会儿，全大连也没几家拖车公司，后来拖车公司越来越多，好在马路上的车也越来越多，每天需要救援的车很多，我们不愁没活儿干，就是总堵车让人受不了，有时候堵的那真叫一个心烦。

今天的第一单活儿位置较偏僻，在夏家河海边羊圈子附近，一辆2010款的奥迪A6打不着火，趴窝在路边。在平时的工作中，绝大多数需要救援的车辆都是这种十年左右车龄的旧款车，其实车和人一样，人到中年即是多事之秋。

我把那辆奥迪A6拖到指定地点后，并没有原路返回，而是驱车向北一路前行，驶进一片我从未到达过的陌生区域。此刻，我格外享受这种未知的感觉，以舒缓一直萦绕在心头的那份惶然。

开着开着，柏油路变成了土路，周围草木青翠，荒无人烟，不时有野鸡的叫声穿过耳畔。这时，手机微信提示音响了，我停车查看，是小东发来的："我妈来了，齐姨要走。"

我急忙回拨电话了解情况，小东在电话里告诉我，钟文艳找了搬家公司正在往我家搬她的东西。与此同时，齐红也在收拾行李，准备搬走。

放下电话后，我不得不掉转车头，开始了狂奔，然而开了没多远，车却突然熄火了。下车查看发现油箱漏油了，长长地洒了一路。茫然四顾，前不着村后不着店，一个人影也没有。我烦闷至极，抬头仰天大吼了一声，霎时间，太阳刺眼的光芒晃得我睁不开眼睛。

我回到车里，通过微信给老刘发了一个位置定位，然后用对讲机喊道："40号拖车油箱漏油，等待救援。"

纪　念

姚宏越

我家养过几条鱼，换水和喂食都由我媳妇负责，我从来没管过。直到有一天其中一条死了，我就告诉我媳妇把它捞出来扔了。晓萱一边捞，一边不无感慨地说，就它平时吃得最多。在此之前我一直以为它们是一样的。

一支业余足球队的队员构成，通常都是同学、同事和朋友，住得也很近，尤其是早些年。我们球队也不例外。既然球队叫"铁西工业"，那肯定是因为大部分队员住在铁西。这一点和高水平的职业足球队不同，像世界上最有名气的皇家马德里队，一线队里估计一个马德里人都没有。这种情况不仅发生在足球界，各行各业都一样，越大的公司本地人就越少。这么说好像是说我们队过于业余了，事实上队里也有两名队员住在外地。这两个人一个是我的高中同学景吉，住在盘锦；另一个叫李光芒，住在抚顺。如果说景吉的父母还都在沈阳，他一年总能回来跟我们踢几场球，也算说得过去。一年只能跟我们踢一场球的李光芒，这么多年了还能留在队里，全因为林涛。

我和林涛是高中同学，后来又都考到了同一座城市，但不是同一所大学。李光芒是林涛的大学同班同学，住在林涛隔壁寝室。上大学那会儿，我有时候去他们学校找林涛，每次都能见到李光芒。我要是和林涛一起吃饭，李光芒也跟我们一起吃。我要是和林涛一起踢球，李光芒也跟我们一起踢。林涛从来不叫他们一个寝室的同学，只叫李光芒。我觉得在那样一个我们都还陌生的城市，林涛最好的朋友，除了我之外，就是李光芒。当然，也可能除了李光芒之外就是我。林涛跟我说过，他刚进大学那会儿，和李光芒并不熟，认识都谈不上，别看是一个班的，一共二十几个男生也得认几天。有一天林涛去踢野球，正好李光芒也在，本来是不熟，但林涛因为踢球跟别人吵起来，甩袖子不踢了。李光芒也不踢了，跟他一起回了宿舍楼，俩人就这样认识了。这件事让我想起来我和林涛刚上高中那时，也是因为踢球，一个班的两伙儿人差点因为球的归属干起来，后来几乎要动手了。终于有一个同学认出了我们原来是一个班的，这才合二为一，化干戈为玉帛。

李光芒长相挺英俊，但有一个天生的缺憾，就是嘴角一抽一抽的，学名叫面肌痉挛。李光芒的家在抚顺。很多人知道抚顺是因为雷锋，沈阳的学生大多去过抚顺，读到了一定的年级，春游总得去一次抚顺雷锋纪念馆参观。可能因为雷锋的影响太大了，有的人会忽视抚顺城在其他方面为新中国做出的巨大贡献。实际上，抚顺的工业和铁西区的工业一样，非常牛。有一次和抚顺的朋友吃饭，他把抚顺说成是新中国工业的奠基地，虽然有自夸的成分，但抚顺在新中国成立之初，煤油电钢铝的产量均位居全国前列却是真的。我甚至想，我们球队要是再有一名鞍山人、一名阜新人、一名本溪人、一名锦州人，甚至辽宁省十四座城市都有我们的队员，那就更配得上"铁西工业"这个名头了。抚顺离沈阳很近，有一个词来专门形容两座城市的距离——沈抚同城。说不定哪天沈阳城和抚顺城就改名叫沈阳抚顺城了，听着不那么顺溜，时间一长就习惯了。匈牙利的首都布达佩斯也是这么来的。不过，目前沈阳还是辽宁省的省会，也是东北第一大城市，抚顺是离沈阳最近的一座城市。很多抚顺人被沈阳省会的光环吸引，大学毕业不回抚顺，而是到沈阳找工作，这些人就包括李光芒。李光芒刚毕业那两年，一直在铁西区的工厂上班。刚来铁西那会儿，林涛是他在沈阳唯一的好友，另外作为老相识的我，自然也要承担起老相识的责任。他妈妈有时候从抚顺过来，帮他收拾收拾屋，洗洗衣服，但都是当天来当天走。李光芒自己一个人在沈阳也没什么事，有时候会跟我们一起踢踢球。李光芒的球踢得一般，技术比较糙。他身体素质不错，踢后卫还算靠得住。如果"铁西工业"成立的时间从我们这帮高中同学大学毕业纷纷回到沈阳又凑在一起踢球算起，李光芒也算是"铁西工业"的元老了。

沈阳的铁西区以工业出名，区内有很多大型国有工厂。李光芒是进不去这些大工厂的，他进了一家小工厂。当时，这些小工厂多是靠大厂子养活，大厂子拖欠小厂子钱，小厂子就要拖欠李光芒他们的钱。小厂子老板不怕大厂子拖欠，一来大厂子黄不了，欠的债早晚能还；二来大厂子几乎是他们唯一的客户，他们不和大厂子合作就得关门。但是李光芒怕，他需要交房租，需要吃饭，需要找对象，需要交电话费。李光芒曾试图换一家工厂看看，但是他那嘴角一抽一抽的，一时间也没有企业愿意要他。正好这时，李光芒他妈妈在抚顺给他找了一家不算小的国有企业，依然是搞测绘。李光芒的父亲去世得早，林涛很多年前就跟我说过。于是，李光芒就离开沈阳回到了抚顺。李光芒离开沈阳之前，林涛张罗给他送行。抚顺离沈阳只有一个小时的车程，其实不用怎么张罗，就像平常那样吃一顿饭，但是一旦贴了告别宴或散伙儿饭这样的标签就让人伤感。林涛最喜欢吃散伙儿饭，毕业了吃，离职了也吃。同一单位里，跟这伙儿同事吃了，还得跟另一伙儿同事吃。就算自己不离职，还有别人离职，张三离职了吃，李四离职了又吃。林涛好球，家里来戚（读 qiě）老婆出差甚至孩子生病，都拦不住他，唯有吃散伙儿饭。这些年他请假的几场球，基本是去吃散伙儿饭了。这要是哪一天我们球队散伙儿了，不知道他得吃多少顿散伙儿饭。李光芒并不是去很远的地方，开车一个小时的距离，一天可以往返四五趟。我记得那天我们是在六路的一家串店吃到服务员已经斜眼看我们了，说过什么也都记不得了。结完账林涛又张罗去唱歌，我不喜欢唱歌，没去。

再见到李光芒，是在林涛的婚礼上。李光芒是在林涛结婚的头一天到沈阳的，那时候我已经买了车，林涛让我去车站接他，李光芒跟我说铁西他熟，也不是什么外人，不用接。当天晚上林涛请我们几个老在一起混的同学吃饭，李光芒也在座，就坐我旁边。我问李光芒在抚顺怎么样，李光芒说就那样，不好不坏的。我说有没有比在铁西强？李光芒想了想说，能比在铁西稳定点，不用花房租。

我问他处对象没，他说还没有。我问他还踢球不，他说偶尔也踢，跟厂子里的一些人踢，因为哪个部门的都有，没有在沈阳时踢得得劲。因为一起踢过球，李光芒和我们几个都挺熟，唯独小强那段时间忙着推销他的润滑油，没时间跟我们踢球。李光芒的嘴角还是一抽一抽的。小强看我跟他挺熟，偷偷问我这人咋了，我告诉他面肌痉挛，天生的。因为第二天大家要早起帮忙，也没吃得很晚，吃完饭我把李光芒送到林涛给他订的宾馆就走了。

第二天婚礼吵吵嚷嚷的，李光芒坐在林涛的大学同学桌，我坐在林涛的高中同学桌，也多是踢球这帮人。我们高中同学一桌没够坐，有几个后来的就只能跟他的大学同学坐一桌，我没去。婚礼一结束李光芒就回抚顺了，李光芒走的时候过来跟我们打了招呼，我简单应付了几句。我喝了些酒，自然也送不了李光芒。

等林涛度完了蜜月回来，有一天踢完球吃饭，林涛跟我说，你能不能给李光芒拉进我们队的群里？我说为啥？林涛说，李光芒跟他说还想留在我们队。我说，那倒也没什么，他想进我就给他拉进来，他随时愿意来就过来跟我们踢，不过他在抚顺太远了。林涛说就是名义上的，他一年也来不了一两回。说心里话，我并不愿意球队的群里有一个不常跟我们踢球的人，但是林涛张一回嘴，我也不好反驳，而且也确实不是什么大不了的事。就这样，李光芒成了我们队里第二个在外地的队员。

李光芒成为"铁西工业"名义上的正式队员后，真就特意来沈阳跟我们踢了两场球。但是每回来沈阳踢球，他都要往返将近四个小时。李光芒没有车，只能坐火车，然后林涛去火车站接他或者他坐公交车到球场。他踢一场球的成本着实不低。踢完球，多是林涛再请他就近吃顿饭，我自然也会作陪。李光芒虽然在群里，但是很少说话，我基本也不主动和他说话。其间大概有两三年吧，李光芒一直没再来沈阳和我们踢球。有一次忘记了是什么事提到李光芒，我顺嘴问林涛，李光芒最近咋样。林涛说联系少，也不太知道。后来有一回，林涛喝多了，告诉我李光芒离婚了。我听了挺诧异，李光芒结婚也没告诉我，林涛也只字未提。我问林涛因为啥离的，林涛说他也不知道。

林涛一定知道。

我们队再买队服，我就按照李光芒的身材多买一件，让林涛给他寄到抚顺。累计到现在，也有两三件了。费用都是我用球队的公共经费买的，林涛要把钱给我，我告诉他，这点钱我还能做主。说是球队的公共经费，其实每年球队都有亏空，也不是很多，千八百块钱，我就补了。李光芒得了队服特别高兴，特意邀请球队到抚顺踢了一场球，因为比赛时间定在周中，那次去的人不多，就五个人。我们坐火车去的抚顺，李光芒到抚顺火车站接我们。虽然抚顺离沈阳很近，但是我已经好多年没去过抚顺了，抚顺火车站前正在施工，我们三拐五拐才走出来。可能是因为刚下完大雨，站前人稀稀拉拉的，连个问我们住不住店的都没有。李光芒说抚顺正在修新的火车站。我们六个人打了两辆车去李光芒安排的球场，对手是李光芒平时在抚顺踢球的他们厂的几个人。踢了一会儿我就知道为啥李光芒平时不愿意跟他们踢了。他们踢得不差，却爱埋怨队友，因为李光芒的引荐，我还认识了他们队的队长，他比李光芒性格外向得多。我们踢完球，李光芒请我们五个沈阳来的和他们队长吃抚顺有名的麻辣拌。对林涛来说，吃不重要，喝才重要，这次坐火车的目的之一就是想踢完喝点。林涛老说喝点，其实哪回喝得也不是一点。李光芒他们队长叫魏天，我们后来都叫老魏，唠得挺熟。老魏他哥就在沈阳上班，他经常去沈阳。那天比赛，我们输了，但并不服气，场地太滑了，我们来的人也太少。我就借着酒劲邀请老魏他们找时间再来沈阳踢一场，老魏当即同意。

过了不到一年，老魏真就联系我了，说他们已经凑够了十来个能到沈阳和我们比赛的人，我自然高兴，并积极投入备战之中。我们准备得可以说是相当充分，让他们真真感受到了什么叫乘兴而来、败兴而归。这一次他们是开两辆车来的，踢完球无论是老魏还是李光芒都没留下跟我们吃饭。临别时又不忘说一些客气话，老魏又邀请我们去抚顺再战，我当然没有拒绝。不过去一趟抚顺，劳师远征，开销不小，我心里暗想，再去指不定什么时候了。

事实也的确如此。

大概又过了两年，有一天踢完球，林涛郑重地对我说，我想出点钱，办一个沈抚杯足球赛，像我们以前那样，一年和李光芒他们队踢一场。今年我们去抚顺，明年他们来沈阳，谁赢了谁就保留奖杯一年。我说，这个没问题呀，你出什么钱，正常队里大家掏就完了。林涛说，我合计了，我找地方，做一个奖杯，我再租一个中巴车，也没多少钱。我说行，咱们队没问题，你再跟李光芒说一下。林涛说，我问过光芒，他肯定行。我说，我再跟老魏说一下，毕竟他是队长。林涛说，他们就出一个场地费，抚顺场地便宜，一场也就二三百。我当即给老魏打电话。在电话里，老魏已经认不出我的声音了，不过对我们的计划老魏表示同意。老魏说，行啊，你们定时间，我们没问题。就这么短短几分钟，沈抚杯就敲定了。

球队的事，林涛通常是不管的，这小子踢得好，老装大牌，来得总比别人晚，但是得先上，专业术语叫首发，就跟某些影视明星一样，别人都得等他。这一次他张罗筹划沈抚杯，我挺意外的，而且还要拿钱去做奖杯、租车。林涛和我说完第二天就去做奖杯了，他到太原街附近专门卖各种奖杯的地方时给我打了一个电话，和我确定了奖杯的名称——沈抚杯足球邀请赛冠军。后来做完了我才知道是一个长方形上下一体的水晶杯，"冠军"两个大字竖在中间，"沈抚杯足球邀请赛"几个字则呈半圆形环抱在"冠军"之上。我问林涛做奖杯花了多少钱，林涛说不到二百。

奖杯做好，就等着双方抚顺一战。

林涛把奖杯照片发给我，我在群里展示了一下，引得大家对即将到来的比赛有了兴致，在群里东一句西一句，看样子都已经跃跃欲试了。随后的几天大家陆续报名，竟然有十九个人。就算是平时在铁西比赛，一场比赛也来不了十九个。

我没让林涛租中巴车，一台中巴都不够坐了。球队里有车的人已不在少数，我们队的人这点觉悟是有的。比赛当天，十九个人一个都没有临阵拉胯的，大家分坐在四辆车里。华哥有一台面包是七座的，坐了六个人。我和王峰坐林涛的车。周六的下午，马路上车不多，还走了一段高速，比预先早到了十多分钟，不过老魏和李光芒已经早早在指定的地方等我们了。我看到李光芒穿的正是我们队今年初定制的新队服。其他三辆车也陆续到了煤校。十多个人从车里出来，就像是香港电影里的古惑仔出动，和我们第一次去抚顺的五个人相比，真是鸟枪换炮，不可同日而语。

进了煤校的足球场我们才知道，老魏的嘴上客气是真的客气客气，连着队员和家属他们能了来了四五十人，已经换好队服在场地里热身的就有二十多人。我有点被震慑到了，相信我们队其他人和我有一样的感受。

　　场地边的条幅也已经挂好了，红底白字印着"第三届沈抚杯城际足球邀请赛"。条幅是老魏他们做的，"城际"两个字是老魏他们自己加上去的，听着挺像那么回事。之所以叫第三届是我和老魏都一致认为应该把两队之前的两次比赛也算上，反正是一胜一负。这样我们距离日后的第四届、第五届，乃至第六届、第七届、第八届、第九届就更近了。如果我们能把沈抚杯举办到第十届甚至更多，也是一个不小的成就。说不定第十届就会在铁西体育场或是雷锋体育场比赛了。

　　因为距上次和他们比赛已经有两年多了，两队的变化都不小，不仅人数多了，而且穿的队服也都更统一齐整了。想想第一次来抚顺踢比赛的时候，我们队算上李光芒才六个人。那一天还下了大雨，本来到得就挺晚了，还一起扫了半小时的雨，体能消耗挺大，雨后的人工草坪又滑，最终导致了输球。而这一回，二十摄氏度左右的气温，蓝天白云的，球场两边双方各占一头进行热身，球场四周站着家属和朋友同事以及来看热闹的市民，就像等待一场即将开始的演唱会。这样的待遇对我们队来说史无前例，这得托李光芒的福。场边还有一座沈抚杯冠军奖杯在等着我们哪一方在赛后给它捧起来。比赛前，我们还照了一张大合影，我看李光芒虽然穿着我们队的队服，却和老魏他们队站到了一边。

　　老魏他们安排的这个煤校场地比正规十一人制的球场要小很

多，一个队最多只能同时上九个人，我们来了十九个，平均一个人还踢不到半场。大家远道而来，都想上去多踢会儿，我就只能大部分时间站在场边看着。老魏他们人更多，老魏跟我一样，几乎没怎么上。比赛刚开始时候，老魏看我没上，就凑过来跟我唠嗑儿，整个上半场我几乎都在和老魏说话。其间，我问老魏这几年忙啥，老魏说这两年单位比较闲，和媳妇开了个饭店，也没挣着钱，不久前刚兑出去。我告诉老魏，咱们队王峰他们几个人也开了一段时间饭店，也都不干了。老魏说开饭店的太多了，都是在给房东打工。这句话我听着耳熟，王峰也和我说过类似的话。我问他有啥打算，老魏说他有个前同事去了苏州的一家厂子，挣得挺多，他也想去但媳妇不让。他媳妇有个亲戚刚承包了一家养老院，想让他去帮忙，他还没想好。我问他李光芒在单位干得咋样，他说他们不在一个部门，具体不太清楚。

比赛的过程我就不详细说了，简言之就是一边倒，忠升和林涛各进了两个球，我还顶进了一个头球，6比2，老魏他们惨败。可惜沈抚杯邀请赛没有平局，当着老魏他们一帮亲友的面，给他们踢得落花流水，那种感觉真是很爽，非常爽。踢完了，老魏主动过来跟我客气几句，说我们进步太多了，来年他们一定到沈阳回访。王峰回去的路上跟我说，这次踢得有点狠了，他们明年未必能来。我说，反正他们也踢不过我们。李光芒从开始比赛就一直在我们这边，这场球我没让他上很长时间，他的水平在我们队已经算是最差的，而这场重要的比赛不容闪失。我尽量安排他和林涛一起上下，看得出李光芒挺高兴的。李光芒想请我们吃饭，我一合计人太多了，这要吃一顿，都快赶上李光芒半个月工资了，吃完饭还不一定几点，天晚了开夜车也不安全，就谢绝了。临走的时候，我说林涛你不跟李光芒照张相啊？林涛说老爷们儿照啥呀！我们就上车了，林涛把车窗摇下来，我们纷纷向老魏和李光芒挥手告别。

回去的路上，四辆车开得飞快，遥想当年，诗仙李白行至白帝城收到赦免消息，写下"千里江陵一日还"时的心情和航速也是这样的吧。回到沈阳，正是吃晚饭的时候，得胜而归，大家都还饿着肚子，吃一顿是必须的。不过王峰说家里有事提前下车了，车上就剩我和林涛两个人。还有几条马路就到顺通大冷面的时候，我想把这些天一直在琢磨的事情直接向林涛询问。偏偏这时候林涛的手机响了，是他老婆的。林涛在开车，我替他接的电话。我告诉陈静已经回到沈阳了，去吃口饭，吃完就回去了。陈静嘱咐别让他喝酒，我说他开车不能喝。林涛又大声说吃完就回去了。挂了电话车就到了顺通。我看华哥的面包都已经停在那儿了，我赶快进屋点菜。

那天晚上，除了王峰提前走了，其他人都去参加了"庆功宴"，海波为了喝点酒，把车先送回家又打车过来。林涛说没喝酒也喝了，打车回的家。我并没有喝太多酒，沈抚杯足球邀请赛的奖杯现在还完好无损地摆在我家的书架上就是证明。但是就是这点酒，本来应该由我埋单的"庆功宴"却让林涛捷足先登了。还有就是我忘了问林涛，李光芒最近过得咋样。

奋进者（节选）

赵　杨

"狭路相逢勇者胜，靠的就是坚定的信念！我们必须研发出高精度的数控机床，一代人干不出来就两代人干，代代人接棒，一定能干出来！"

1

王图南最讨厌开大会，尤其是海重内部的大尾巴会议，简直就是搬到大舞台上的菜市场，有讨价还价的，有吆喝的，有敲边鼓的，有溜缝儿的，还有骑驴找驴的，场面那一个热闹！

看着一群人卖力地演出，王图南真是心服口服，几次都想站起来鼓掌。可是久而久之，看得多了，王图南的巴掌也不动了，他渐渐明白了个道理，有些人天生就是靠嘴吃饭的，这也是本事。再后来，除了技术交流和碰头会，其他大会他是能躲就躲，只图落个清闲。

今天是设计院的年底总结会，也是小型庆功会，大概率是不会有争吵的。参会人员的名单在一周前就定下了，代表第一实验室参会的人本来是郭靖，为什么毕心武会特意点王图南的名来参加呢？

王图南坐在大会议室的最后一排，远远地望着正在台上讲话的毕心武。毕心武的发言稿很长，个别语句不太通顺，咬文嚼字的，这是办公室主任小马的毛病。其实小马学的专业是护理学，但他是双职工的海重子弟，按照现行的政策，他可以被优先录取进入海重工作。像小马这样专业不对口的人，在海重至少有上千人之众，他们大多在办公室做行政工作，说白了就是在混日子。

不过小马是这些人中的佼佼者，他是海重最年轻的办公室主任，很擅长写发言稿，卖弄他那半通不通的文采。毕心武配合得很好，念得很慢，还有那出其不意的断句，符合极了他那火烧眉毛都不着急的慢性子。

有段时间，王图南看过大量的心理学方面的书籍。一般来说，慢性子的人都比较宽容，有当老好人的潜质。然而毕心武却是个例外，他对上宽容，对下则稍显刻薄。而且他的胆子很小，对钱非常敏感，以至于在他面前，连"qian"的四个读音都变成了隐晦字。

他之所以能坐上设计院院长的位置，主要是因为海重实在没人了。在那个特殊的年代，老人儿走光了，新人儿上不来，海重缺了一茬能干实事的中层干部。算是矬子里拔大个吧，毕心武就这么上位了。对于厂内这个流传许久的说法，王图南是不认同的。毕心武还是有些真本领的，尤其在机械制造方面，他绝对称得上是资深专家，参与过多个重点项目。那么他为什么会变成今天这样呢？王图南精准地找到了原因：开会太多，耽误了他。就像现在，毕心武依旧在慢吞吞地念一串串好大喜功的数字，每个标点符号都透着行业第一的喜气。

王图南无聊地打了一个哈欠，头顶立刻投来两束截然不同的目光。其中一束警示的目光来自毕心武，另一束关切的目光则来自坐在毕心武身边的宋腾飞。他之所以能坐在这么靠前的位置，是因为被评上了本年度的优秀员工。他出色地完成了新产品的开发，是设计院里最炙手可热的青年英才。

王图南朝宋腾飞点头，两人会意一笑。兄弟间的默契，让他不禁想起备考研究生时去自习室占座的情景，宋腾飞总是第一个到，占据最好的位置。

这时，毕心武连续地说了三个无比煽情的排比句，完成了长篇大论的发言，会议室内立刻响起了热烈的掌声。王图南也发自内心地拍手，毕竟掌心的痛感可以让他少打两个哈欠。

"下面有请各科室主任发言!"小马将话筒送到坐在第一排的室主任们手里。

如果说毕心武的发言勾勒出了海重设计院美好的蓝图，那各个室主任就是这美好蓝图的填充者和实施者。这也是会议最精彩的阶段，美其名曰锦上添花。

王图南精神了几分，他很想听听设计院的中坚力量们会说些什么，会有什么具体的工作计划和建设性的意见。可是他等啊等啊，等来的是更夸张的数据和更空洞的话语。听着那一个个振奋人心的数字，看着那一张张热情洋溢的脸庞，王图南觉得更困了。

他耷拉着头，想捂住耳朵，可是声音太大，还伴着掌声，想不听都不行。王图南有点后悔来开会，其实点名来也可以不来的，反正都是浪费时间。于是他琢磨着是不是要中途离开会议室。

第十实验室的室主任孙连威发言之后，毕心武站了起来，他紧盯着坐在后面的王图南，意外地说道："让咱们的救火英雄也说说吧。"

　　大家的目光都投向了宋腾飞，宋腾飞激动地站了起来，然而小马却将话筒递给了王图南。会议室的空气突然凝固了，宋腾飞悻悻地坐下，脸上写满了不解、失落和难为情，他觉得自己的狼狈映在了所有人的眼里。

　　其实，尴尬的王图南也是这么想的。他的表情很严肃，他深切地感受到一股无形的压力。他紧握住话筒，没吭声，不知道毕心武的葫芦里卖的什么药。

　　毕心武笑了，他一改昨天在董事长傅觉民面前的低姿态，缓慢的语速伴随高挑的语调，说道："图南哪，别着急，拿出昨天救火的勇气嘛！"

　　宋腾飞紧张地咳嗽了一声，毕心武拍了拍他的肩膀算是无声的安慰。

　　众人的目光集中聚在王图南身上。王图南推了推鼻梁上的眼镜，淡淡地说了一句："我只是做了自己应该做而且必须做的事情。"

　　毕心武激动地站了起来："多危险哪！抢救公家财产是值得肯定的，但是我们不提倡！你要时刻记住自己是海重集团的工程师，设计出最好的机床才是你应该做的，你不是救火的消防员！咳咳——"

　　毕心武憋红了脸，咳个不停。宋腾飞急忙扶他坐下，小马递来了保温杯。王图南顾虑毕心武的身体，没回话。

毕心武平息了咳嗽，满脸愁容地重复道："同志们，要引以为戒，引以为戒呀！你们这些同志才是海重最宝贵的财富哇！再说了，咱们海重现在是家大业大，行业领先，还缺那点东西？"

领先？王图南听到这熟悉的字眼儿，耿直的劲头一下子上来了："不！我认为海重现在正处于最危险的时候。"

这句话的威力相当于一枚原子弹，直接开启了会议室的静音模式。大家你看看我，我看看你，谁也没吭声。宋腾飞最难为情，他想为王图南说点好话，可毕心武的脸色黑得吓人，这个时候开口，弄不好还会引火上身。所以他没敢说话，只打了个手势，示意王图南不要再说了。

王图南明白宋腾飞的好意，但他心里始终憋着一股劲儿，既然是皇帝的新装，那他今天就要捅破这层窗户纸！

"在座各位都是海重的骨干，怎么可能听不懂我的话呢？"他语调沉重地说道。

"王图南，端正态度！"孙连威放下发言稿，大声地提醒道。这个时候也就他敢说话，因为他不仅是王立山的徒弟，还是王图南进入海重后的第一个师傅。孙连威不客气地敲起桌子："今天是庆功会，庆功会！"

王图南一向很听师傅的话，今天却犯了倔脾气。他固执地说道："既然是庆功会，那我更要打开天窗说亮话了。海重取得了傲人的成绩，我是发自内心高兴的。可是我们也必须承认，我们的产品性能还不稳定，技术也没有革新，尤其是数控……"

会议室里安静得可怕。毕心武的脸色很差，作为设计院的一把手，他什么场面没见过？什么风浪没经过？他稍稍平复了一下心情，认真地环视了一圈，发现董事长傅觉民不知道什么时候已经站在了门口。傅觉民显然也看到了他，于是做出一个不要声张的手势，毕心武立刻心领神会地点了点头。

"王图南，你没看新闻吗？没看报纸吗？没看到厂内的大红标语吗？"毕心武恢复了缓慢的语调，"海重今年大丰收，每个数字是真实可靠的，大家都在为海重高兴，为海重自豪，这些你咋都看不到呢？在这种关键问题上，年轻同志可不能犯错误哇！"

"我没有做错！"王图南斩钉截铁地说，"海重能取得今天的成绩，确实是可喜可贺。但是人人都在说荣誉，都在唱赞歌，这些荣誉已经大过所有人的眼睛了，难道不危险吗？海重的实际情况呢？这里的每个人都非常清楚！连车间的装配工人都知道，海重是以量取胜，不是以质取胜。我们的领先是靠百年一遇的好市场，借着国家给出的好政策，才取得了傲人的成绩。我们要做的还有很多呢，尤其我们设计院的工作更是重中之重。以前我们总说，先做大，再做强。现在海重的盘子越做越大，可是做强了吗？我当然并不反对做大，但我更倾向做大和做强是同步的。""我们海重就是一直在同步的！"毕心武加重语气强调。"是吗？"王图南说出心里话，"在普床和小型机床业务上，我们的优势从20世纪就已经体现得非常明显了。然而现在已经是21世纪了，我们的厂房大了，办公室条件好了，实验室的设备更是世界一流的水平，可是产品呢？主力产品还是铣床和手臂摇。现在是网络时代，数控机床是我们的短板，大型数控机床更是我们从未染指的空白领域。未来的发展方向不用我说，在座的每位都非常清楚。排在我们身后的厂家都在大力搞研发，可我们呢？我们设计院的研发经费比去年还少，这正常吗？"

"王图南！"毕心武生气地敲桌子，"别以为你是海重子弟，我就不敢说你！海重才刚恢复元气，我都没嫌弃研发经费少，你有啥资格说？董事长已经很不容易了。"

会议室内有些小躁动，很多人都看到了站在门口的傅觉民。最着急的就是宋腾飞，他给王图南发了短信，可是王图南的手机开了静音，而且一直在情绪激昂地说话，根本没看到，宋腾飞急得差点去堵住王图南的嘴了。

眼看着傅觉民的脸色愈加难看，毕心武的性子愈加急躁，会议室的气氛也变得尴尬又微妙。

毕心武用余光瞄了眼门口，语重心长地说道："咱们海重负担太重，你们这些小年轻不懂。其实董事长是很重视我们设计院的呀！"

"您确定是重视？"王图南的眼神转而深邃，"我觉得董事长比谁都更清楚目前海重的处境，他也在担心明年的海重是否能走下去！"

"王图南！"孙连威狠狠地拍了桌子。会议室内的气氛猛然又降到了冰点，变得鸦雀无声。毕心武的脸面明显挂不住了。

王图南还在继续说："现在全厂有一万六千多人，技术层面、管理层面、研发方向等等都存在很多问题。我们的领导不解决眼前的问题，总想着走捷径、做功绩。海重产量高、人多、面积大，但是这些有用吗？都是虚胖，负债大得惊人！根本无法支撑持续、稳定的运营，一旦市场出现点风吹草动，海重比任何时候都危险！"

"董事长！"宋腾飞忍不住站起来叫道。

王图南一愣，随后傅觉民那高大的身影浮现在他的视线里。那身影渐渐被齐刷刷站起来的人群挡住，分隔成不同的幻影。这一刻，王图南觉得自己好渺小。

傅觉民站在台上，斩钉截铁地说："我们海重当然会走下去！"

"董事长说得好！"毕心武让出主位。

傅觉民没有坐，他盯着王图南，脸上映出不可挑战的威严："王图南，一码归一码，你抢救设备的事虽然有些冒进，但精神可嘉，值得肯定。我甚至可以在厂报上给你安排一篇专访来报道这件事。但是，你既然提到了海重的短板，那我就来好好问问你，你还记得你立下的军令状吗？"

王图南心头一紧，认真地点了点头。傅觉民的脸色深沉得如同暴风骤雨前的层层乌云，语调透出寒冽的冷，他大声地说道："记得就好，留给你的时间不多了。如果在既定时间不能完成项目，今年就是你在海重过的最后一个春节！"

他的声音铿锵有力，透着极寒的冷。而在众人眼里，冰冻之源就是那个倔强、冲动、不合群的王图南。

当年，他的父亲王立山就是傅觉民送走的，命运还真是诡异，他们父子的命运竟都掌控在同一个人的手中。这种微妙而略带戏剧性的隐晦是不可说的，但同时也是海重人尽皆知的公开秘密。

王图南紧绷着脸没有说话，内心的坚定和执着蔓延至全身。宋腾飞激动地站了起来，关键时刻，他选择和王图南站在一起："董事长，我可以和王图南一起……"傅觉民脸色一凛："毕院长，第九实验室还没有室主任吧？"毕心武点头："是呀，老洪退休了，室主任的位置一直空着。"

傅觉民的嘴角扬了起来，他无声地拍了拍宋腾飞的肩膀："小宋是高才生，业务能力强，技术过硬，是海重紧缺的骨干人才！毕院长，年轻人才海重要重点培养重视呀！让小宋去第九实验室，先挂个副主任吧。"

宋腾飞的脸上带着几分踟蹰："董事长，我……"傅觉民摆摆手，面向众人，尤其看向站在最后一排的仿佛一座孤岛的王图南，意蕴深长地说道："记住，海重的未来是属于那些真正热爱海重的人的！"

会议室响起了热烈而持久的掌声，淹没在掌声中的是两张年轻的脸孔，一张固执得面无表情，一张惊喜得意气风发……

2

王图南真的变成了一座孤岛。从会议室出来，宋腾飞呼啦啦地被一群祝贺的人围住，没人在意王图南。王图南孤零零一个人，所有人都离他远远的。孙连威一直在打电话，王图南知道，他是向父亲告自己的状。那又怎样？他才不会轻易认输。

王图南一反常态地仰起头，认真地朝人群里的宋腾飞打招呼。宋腾飞忙得要命，生生变成了三头六臂的哪吒，他踮起脚朝王图南打出手势，那是两个好朋友多年的默契。王图南见状轻轻地笑了一下，然后默默地转身离去，在明亮的玻璃隔断上留下了一道落寞的身影，恍如一座荒草丛生的孤岛。

半小时后，王图南和宋腾飞并肩站在办公大楼的天台上。这里可以俯瞰整个海重集团，银装素裹的雪景和规整的现代化厂房是如此和谐。宋腾飞俨然已经有了副主任的架势，用责备的口吻说道："图南，不是我说你，刚才开会你也太不懂事了。海重上上下下都想过个好年，你说那些扫兴的话，一点也不顾及领导的面子，他们能高兴吗？"

"他们高兴了，海重就能好吗？""海重靠你一个人就能好？"

"靠我一个人不行，但是我们行！"王图南眯着眼，眼底折射出洁白的雪景，"还记得我们的约定吗？"

宋腾飞缓慢地说道："我们要做海重的赵心刚和李东星！"王图南安静下来。

宋腾飞的情绪却忽然变得激动："刚进海重时，我以为自己是下一个赵心刚，你是下一个李东星，我们会像他们一样成为写在厂志里的人物。但是，事情没有我预想的那样简单，走着走着，我发现你似乎更像赵心刚，而我却没有李东星的资本，我……"说着，他失意地低下了头，内心的补丁隐隐作痛。

"他们是他们，我们是我们！你说得对，那个时代过去了，我们有自己的路！"王图南关切地说出心里话，"腾飞，我恭喜你升职。不过董事长和总经理都是明眼人，你现在左右摇摆，实在太危险了。"

"这不正好能证明我有价值，是每个人都想争取的吗？"宋腾飞俊朗的脸上蒙上一层隐约的黯淡，他低沉地说道，"识时务者为俊杰。"

"我不想当俊杰！"王图南用力地摇头，"我有理想！""理想？！"宋腾飞笑了，先前的黯淡逐渐转为深邃，他盯着王图南那张坚毅的脸，回想起了多年前刚进大学报到的情景……

窗明几净的寝室里，自己扛着用旧床单包裹的行李推门而入，一个高大的男孩迎面走来，热情地自我介绍道："同学你好，我叫王图南，背负青天，而后乃今将图南。"宋腾飞握住对方伸来的手，却情不自禁地偷偷瞄了一眼自己衣袖，母亲在里子上打了一块补丁，那块补丁同样打在他的内心深处。他第一次感受到了自己深入骨髓的、不可言说的自卑。是呀，他是王图南，聪明努力、家境优越、骄傲自信的王图南！

宋腾飞收起回忆，苦涩地说道："图南，你有理想，我也有理想，咱们这群80后谁没有理想呢？你的理想光明正大，难道我的理想就卑微黑暗吗？"

王图南愣住了，他从未见过这样的宋腾飞。他们是多年的好哥们儿，自己竟然不知道他的理想！王图南赶忙关切地问："你的理想是什么？"

宋腾飞仰望着湛蓝的天空，仿佛自己和那遥不可及的云边之间有一条平坦的金光大道，他的眼前金灿灿的一片。

"我的理想就是在海山市扎下根儿！""扎根儿？"王图南的心惊讶地沉了下去。

"对！"宋腾飞的眼睛里发出闪亮的光芒，"图南，你承认也好，不认也罢，你奋斗的起点就是我的终点，我们真的不一样。你生在海山市，长在海山市，对于所拥有的事情毫不在意。而我从小在农村长大，靠着高考才改变了命运。我的自尊心超强，骨子里却卑微到尘埃里……你知道吗，每一次环境的改变我都是强迫自己像抱着救命稻草一样去适应的。我没有背负青天的远大理想，我只想通过自己的奋斗，在海山市生活下去，活得更好些，扎下根儿，成家立业，让下一代在城市里出生，成为地地道道的海山人，就像你一样！"说着，他情不自禁地举起双臂，拥抱着眼前的一切，那是属于他的美好明天。

王图南凝神看着他，心里空落落的。挚友多年，他竟然不知自己曾经伤害过宋腾飞。他的思绪也飘回了校园里，记得大二那年，他和宋腾飞都拿到了一等奖学金。不同的是，他只需要认真读书，从未考虑过饭票和生活的问题，而宋腾飞却需要一边勤工俭学一边读书，每天的时间都排得满满的，也拿到了一等奖学金。王图南忽然意识到，他的自以为是这般可笑，可笑得让他产生了极深的愧疚感。

天台的风很大，王图南轻声地说道："在我眼里，你一直很优秀，就像在篮球场上一样。"

宋腾飞没说话，和王图南一起安静地看着远方的云朵。此时，两人的思绪在同一个频率上。

"工作和生活如果像打球该有多好。"王图南感慨地说道。宋腾飞真诚地笑了："谢谢你，图南。我们都是奋进者，只是我们走的路是不同的，你是理想主义者，而我是现实主义者。你想通过技术革新来实现理想，我想通过发挥自己的个人价值来实现理想，这很难说谁对谁错。"

"是呀，实践才是检验真理的唯一标准。让我们用各自的方式，一起奋斗吧！"

迎着灿烂的阳光，两个人紧紧地握住了对方的手……

天台之下，天穹之顶，弧形的玻璃窗将两个沧桑的身影照得格外高大。傅觉民和毕心武一起站在窗前，盯着一直没有完工的数控车间愁眉不展。

毕心武忍不住深深地叹了口气："唉！"

傅觉民紧绷着的脸忽然笑了，舒展着眉头问道："你还记得海重三剑客吗？"

　　"三剑客！"和煦的阳光填满了毕心武额前的皱纹，"现在还记得三剑客的人可不多了。"

　　毕心武拍起了胸脯："当年咱们三剑客的名号真是如雷贯耳呀！不仅为海重捧回了满墙的奖状，更是全行业的明星呢！当年是我和王立山代表海重起草了《数控卧式车床性能试验规范》（JB4368），那可是行业内独一份呢。对了，董事长还参与了GB8801、9888的技术标准制订，这些标准现在仍在行业内应用呢。"

　　傅觉民的眼里也放着光："我记得有一年去北京领奖，我、你、王立山是戴着大红花下火车的，那叫一个风光！"

　　毕心武笑了："还有王立山出的那个馊主意，我到现在还记得呢！他说火车司机是他二舅，咱们不用出站，直接坐通往冶炼厂的支线火车就行，他二舅会在咱厂给咱仨安排停靠的，结果……"

　　"结果他带着咱俩偷偷摸摸上了火车，那趟车是拉煤的，大红花都给染黑了。"傅觉民笑着插话道。

　　"关键是火车司机根本就不是他二舅！咱们是被轰下火车的！"毕心武笑开了花。

　　傅觉民摆摆手："虽然是被轰下车的，但是下车的地方正好是咱厂的小西门，咱们上班都没迟到！后来我发现，那家伙最爱看的就是《铁道游击队》。"

　　"哈哈哈哈哈……"明亮的玻璃窗拉长了两道并肩而立的身影，仿若曾经的少年。

　　"时光不饶人哪！"傅觉民落寞地叹口气。

"年轻真好哇！"毕心武也感叹起来。

傅觉民的眼底浮动着隐隐的悲伤："王立山现在是威远重工的总经理，咱俩守着海重，三个人年纪加一起一百六七，连剑都快握不住了，哪有剑客的影子！"

毕心武面带愧疚："说起来，是我对不住王立山。当年是他主动下岗，成全了我！"

"说起来我也有责任，我应该顶住压力保下他的……"傅觉民恢复了领导的风范，"这是我的一个心结呀。"

毕心武红了眼睛，嘶哑地说道："在那些年，一个名额不仅是一个人的一生，更是一大家子人的命啊！"

傅觉民情不自禁地捂住胸口，那里有一道陈年的旧疤。其实伤口早就愈合了，今天却莫名地疼了起来。他颤抖地拿起桌案上那封厚厚的信，脸色沉了下去。

毕心武瞥了一眼，心中猜个大概。他故意大声说道："图南这孩子，一点不随王立山，咋总跟咱们唱反调呢！"

"他唱的是反调？"傅觉民翻开信，指着一个个触目的数字，"图南指出的问题，不就是咱们三剑客定下的目标吗？当年咱们底子薄，技术弱，还深陷三角债，实在没办法研发大型数控机床。后来多亏了国家的好政策，借着进入世贸的东风开拓了海外市场，好不容易才刚有了点好成绩。现在，谁见了我都要说上一箩筐的好话，但是我心里明白，咱们这是扬长避短式的发展策略，对此我很自责呀！"

毕心武的情绪激动了起来："董事长，海重能走到今天多不容易呀！那些年，有多少和海重一样的老国企都倒下了？在大街上随便拽个人，都能绘声绘色地说出一把辛酸泪。可是谁真正蹚过河，顶过雷？谁能知道一边被人骂、被人打，还得咬牙顶住的难处？谁知道你半夜偷偷摸摸地将老婆孩子送回山东老家的无助？谁知道你胸口挨刀，还得替人求情的痛苦？现在，海重腰板直了，大家都高兴啊！我知道董事长的心结，那也是我们海重几代工程师的目标。可是这需要时间，也需要一大笔研发资金，得从长计议呀！"

傅觉民点头："除了时间和研发资金，还需要人才！全厂人都明白的道理却没人敢说，只有图南说了出来。"他用力地点了点信纸，眉宇间透出几分羡慕："王立山有个好儿子呀！"

"那您刚才在会议室还……"

傅觉民扬起嘴角："我那是磨磨他的性子，敲打敲打。年轻人要有紧迫感，有了压力才有动力嘛！"

毕心武在心里连骂了三声老狐狸，嘴上却说："董事长说得对！压力大，动力大，才能出成果！"

傅觉民摆摆手："想说我是老油条就大声说出来，不用憋在心里。"

"我哪敢哪！"毕心武悻悻地瘪了嘴，转入正题，"时间我们可以争取，人才也是现成的，可这研发资金……董事长，实不相瞒，设计院的账上只有封存的工资，现在买备件、测试的钱都是欠款。"

"现在咱们摊子大，铸造厂、热处理、主轴、齿轮、电装、成套再加上五个主机厂都等着米下锅呢。"傅觉民深吸一口气，"不过你放心，研发资金的事情我来解决，临走必须给你们咬出一笔钱来！"

咬出一笔钱？毕心武听着这敏感的字眼觉得心好疼。

傅觉民拍了拍他的肩膀，语调缓慢地说道："你尽快监督图南放手去做，他缺什么都给他配齐了。他专业技术强，性子高傲，还得多磨炼。宋腾飞也是个好苗子，他和图南是一副好盘架，咱们要知人善用！"他刻意地看了毕心武一眼。

毕心武会意地点头："嗯，知道，小宋是个聪明的孩子，在大是大非上，他还是拎得清的。"

"那就好哇！新一代要扬帆起航了。"傅觉民无比坚定地说道，"狭路相逢勇者胜，靠的就是坚定的信念！我们必须研发出高精度的数控机床，一代人干不出来就两代人干，代代人接棒，一定能干出来！"

"嗯！"毕心武的胸膛里热情澎湃，仿佛他又成了那个戴着鲜艳大红花的青年工程师，脸上写满了荣耀、骄傲和对未来的向往。

傅觉民站在窗前，肃穆地仰望天穹。这个经过大风大浪的改革者比谁都渴望春风的到来。他情不自禁地张开双臂，感受着改革春风的涌动，大声说道："风好正扬帆！"

3

这是一顿迟到了六年的羊蝎子火锅，麻辣鲜香的味道融化了寒冷的空气。李甜甜一早就坐车到了附近。王图南要去接她，被她拒绝了。李甜甜一向认为自立，丝毫不逊色凌厉的郭美娜。此番回江北，除了好友之间的叙旧，她还有一项关键的工作任务。

南重有意在海洲建立分厂，她作为半个本地人，负责前期的接触工作。在李甜甜眼里，再漂亮的报告、数据、宣传都不及亲自去体验。这几天，她一直在海洲自贸区的行政审批大厅溜达，国家级的自贸区在各项政策上都有力度很大的扶持。她亲力亲为地调研，形成了一份价值极高的调研报告。时间刚巧，王图南到得很快。

宋腾飞和郭美娜也很快到了，四个人坐下以后，彼此打过招呼，服务员就端来了热气腾腾的汤锅。

北方的冬天是畅快的，坐在屋里吃着火锅，辣得冒火的时候再来口冰激凌，谁还在乎外面的冰天雪地呢？这是老天爷赐给东北人特有的福利！

郭美娜向来快人快语："王图南，这就是缘分！人家甜甜是你的客户，千里迢迢来给你送温暖的。"她刻意将"温暖"两个字咬得极重。宋腾飞附和着："就是就是，图南感受到了春天般的温暖！"王图南回想起那晚的疏忽，端起大麦茶，满怀歉意地说道："真的很抱歉，是我招待不周。"宋腾飞满脸笑意，却一声不吭。

李甜甜也是性格直爽的人，她大大方方地端起茶杯："合作愉快！"

"合作愉快！"饭桌上的气氛十分温馨、热烈，伴着羊蝎子的香味，王图南拿起小漏勺为李甜甜捞了一块，诚恳地说道，"这次多亏甜甜及时送来的备件，如果测试中断，那几个月的辛苦都白忙活了。说起来，南重的售后真是好哇！"

"谢谢，这都是应该做的。"李甜甜微笑着说，"我们南重这些年赶上了好政策，发展越来越好。急客户所急，想客户所想，是我们一贯的理念，也是南重的企业文化。"

"说得真好！"郭美娜用胳膊肘戳了宋腾飞一下，"听听，你们海重应该好好学学，别那么自傲。"

"我们没有自傲，只是管理理念不同而已。海重是老国企，人多，负担重，每年光给退休老职工报销的采暖费和医药费都是一大笔费用。"宋腾飞夹起一大块羊蝎子，献媚地递了过去。

郭美娜啃了一口："人家老职工当年为海重流过血流过汗，都是功臣，报销是应该的。要我说，每年夏天给退休干部发放茶叶才最应该取消！放眼全国，也就海山市还这么干。政企分离都多少年了，还搞什么特殊化？"

"哎！企业领导真的不容易！茶叶才分半斤，也就这点小福利了。再说——"宋腾飞刻意地清了清嗓子，挺直了腰板，"嗯，嗯——"

郭美娜愣了一下，立刻拿起筷子剔下一条松软的羊肉，送到宋腾飞的嘴边："先慰劳一下我们的宋主任！"

"嗯！"宋腾飞满足地咬在嘴里，"谢谢！"

"你们就别在这里秀恩爱了！"王图南埋头大吃，李甜甜也笑呵呵地啃起了骨头。

郭美娜揶揄道："哎，别那么酸，今天吃饭都是成双入对的。"宋腾飞附和地点头："是呀，是呀！"王图南和李甜甜对视了一眼，笑而不语。郭美娜又开始调侃："图南，听说你的头上顶着军令状呢？""军令状？"李甜甜很好奇，"就是测试的项目？"

王图南点头："没什么，时间虽然有些紧，但只要进行顺利，还是可以完成的。"

"你能完成？"宋腾飞瞪大眼睛质疑道。

王图南认真地说道："按照目前的状况，难点在于通过无故障测试。不过有南重这么周到的售后服务，我有信心能完成！"他夹起一块骨头堵住宋腾飞的嘴："我也恭喜一下宋主任！"

“呜呜……”宋腾飞咬着骨头说不出话来。郭美娜和李甜甜被逗得咯咯笑。

四个年轻人边吃边聊，活跃着美好的气氛。李甜甜微笑道："我这次回来，发现海山市的变化好大呀！尤其是城西，简直大变样，我都认不出来了。环境也好多了，大烟囱没了，天蓝，水清，处处都是新风貌。"

王图南笑了："别说你认不出来，腾飞说这家火锅店搬到小北一路了，我也绕了好久才找到的。这条路原来是重型机械厂的厂内路，对面是热处理厂房，这里是堆放炉料的地方，里面还有个小磅房，我大舅当年来海洲支援建设的时候就在那里睡觉。"

"你大舅没少卡过磅司机的油水吧？"宋腾飞开起玩笑。"才没有。你打听打听去，我大舅姥爷是省劳模，我大舅牛刚，外号牛大胡子，子承父业，是江重的厂劳模。就是因为他业务好，还曾经被派来海洲市援建项目，白天黑天地干活，以厂为家，困了就在磅房眯着。"王图南解释道，"不过他总说现在变了，以前讲奉献，现在讲经济效益。"

"这并不矛盾哪！"郭美娜开了口，"公司的每一个员工都有自己的选择，千万别道德绑架！有人选择奉献，有人选择经济效益，这种选择的权利就是时代的进步哇。"

"那是你们外企的那一套！"宋腾飞反驳道，"咱们国企讲的是社会责任和奉献。"

"我们也有社会责任和奉献哪，地震、冻雨、瘟疫，我们都捐款了。"郭美娜拿出律师的气势，"我们还定期向贫困山区送温暖呢。"

李甜甜笑着问："这么说，你们公司的效益不错呀！"

郭美娜点头："是的，公司的管理模式很人性化，以人为本。海山市今年的招商引资政策特别好，高新区管委会的扶植力度挺大的。我们集团正在和管委会接洽，明年要有大投资。到时候，海山市工业园将是我们集团最大的生产基地。"

"哦？"李甜甜调侃道，"老外不怕吗？"

郭美娜摆手："甜甜，那都是老脑筋了，现在的海山市和从前可是大不一样了。"说着，她端起大麦茶，文绉绉地抿了一小口。

李甜甜似懂非懂地看向灯光闪烁的窗外，远处广场上立着一尊代表力量的钢铁雕像，伴着昏暗的灯光，像极了一幅褪色的老照片，记录着一个世纪的工业图景。而若将照片放大，放大，再放大，能看到一座座灯火通明的高楼大厦，热闹喧嚣的商场，车水马龙的高架桥和闪烁着灯光的塔吊……她的心满满的，那是一种感动的满足。她笑着说道："家乡的变化真的很大！"

王图南看出了她的感动，进一步地说道："现在很多人对海山乃至东北的印象还停留在过去，都觉得在海山市离开了关系就办不了事情，处处要找人找关系。其实，这都是大家对海山的误解，准确地说，大家对海山市有不对称、不相连的时光偏差。"

"不对称？不相连？还时光偏差？"李甜甜对这个新名词产生了浓厚的兴趣。

宋腾飞也起了兴致："怎么听着有点量子理论的味道？"

王图南解释道："难道不是吗？大家对海山市的印象还停留在20世纪90年代，最感兴趣的就是下岗、烧烤、二人转。其实除了这些，海山市还有很多响当当的标签，工业城市就是其中最闪亮的一张名片。我们不仅拥有许许多多的大型工厂，还拥有上百万的产业工人。可是大家看到的总是过去的伤疤，有时间偏差；看不到我们的闪光点，在认知上不对称；理解不到我们的努力，情感上不相连。前几天，我爸说他接待一个武汉来的客户，客户竟然说，没想到海山市还有烤肉店！你们听听，我们在外人眼里是个什么印象！"

"哈哈，这是我听过海山被黑得最惨的一次。"郭美娜笑得喘不上来气，"我们不仅能吃到烤肉，还能啃羊蝎子呢！珍惜吧！"

宋腾飞满脸严肃地说："这对海山市不公平！"

王图南点点头："这也是对海山市的鞭策。我们承认海洲相对东南沿海城市是落后了，可是这些年我们一直在努力改变，不停尝试着打破僵化的体制和不公的营商环境，在逐步减少关系营销现象，过去那些不喝酒办不成事情都是过去式了。但是大家还是习惯用过去的眼光看我们——谈论最多的是过去，最感兴趣的是过去。所以我们必须要做出更多的成绩来，那样才能改变人们对东北的刻板印象。"

"是的！"李甜甜收敛了笑容，沉思道，"我们南重以前受过海山市的帮扶，董事长每次开会都会提起当年的恩情。现在时机成熟了，南重也来海山市办厂了。"

"哈哈，欢迎啊！"宋腾飞高举茶杯，"黑土地欢迎你！""说得好！改革的力度越来越强，海山市会越来越好，咱们国家也会越来越好！"王图南举起茶杯，"我们要做的就是努力奋斗，撸起袖子加油干。奋进者们，干杯！"

"干杯！"茶杯碰在一起，年轻人的脸上洋溢着自信的笑容。

他们的热情引起了老板娘的注意，敞亮的老板娘扯着大嗓门嚷道："哎哟，我也是奋进者呀！俺们奋斗了二十年，今年开了新店，买了新房，以后就在海山市扎下根儿，过大年了！"

"恭喜哈！"宋腾飞发自内心的祝福，他偷偷瞄了郭美娜一眼，郭美娜也刚好期盼地看向他。两个人的表情悉数落在王图南的眼里。

王图南知道宋腾飞和郭美娜在租房住，买套新房有个属于自己的小家一直是两个人的心愿，然而这也是宋腾飞的心病。海重的工资不高，宋腾飞又爱面子，人情往来必到场，所以总也攒不够新房的首付。

其实，他也希望宋腾飞能升为副主任，这样可以提高工资收入，改善生活。更重要的是，海重有个不成文的规定，领导到年底都有兑现分红，最少也是五位数，几年下来，攒个首付是没问题的。

"祝你们早生贵子哈！"王图南开起了玩笑。宋腾飞故意大声说："同祝！"李甜甜和郭美娜都有点不好意思，没搭理他们。这时，宋腾飞的手机响了，他刚想接，手机铃声又停了。"谁呀？骚扰电话？"郭美娜问。宋腾飞看了一下来电号码，眉头皱了起来。这时手机又响了，他鼓起嘴，长长地呼出一口气，按下了接通键。手机那头传来了浓重的家乡口音："哥，是我！"

"你等一下！"宋腾飞站起来想出去接电话，却被郭美娜抓住了衣角，"是宋垒？"

"嗯……"宋腾飞无奈地点了点头。郭美娜的眼神变得凌厉："他又来要钱？""是借钱！"宋腾飞捂住手机。

"这有区别吗？"郭美娜抢过手机，白了宋腾飞一眼。宋腾飞想抢回来，但郭美娜已经开始和宋垒交谈了："是我，郭美娜!"

宋腾飞有些难为情，王图南不紧不慢地倒了杯热乎乎的大麦茶递给他。宋腾飞半笑不笑地接下，眼神一刻也没离开过郭美娜。

此刻郭美娜已经切入了正题："宋垒，海山市好吗？如果好，就凭自己的本事留下来，不要靠任何人！如果没有留下来的本事，就回老家种地。无论在哪里生活，都要学会自己生存。你哥能供你一时，不能供你一世。优胜劣汰，适者生存，这是自然法则!"

"我笨，但我会努力学……"电话那头的宋垒坐在出租平房的凉炕上，他抽动了几下鼻子，揉了揉发红的鼻尖，满怀歉意地说道，"俺懂了，谢谢你，美娜姐!"宋垒挂断电话，叼起一缕冻着冰碴子的咸菜嚼了起来，他的身后是厚厚的一摞新楼盘宣传广告。他租房的窗外是建筑工地，围挡的广告牌上尤为显眼，宋垒盯着广告牌，轻轻地念出三个字："地铁房。"

"地铁房可贵了!"郭美娜指向远处的塔吊，"那个楼盘不仅有地铁，还是双学区呢!"

宋腾飞一直在翻看短信，俊朗的脸上闪过一丝失意的落寞。饭桌上的气氛变得沉闷起来。李甜甜微笑着站起来，说出了闺密间最隐秘的话："美娜，一起去洗手间呀!"郭美娜点了点头，李甜甜朝王图南眨了眨眼，两个好闺密便缓缓离去。

饭桌上只剩下王图南和宋腾飞两个人，宋腾飞不好意思地先开了口："图南，我这个弟弟不争气，让你看笑话了。"

王图南摇头："你和我之间不论这些，只是……"

宋腾飞叹了口气："当初宋垒和宋远来海山市，我是高兴的。可是他们实在是不行，没学历、没技术、没能力，四处打油飞，总和我开口要钱。我挣多少钱你也知道，除了付房租，日常开销，吃吃喝喝，我就是一月光族。我真是没办法呀！现在都是什么社会了，有本事就留下，没本事就回家呗，这也包括我自己。宋远去年就回老家了，宋垒说啥也不走，就耗着。这几个月如果不是我偷偷给他交话费，他都找不到我，唉！"

"你也太社会达尔文主义了，那是自然法则，可咱们是人情社会。年轻人来海山市这样的大城市打拼，都不容易，能帮一把就帮一把。就算钱财上帮不上，多鼓励也是好的，你不能动不动就以高姿态打压呀！"王图南劝慰道，"我见过宋垒和宋远，他们都是肯干、认干、能吃苦的人，就是运气差点。宋远在工地干了大半年，工头跑了，没有拿到工钱。宋垒因为没有学历，进不去售楼处卖房子，只能站在马路上发传单，但是他的脑子灵，干得也不错，就是缺少机会和经验。"

宋腾飞翘起嘴角，拿起手机，翻到二弟宋垒的名字："宋垒从小就能说会道的，我奶说他要是女的，日后指定当媒婆给人保媒拉线！"

王图南笑了："你们宋家的男孩都是人才！""谁是人才？"郭美娜拉着李甜甜回来了。王图南和宋腾飞相视而笑，明亮的灯光将四个年轻人照得光彩夺目，海山市的夜更深了……

饭后，王图南接下一个重要的任务，送李甜甜回宾馆。他觉得时间还早，也为了弥补上次接机的失误，他提出带李甜甜看看海山市的夜景，李甜甜欣然接受。

两人开着车上了路，这是海山市最好的地段，贯穿城区的南北，还拥有一个既时尚又好听的名字——金廊。这条金廊串联起闪烁的霓虹灯和高耸的摩天大楼，一座跨河而过的钢铁大桥将海山老城区和海山新区连在一起，河的两岸是风景秀美的滨水花园，并还原了过去的海山八景。

王图南将车停到一处观景位置极好的岔道口，指着远处的冰雕群说："看，那里是冰雪大世界，正月十五可以在那看冰灯。"

李甜甜的眼底折射出五彩的灯光，她发自内心地说道："好美呀！"

"我再带你去那边转转。"王图南转动方向盘，轮胎忽然发出咯吱的声音，仪表盘上亮起了红灯。

"怎么了？"李甜甜敏感地感觉到车子重重地顿了一下，"是轮胎，右边。"

王图南下车转了一圈，歉意地说道："爆胎了。你在车里坐着，我去找救援。"

"那里不就有救援电话吗？"李甜甜指向贴在公园围栏上的小贴纸广告。小广告的确烦人，还影响市容市貌，可是关键时刻也挺给力的。王图南立刻拨出上面的电话，详细地说出位置，不到半个小时，救援车就到了。

"王哥？！"前来救援的小伙儿惊喜地喊道。王图南有些迟疑。"我是王励呀，王默是我姐！"

"王励！"王图南这才认出了对方。说起来，他和王励还真有缘分。几年前，爷爷的家电视坏了，就是王励上门给修好的。那时候王图南才知道，王默来海重工作的名额是王励让给她的。当时他还问过王励为什么要这么做，王励说他想走自己的路，过自己想要的人生，让王图南很是佩服。不过，王励不是开了家电维修部吗？怎么又干起汽车救援的活了？

王图南和李甜甜下了车，帮着王励打下手。王励虽然长得瘦小，但是力气还蛮大的，他拿着大撬棍几下就把旧轮胎卸下来了，手法熟练又灵活。

王励边干活边说起了自己的经历："现在老百姓生活条件好了，国家的政策也好，连着搞了好几年的以旧换新补助，老百姓都排长队地去换，没人修旧家电了。我那个维修铺子让徒弟看着呢，主要给电商干售后。"

"所以你现在的主业是干这个？"王图南指着架起千斤顶的车子。

王励信心满满："对。这些年，只要我有时间，就一定会看新闻联播、经济半小时、新闻三十分，凡是央视的新闻我都爱看。以前咱们国家穷，要啥啥没有，改革开放之后，国家富裕了，衣食都不愁了，现在住行才是大事。你看这海山市起了多少建筑工地？路上多了多少车？我敢说，未来十年，海山市路面上的车至少翻一倍。家家都有车，早晚高峰堵得像北京一样。"

"所以你入了这个行业！"李甜甜微笑着说，"眼光真不错！"王励憨厚地笑了："嘿嘿，我从小就喜欢坐海重的小货车。现在我正在和师傅学修车，等以后技术成熟了，我要自己开家汽车修理铺。我要走加盟店的模式，就像汽车4S店那种！"王励望着冰封的河面，仿佛感受到了冰面下流淌的河水。

王图南发自内心地钦佩王励身上的这股干劲儿，他暗自感慨，这对姐弟俩真是截然不同啊！

这个夜晚漫长而温馨，王图南将李甜甜平安送到了宾馆。李甜甜感慨道："海山市真的大变样了！不仅是城市在变，连海山市的人也在改变。看来外界的看法也应该跟着变一变了。"

王图南点点头："是呀，这需要我们这代人去奋斗！"

"或许有一天，我们也有合作的可能哟。"李甜甜下车前，主动伸出了手。王图南迎了上去："士不可不弘毅，任重而道远。"

悲伤的白菜（外二篇）

李伶伶

　　老黑吃完晚饭回到病房，看到邻床多了一位患者。患者是个老大爷，左脚上打着石膏。旁边的老太太应该是他老伴，忙前忙后的。老黑跟他们打了声招呼，就躺到病床上看手机去了。

　　不一会儿来了个女人，听称呼是老大爷的闺女。她一进门就问，怎么摔倒的呀？老大爷不吭声，老伴替他说了，是被车撞的。

　　老大爷下午去超市买菜，超市正在搞活动，可以用购物所得的积分换白菜。白菜三块钱一棵，老大爷的积分能换两棵白菜呢。但是兑换积分需要身份证，老大爷没带身份证，超市工作人员不给换。老大爷问，回家取身份证回来，还给换不？工作人员说，给换。老大爷就把买好的东西送回家，拿上身份证和购物小票又往超市赶。老大爷家离超市远，骑自行车需要半个小时，他骑车经过十字路口时，被车撞了，到医院一检查，是小腿骨折，得住院。

　　女人听后，一阵埋怨，说，你为了两棵白菜值得吗？现在住到医院来了，得花多少棵白菜的钱哪？老太太在一旁说，我也说不让他去，可是他不听啊。老黑偷偷瞄了一眼老大爷，老大爷理亏的样子，从头到尾一声没吱。

女人又问，肇事司机呢？撞了人他得出住院费呀。老太太说，去交警队了，你小弟也去了，这会儿也该回来了。女人说，那住院押金谁出的？老太太说，咱自己先垫上的，等交警队判完了，肇事司机该给多少他得给。女人说，他不但得给住院费，还得给补偿费，这么大岁数骨折了，得遭多大罪呀！

正说着，病房的门开了，进来一个中等身材的男人。男人脸色不太好看，进来后径直走到老大爷旁边。女人问，交警队怎么说？肇事司机怎么没跟你一起来？男人说，交警队说，轿车司机没撞到咱爸，人家没有责任。女人说，没撞到咱爸，咱爸怎么会摔倒呢？男人说，我看监控录像了，咱爸摔倒时，轿车前杠离咱爸还有半米远呢。女人越听越糊涂了，说，怎么会呢，你是不是看错了？男人说，从监控录像里看，咱爸是为了躲一个送外卖的摔倒的。女人说，那送外卖的得对咱爸负责呀。男人说，送外卖的也没撞到咱爸。女人说，照你这么说，咱爸是自己摔倒的，跟别人没关系？男人说，不是我说的，是监控录像里这么显示的。而且咱爸还闯了红灯，就算别人撞到他，咱爸自己也有责任。

女人听到这儿，生气地转过身问父亲，爸，你咋还闯红灯呢？老大爷说，我不是着急嘛。女人说，就为两棵白菜吗？男人说，什么白菜？他显然还不知道白菜的事。女人给他讲了父亲换白菜的经过，然后说，咱爸是为了给你省两棵白菜的钱才摔倒的。男人说，你这说的是啥话？啥叫为我省？女人说，咱爸跟你住在一起，不是为你省是为谁省？

男人被说得脸上有点挂不住，好像父亲跟他生活没有享福，净受罪了。男人说，我没让他给我省。女人说，你让没让他省，他都是为你省，从小到大他都偏向你，缺啥少啥他都是冲我要。男人说，怎么偏向我了？他冲你要啥了？俩人说着说着吵了起来。

　　老太太在旁边劝完这个劝那个，但俩人都在气头上，都听不进去，越说话越多，七百年的谷子八百年的糠都倒出来了。最后说到了住院费，因为父亲摔伤别人没有责任，住院费都得自己出。女人说手里不宽裕，拿不出钱来，她再次埋怨父亲没事找事。

　　病房里像住进了一窝马蜂似的，嗡嗡嗡地吵个没完，一刻也不得安宁。老黑作为外人，劝也不是不劝也不是，他正想出去躲躲，忽听老大爷一声吼，别吵了，我不治了，我这就出院，说着就要下床。三个人赶紧劝阻。但老大爷的倔脾气上来了，非要走。他好像忘了左腿骨折了，下地往前走时一用力，受伤的腿吃不住劲儿，摔倒了。大家赶忙去扶他，并叫来了医生。

　　医生查看了老大爷的伤腿，觉得没什么大碍，让他别乱动，好好休养。医生走后，老大爷还闹着要出院，女人发了脾气，说，你不用走，都是我不对，我不会说话，我不会做事，我走！说完，女人从兜里掏出一把钱放在父亲的病床上，转身走出病房。老黑看到那把钱里有两张一百的和几张十元一元的零钱。

　　病房里沉默下来，一度有些尴尬。老黑假装看手机，没敢往那边看。

　　过了好一会儿，就听老太太说，也不知道你姐吃饭了没有。没人回应她。老太太又说，你跟你姐瞎吵啥，这两年经济不景气，她在家政公司干活挣的也没以前多了，她手里有钱的时候没少给我们花，这回就别让她出钱了。男人说，我没让她出哇，我啥时候跟她提钱了？老太太说，你是没提，可是她觉得自己该拿，但是拿不出来，她心里觉得愧得慌嘛。男人没吱声。老太太说，你开出租车虽然没有以前挣得多，但也比她强，我跟你爸还有点积蓄，这次住院费就不用你俩花了。男人小声说，好了，别说了。老黑觉得自己听到了别人的隐私，再听下去就不礼貌了，便起身出去了。

老黑一开病房的门，看到老大爷的闺女正站在门外抹眼泪呢。

见老黑出来，女人有点尴尬，急忙走开了。看着女人走远的背影，又回头看看病床上的老大爷，老黑叹口气，仰头看向棚顶的灯。

多了两只羊

早上，马哈发现羊圈里多了两只陌生的羊。他家的羊个个圆乎乎的，这两只羊很瘦，混在羊群里很明显。马哈这几天累了，昨天下午去山上放羊时，躺在山坡上睡着了。醒来时天快黑了，他急忙把羊赶回家，没注意羊群的变化，更没注意当时还有谁在附近放羊。村里养羊的人家不多，马哈给村里养羊的人家打了电话，都说没丢羊。马哈又去周围的村子问了，也说没丢羊。马哈纳闷，难道这两只羊是从天上掉下来的？

一连半个月，马哈都去同一个地方放羊，想着丢羊的人可能会自己找上来。两只羊，在行情最低迷的时候也值一千多块钱，这不是个小数目，丢了羊的人家肯定很心疼。可是半个多月过去了，竟没有人来找马哈要羊。

这天，马哈去村里的商店买烟。商店里坐了一屋子的闲人，有打麻将的，有看热闹的。见马哈来，都问他找到羊的主人没。马哈说，还没有。大家都说马哈运气好，白得了两只羊，便起哄让他请客。马哈以为他们在开玩笑，没想到一人拿了一包烟，都记在了马哈的账上，一共是一百三十块钱。马哈觉得冤枉，因为他根本没想把两只羊据为己有。可是，如果他不付烟钱，会让大家伙儿觉得他小气，他就硬着头皮把烟钱给了商店老板娘。

马哈的羊养得好，长膘快，不只因为他天天把羊赶到山上去吃草，还因为他舍得给羊喂料，玉米、豆饼、麸皮等，他都舍得给羊吃。外来的两只羊，一个多月的工夫，就胖了起来。眼下，羊的行情在逐渐上涨，从最低迷时的六百多元一只，上涨到近千元一只。人们再看到马哈，不问别的，先问那两只羊卖没卖，说要是卖了，一定请大伙儿吃一顿，沾沾他的运气。

一两个人这么问，马哈没往心里去，见到他的人都这么问，马哈不得不认真考虑这件事了。快两个月了，两只羊的主人还没找来，估计不会来了。但他不能白得这两只羊。想来想去，马哈决定把这两只羊交给村委会，让村里处置。

这天，马哈把两只羊牵到了村委会。村主任听明原委后，让马哈把羊牵回去，说该养就养，该卖就卖，两只羊的主人要是找来，有羊你就给他羊，没羊你就给他钱。马哈说，要是他一直不来呢？村主任说，那就当你白捡了个便宜。马哈说，我可不贪这个便宜。说完，马哈把拴羊的绳子交给村主任，转身走了。村主任看着这两只羊，一时不知道怎么办才好。

村里为这两只羊特意开了个会，研究怎么处理这两只羊。有人主张把羊杀了吃肉，有人主张把羊卖了，有人说要想办法找到羊的主人。大家意见不统一，但是赞成后者的占多数，两只羊就留在了村委会，由村委会一边代养一边找羊的主人。

村干部都不住在村委会，喂羊的事就交给了村委会的打更老头张大爷。张大爷年纪大了，放不了羊，每天只给羊抱去两捆玉米秆，让羊啃。玉米秆太硬了，羊啃不动，只能吃点秆上的叶子。光吃叶子吃不饱哇，羊饿得直叫唤。张大爷耳背，听不见。

村里游手好闲的铁三没事总去村上转悠。这天，铁三又去村委会，看到两只羊被拴在一个木桩上，一边绕着木桩转，一边叫唤。他问张大爷羊为啥叫，张大爷摇头，铁三说，它们可能是饿了，我帮你去放放吧。说着，不等张大爷点头，就把两只羊牵出了村委会。

铁三知道，这是马哈捡的两只羊。有那么一瞬间，铁三想把两只羊牵回自己家杀了吃肉，犹豫了一下，没敢。他把羊领到离村委会不远的荒草甸子上吃草，想着等羊吃饱了，第二天牵到集市上卖了。两只羊好几天没吃到青草了，见到草，狼吞虎咽地吃了起来。铁三见两只羊吃得欢实，就躺在地上晒着太阳想美事。草甸子旁边不知谁家栽了一地的树苗，里面长满了草，两只羊钻到树苗地里吃了起来。

铁三把羊牵回家，没有一袋烟的工夫，两只羊居然死了。

经查，羊是吃了大头钉死的。原来，那片苗圃地周围挡了三道铁线，大头钉撒在了铁线里边。也就是说，如果羊没有越过铁线去吃草，是吃不到大头钉的，种苗圃的人家怕树苗被羊吃了，才这么做的，铁线杆子上有个提示牌，提示放羊人注意，说苗圃里面撒了大头钉，看好自己的羊，别让羊进去吃草。

这事责任在铁三。可羊已经死了，村里只好把羊杀了，把羊肉给大家分了。

村里人再看到马哈，都笑呵呵的，说托他的福，吃到了羊肉。马哈听到这些话，心里难受，他觉得对不起那两只羊。

没过多久，马哈家忽然来了个陌生人，问马哈是不是捡到过两只羊。马哈问他在哪里丢的羊，羊长什么样，陌生人一一做出了回答。马哈知道，这人是那两只羊的主人。此时，距马哈捡到两只羊已经过去三个月了。马哈问他，为什么才来找羊？陌生人说，羊是他儿子放的，儿子脑子有毛病，羊丢了他也不知道。他媳妇得病去世了，爹妈年纪大，日子过得糊里糊涂。他一直在外面打工，前天才回家，发现羊少了，问儿子，儿子只是说，羊没得病，也没卖钱。他就知道，羊是丢了，便四处打听，听说马哈捡到过两只羊，马上跑来问问。

马哈听了，一时语塞，不知道怎么回答。

风 很 大

柳月没想到她回老家的第一天就碰到了杨花。

柳月大学毕业参加工作后第一次回家过年，年前她去集上给家里买年货。赶集的人很多，过道上都挤满了人。柳月买了猪肉、排骨、小鸡、蘑菇，又去买鱼。她相中了一份带鱼，问多少钱一斤，没听到回答。柳月抬起头，看见一个女人正死盯着她，是她的小学同学杨花。没想到她在这里卖鱼。几年没见，杨花对她没有任何亲热之情，甚至没跟她打声招呼。身后不知谁撞了柳月一下，她差点摔倒，杨花也没有伸手扶她。柳月不知道杨花为什么这么对她，刚想说点什么缓和一下尴尬的气氛，这时后面有人拽她胳膊，问她为什么把他的鸡蛋筐碰倒了。柳月回头看见拽她的是个男人，又低头看到她脚边，确实倒着一个鸡蛋筐，鸡蛋破了很多。柳月说，不是我碰的。男人说，鸡蛋筐在你脚边倒的，不是你碰的是谁碰的？柳月说，真不是我。男人不信，认定是她碰的，让她赔鸡蛋。周围很多人都停下来看她，柳月一时很慌乱，她用求助的目光看向杨花，说，杨花你刚才都看见了，我一直在这儿挑带鱼，没碰到他的鸡蛋筐。杨花说，我没看到，你别问我。柳月说，你怎么没看到呢？你一直面对着我呀！杨花说，可是我没往你脚底下看哪！柳月说，我真没碰到他的鸡蛋筐，可能是刚才碰我的那个人碰的。柳月说着四下寻找碰她的人，哪里找得到？男人说，你别在这儿贼喊捉贼了，赶紧赔我鸡蛋，我还有事呢！柳月觉得自己受到了侮辱，生气地说，我站这儿之后脚都没动过，怎么能碰到你的鸡蛋筐？柳月这话不止男人不信，周围的人也不信。柳月百口莫辩，说，杨花，他们不信，你应该相信哪，你一直看着我呢！杨花说，我为什么要相信呢？你相信我吗？你要是相信的话我能被叫成小偷吗？

小偷一词让柳月的记忆一下子回到十几年前。那时她上小学四年级，远方的表姑来她家，送给她一面小镜子。小镜子是折叠式的，小巧玲珑，还没有手掌大，打开之后两边都能照人。那是柳月第一次见到折叠的镜子，宝贝得不得了，每天上学都带着，下课时经常拿出来照照。班里的女同学都很羡慕她，因为当时她们那里买不到这种镜子。可是有一天小镜子竟然丢了，柳月把书包和课桌都翻遍了也没找到。班里的同学都说没看见。柳月回到家，把家里又找了一遍，也没找到。柳月很难过，晚上躲到被子里哭了半宿。第二天上学，柳月一进教室，看到她的小镜子赫然出现在杨花的课桌上。柳月冲过去，拿起小镜子说，杨花，你怎么偷我的小镜子？杨花当时正在低头写作业，惊讶地说，我没偷你的小镜子，是我去学校厕所时捡到的，想着你来时给你。柳月说，你撒谎，就是你偷的，我昨天去厕所找了没找到。杨花说，我没撒谎，小镜子掉到树叶堆里了你没看到。要不是今天风大把树叶吹得到处跑，小镜子露出来一角，我也看不到。学校厕所墙外有几棵大杨树，经常有树叶落在里面，打扫得不及时就堆成厚厚的一层。气愤让柳月无法冷静下来去想杨花的话，她一口咬定小镜子就是杨花偷的。班里同学也不相信杨花的话，杨花怎么解释都没用。柳月说，你就是小偷，你爸是小偷，你也是。杨花父亲偷过别人家的青玉米被逮着过，在村里很长时间抬不起头来。这句话刺痛了杨花，她猛地扇了柳月一巴掌。柳月一个趔趄，小镜子从她手里滑到地上，摔碎了。

柳月从没想过她冤枉了杨花，直到此时此刻她陷进跟杨花当年同样的情境中，她才体会到杨花当年有理说不清的心情。柳月没有再争辩，问清男人一筐鸡蛋的价格，如数赔给了他。男人走了，看热闹的人散了，柳月也离开了集市。

柳月回到家，没提她在集上遇到的事，跟父母拉完家常，晚上躺进被窝的时候，又想起杨花的质问："你相信我吗？"柳月确实没信过。当年乡村学校没有监控设施，没人能证明杨花的清白，大家都认为小镜子就是杨花偷的，背地里经常对她指指点点。时间长了，杨花受不了，小学没读完就辍学了。

在家待了几年，杨花出去打工，因为文化低，屡屡被骗——打工要不到工钱；处个对象，两三年了才发现对象有家庭；跟朋友合伙卖烧烤，挣到的钱却被朋友卷走了。杨花被父母从城里拽回家里，她在家里待不住，又去镇上卖鱼。其实杨花当年学习不差，如果她能多读几年书，也许她的人生不会是这样。如果当年柳月不是那么笃定地认为杨花是小偷，也许她不会那么早退学。柳月很愧疚，她头一次意识到当年不该那么对待杨花。

柳月躺在炕上翻来覆去一晚上没睡好觉，她觉得应该向杨花道个歉。事情过去这么久，杨花还能发出昨天那样的质问，说明这件事对她伤害很大。第二天早饭后，柳月去了杨花家，杨花不在家，她家人说她去镇上卖鱼了。柳月又去了镇上。这天不是集日，市场上没有昨天那么多人，杨花有时间东张西望。她看到柳月走过来，不但没跟她打招呼，还把头扭向了别处。柳月停住脚步，不知道要不要继续往前走。柳月和杨花之间的距离不足十米，却像隔着一道非洲大峡谷。

风很大，凛冽的寒风一遍又一遍吹过柳月的身体，她觉得自己快要冻僵了，杨花却一直没有回过头来看她。柳月不想再等下去了，她再次鼓起勇气，走向杨花。

石榴花开（外二篇）

庞滟

　　三奶奶老了，她的嫁妆还活着。三奶奶是个很特别的女人。都说三奶奶年轻时像石榴花一样好看，可棺材里的她皱纹叠生，干瘦得怕被风吹走。那个远道赶来的大眼睛少年一脸茫然，默默代他爷爷为三奶奶守灵，送葬。

　　在陪姑姑整理三奶奶遗物时，我看到了结婚照上的她确如一朵花一样盛开着，甜得醉人。三奶奶是后搬到我姑姑村的，之前在辽河岸边住。十八岁的三奶奶嫁进杜家，夫妻恩爱，生下一个儿子。男人在山东的舅舅来信让去一趟，帮着带家眷来东北躲避战乱。男人走后再也没有回来。三奶奶一辈子没再嫁。男人走时千叮咛万嘱咐，要她护好自己和儿子，杜家的根不能断。没承想，听话的儿子在挨饿的年代为了给她弄治浮肿的偏方，偷着去河里抓鲫鱼没上来，三天后才找到尸首。三奶奶从此垂着头不语，每天坐在石榴树下，不是发呆就是做鞋，一针针把泪珠纳进鞋底的花蕊和福字。

　　我第一次见到三奶奶时，她让我帮着往针眼里穿线，说眼睛已经看不清东西，老天爷给蒙了一层白眼罩。

立夏和立秋时节都是三奶奶晾晒衣物的日子。那些小船一样的男人鞋子坐在干净的草席上沐浴阳光。我见到每只鞋底上都用密密麻麻的棉白线纳出福字，周围是朵朵盛开的花。有几双鞋底是红色的，像含苞待放的花躲在树干后探头探脑。三奶奶像在回我的问话，又像自语：那些用红嫁妆做的鞋子，绣的石榴花是他最喜欢的花。他说石榴花是新娘子花，说我像石榴花开。说这些话时，三奶奶的笑容很好看，呆滞的目光像春水融化般流转，漾着少女的羞涩和喜悦。

我冒失地问：人家都说三爷爷回不来了，三奶奶为啥不再嫁人呢？三奶奶未语泪先流了。她低下头去用一方白帕子擦拭那些没穿过的新鞋，像护理婴儿一样小心翼翼，不再言语。

那个大眼睛少年说，是从报纸上看到我写三奶奶的故事，断定是爷爷让他帮找的前妻，颇费了一番周折才联系到我。我们核实的结果是：九十多岁的三奶奶，原名的确叫金银花，失踪的丈夫叫杜仲——是我三爷爷，也是他爷爷。

少年讲了爷爷的故事：爷爷在去山东舅舅家的路上被国民党兵抓去充军后，在一次战役中当了俘虏，主动加入红军打日本鬼子。爷爷给妻子写过几封信没有收到回信。在陕西的一条峡谷里，爷爷被炮弹炸断了一条腿。是奶奶把他背到山上的家里，虽然方言不通，但照顾得细致入微。爷爷伤好后要下山。奶奶不让他拖着一条断腿去白白送命。她爱上了爷爷，不肯再让他下山。如果奶奶脸上没有那块红色胎记，也是个美人。当爷爷在山上有了孩子后，不再冒险逃跑了。

我带少年去见三奶奶时，她正坐在院子里的石榴树下纳鞋底，一树怒放的石榴花把她也润成了红色。听到少年说出杜仲的名字，她手里的鞋落到了地上，浑身颤抖，好半天才哽咽道："杜仲，是他，他还活着！是他孙子呀……太好了！杜家有后了，杜家的根还在。"三奶奶伸出颤抖的手，从头到脚一遍遍抚摸少年，笑着念叨："杜家有根留下了，我终于放心了！"

　　三奶奶打开箱子，在一双双捆好的鞋中拿出几双黑条绒面、红色鞋底的新鞋，抚摸良久，露出少女般羞涩的笑。她说："那年，仲哥走时是正月里最冷的天，家里没有新棉花了，我把嫁妆里的红缎子棉袄拆了，连夜给他赶了一双棉鞋。他舍不得穿，说先穿旧鞋，路上冷得受不住了再穿新鞋。我告诉他，剩下的红袄面都纳进鞋底里，等他回来穿。他说，这叫嫁妆鞋，走到天南海北都贴在身上！"有闪亮的泪珠落进鞋里，三奶奶郑重地把这些新鞋托给少年，像托着一座山。在少年接到鞋后，三奶奶像座山一样轰然倒下了。三奶奶走的时候很安详，脸上还带着笑容。

　　少年把三奶奶用红嫁妆做的鞋带到了山上，爷爷捧着这些新鞋，孩子一样涕泪交流。当天夜里，爷爷笑着离开了人世间，那红艳艳的鞋底像石榴花盛开在他怀里。

智　齿

　　夜半。小青听到电话那边传来了母亲的呜咽声："青子，我要回家，不做手术，听说他们要……要把我的腿割开，锯掉我的一块骨头，我怕成了瘫子……不要做了，拉我回家呀！"她被吓到了——三十多年第一次听到母亲的哭声。

小青快速收拾东西，要连夜赶回老家去。原定母亲的股骨头手术下周做，本打算这几天把母亲哄到医院，先由父亲照顾着调理身体，没想到节外生枝了。她的智齿突然揪扯着疼了起来。

车窗外暗黑的风声让小青想起小时候，母亲和父亲吵架后的夜晚，离家出走的母亲在树林里奔走。父亲拿着一根木棒到处找，找不到就躺倒在炕上呼呼大睡。她一个人躲在墙角流泪，担心母亲会被大灰狼吃掉。直到母亲天亮回家时，她才一头栽倒，睡去。

她一直不明白——打架后的母亲沉默地做早饭，默默地下地干活，不说一句话，未曾和父亲好好谈过一次，直到下次两人因为一些事意见不合又大打出手，再次开始离家出走的循环。后来她才懂，母亲在这个家的屋檐下忍受一个个缓慢的黑夜和白天，是难舍带不走的孩子。

每年春节前，母亲都要趁父亲不在家时，偷偷给千里之外的娘家写一封诉苦的长信，盼着兄弟姐妹们把她接回家去。信纸上的字都是母亲咬牙切齿写下的，那些字沉重得顶破了纸。小青想不出，姥姥家的人每到年关都会收到两封先后到达的信，会有怎样的心情——一封是父亲报喜的信，一封是母亲的诉苦信。

母亲一直恨那个花言巧语的媒人，把她从几千里外骗过来和一个陌生的男人成了家。母亲有次回娘家下决心离婚，却被一封儿女受伤的电报吓了回来。

父亲也承认母亲是一个会过日子的好女人，路上捡到一根树枝都要带回家，只要抬脚走路就是一路小跑，做什么又快又好。父亲却说这不是他想要一起过日子的女人，如果没有生孩子，不是家里太穷，他会选择离婚，不想过这像石头一样冷硬的日子。

小青的恋爱被父母的婚姻吓到了。她一直不愿结婚，和那些恐惧的黑夜、那些信以及父亲的话都有关，还有一个隐痛是她爱了不结婚的人，像智齿一样动不动就给她心痛的感觉。她一直没有拔掉智齿，觉得它和她都是孤独的，不该剥夺它生存的权利。

医院里，母亲瘦小的身体蜷在被子里像个没长高的孩子，一张愁苦的脸在睡梦中紧锁双眉。父亲弓着背坐在旁边的塑料凳子上，头垂到病床上打瞌睡，听到开门声，急忙出来低声说："闺女，你可回了，你妈变卦说啥也不做手术了。你劝劝吧，我真是怕她了，天天腿疼都说是我给打成那样的。那些年……唉，一个巴掌拍不响，我哪真打过她呀，都是吓唬吓唬。老夫老妻了，不还得我照顾她吗。"

小青看着高大的父亲像做错事的孩子一样耷头、垂手，她的智齿钻出一阵灼痛。她捂着腮吸着冷气，安慰父亲别担心，却暗自忧虑自己与母亲一直性格不合，劝的话能听吗？

醒来的母亲见到小青，伸出枯瘦的手，眼泪汪汪地吵着要回家。眼前的母亲让小青恍惚得不认识了，这是那个板了一辈子冷脸的母亲吗？那坚硬了一辈子目光如同碳酸钙遇到醋酸一样软得溶于水了。她的智齿莫名其妙来凑热闹，疼得她直想蹦高。

母亲安静下来，下床为女儿找药、倒水，劝道："智齿是没有用的东西，拔掉就不会再疼了。"

小青看着母亲拖拽着一条病腿蹒跚着，心里也发起疼来——想起小时候母亲带着她出门时，总是一路小跑，像鸟儿在地上飞。如今的母亲却像一只翅膀受伤的大鸟，在疼痛的黑夜里独行。

"妈，我听您的话，明天就去把智齿拔掉。"母亲的脸色柔和起来，不自然地笑了一下，说："这就对了，没有用的东西留着干啥呢。"

"妈您也听我一句话吧，髋关节那地方的股骨头已经坏了，不能工作了，我们需要换个耐磨的东西代替，有陶瓷和金属两种，就像瓷碗和不锈钢碗，您要选哪个？"

"你也想害我吗？我还能活几年，糊弄到死得了。"母亲气鼓鼓地长叹一声，又软了口气说，"看你哭个啥嘛，我听你的，可不要那冰凉又硬的一块铁放在肉里，放这吃饭的碗进去吧，心里能踏实点。我这么大年纪还做啥手术，就怕见不到你们了。青儿，你啥时候把婚结了，妈才能放心地走哇。"母亲撇着嘴角，落下泪来。

小青把颤抖的母亲拥入怀中轻轻拍着，安慰道："妈，不怕！我们都在，陪着妈就不怕了，都会好起来的。"她陡然一惊，这感觉好陌生，长这么大她第一次拥抱母亲。她桀骜不驯的智齿也安静下来，不那么震天动地地闹腾了。她决定听母亲的话，拔掉这隐藏的痛。

风再起时

安东被离婚后，正当他重新走出悲伤的阴影，接受一个温柔女子的求爱时，发现身后有一条路越来越窄——是他和儿子之间的路。

儿子随前妻在南方，他在北方做红酒推销员，一年见不上几次面。不知什么时候起，电话里的儿子不再喊爸爸了，声调也像陌路人一样缺失温度。

后来的一件事让安东拼命想抓住亲情里的这缕血脉。

那天，学校老师打来电话，说儿子最近的成绩一直下滑，忧郁情绪也很严重，希望家长多关心孩子的成长。安东急忙联系前妻才知道，她已再婚，儿子不肯进她的家门，自己在学校附近租了一间小房子。安东气得发疯，要把儿子接到身边照顾。前妻使出撒手锏，开出一个高额的补偿费要求。

安东爱儿子的情感是从心底生发的，连着血脉的根，时常会感到痛。他熬不住这种折磨，倾囊而尽二十万补偿款给前妻，才把儿子接到沈阳上寄宿高中。

他没想到，天天一个屋檐下吃饭睡觉，感情并没有像蛛网一样把两个人黏在一起，现实像一把钝刀，一点点切割着他和儿子之间好不容易连起来的丝丝缕缕的情感。

那个周末，儿子进屋后，使劲抽动了几下鼻子，脸上生出厌恶的神情，扔出一句坚硬的话："我讨厌，这怪味儿！"儿子用好多天的冷战来惩罚他。

后来，女朋友再来时，安东千叮咛万嘱咐，一定不要搽抹任何带香味儿的东西。可还是被儿子撞见了一次，女朋友坦然地介绍了自己。儿子摔上自己的房门，第二天就回学校了，好几周都没回家。

突发的疫情持续了半年，儿子学校一直停课，两个人相处的时间多了起来。但儿子很少说话，连沟通的机会都不给他，吃完饭把碗一推，自己锁进房间里。他想和儿子谈心的要求，也被作业多为由拒绝了。

儿子的冷漠让他心寒，用"喂"代替"爸爸"的称呼让他更难接受。他实在无法忍受下去，敲开儿子的门，板着脸说："我们两个不要弄得像陌生的合租人，行吗？哪不好，你直接告诉我，不要用冷暴力对我，这也是一种伤害。我希望，你能真心爱上我们这个家。"

儿子睥睨地望向天花板，冷冷地说："我喜欢'合租人'这个词，费用先都记在账上，等有一天我会都还给你。请别用'爱'这个字眼儿道德绑架，我还没有学会，知道吗，你们不配！"儿子的声音变成了嘶吼。

安东举起的手落到桌子上，茶杯在蹦跳的过程中落地送了命。他摔门而去。

他焦虑地满屋子打转，不知如何消除紧张的父子关系，儿子在心中已经竖起了一层防御玻璃，阻挡他靠近。

傍晚时，天空像着了火一样热烈。他约儿子下楼打羽毛球，想缓解一下紧张关系。他担心这根弦绷得太紧会断掉。

儿子没有动，生硬地回了一句："没空，你找别人去吧。"

安东软着话说："儿子，今天是个特别的日子，爸心情不太好，不该冲你发脾气，向你道歉！我，还没学会做一个好爸爸。暂时，你把我当一个朋友，好吗？请赏脸，算给朋友一个面子，一起打羽毛球吧。"

儿子停下指间旋转的笔，没说话，双手插进口袋，不情愿地走出门去。

白色羽毛球鸽子一样在他和儿子间飞来飞去。儿子挺拔的身姿被夕阳的光辉镀成了金色。风吹起时，儿子半长的头发在风中舞动，脸上荡起笑的涟漪，带着青春的惆怅。安东的眼中涌起一股热流，这个茫然困惑的少年身影太像他热爱的离世哥哥。他无法控制那股热流越聚越多，蹲下身去，把头埋进臂弯。

儿子温热的手犹豫着落到安东的身上，轻声问："怎么了？哪里不舒服吗？"

"没事，儿子，我没事，风再起时……爸迷了眼睛，一会儿就好。"安东努力平静自己变调的声音。

从此，安东推掉所有应酬，每天三顿饭都是自己亲手做给儿子吃。他还在日记本上做了很多备忘录。两年的迎考时间里，他咬牙坚持，甚至连女朋友都很少约了。

一个雨天，他去给儿子买生日蛋糕，路上出了车祸，被送进医院。头上缠满了绷带，脚也打上了石膏，他不让通知儿子。他偷偷出了医院，拄着拐，冒着大雨，托着一盒蛋糕出现在儿子面前。儿子哭了。

儿子终于考上了北京的一所大学。送儿子去学校归来时，安东在车站意外遇到了女朋友。

"是你儿子告诉我的接站时间，他走之前找到我谈了一次。让我带给你一个礼物，是他淘了好久才买到的，张国荣原声歌曲光盘《风再起时》。他说小时候把这盘带子弄坏了，被你揍过。那天打羽毛球，听你念起'风再起时'很动情，他想起了这首歌。"女朋友说到这里哽咽了，"他还说，你是一位好爸爸！之前没好好珍惜，让我转一句道歉给你：'爸爸，对不起！'他说喜欢唱'风再起时，寂静夜深中想到你对我支持……'很温暖！他让我好好照顾你，一生一世！"

万般滋味涌上心头，拥抱女朋友的安东没忍住落了泪，笑容随之像雨后的花，盛开了。

只说了几句话的房子（外二篇）

邢东洋

　　一个下着浓雾的早上，它跟我第一次打了声招呼。我是说我的房子——我居住在那，并在那里写字，读书，办公，会客的房子。

　　那天早上我起得比平时要早，这可能与前一晚的停电有关，我因此早早睡下。当然，白天也确实把我累坏了。你一定不想听是什么让我那么疲倦。算了吧，工作的事不值一提。总之那一夜恰好停电。起初我还有些不高兴，不停地咒骂供电公司和物业公司等等所有我能想到的和停电这码事相关的部门。后来我意识到这样做毫无意义，与其苦等来电，还不如直接上床睡觉来得实在。如此繁忙的一天使我配得上这样的休息，我想。更重要的是这个选择是正确的。

　　醒来后我给自己倒了杯温水。我端着水杯站到窗前，发现所有我预想能够看到的景物全都被掩盖在白茫茫的雾气里面。当然我的房子离公路不远，还能听到汽车奔驰而过的声音，不然我会以为我在梦中迷了路，来到一个我从未来过的地方。

我看看时间，发现比我想象的还要早，就决定出门到院子里转转。这是很少有的。我是说在这个时间。我很少早睡，因此对我来说早起通常就像生了一场大病一样。即使偶尔不得不勉为其难，也基本上是为了完成某项工作，在电脑上，房间里。根本用不着出门。

我围着院子走了走。感觉还不错。我想起小时候我和妈妈在家中的小院子里的事。儿时的事情总让人怀念，虽然我告诉自己这怀念并非理智，但总免不了要去想想。谁说我们要一直保持理智呢？我打消了突然冒出来的要每天早起到院子里转转的念头。就在这时，我听到了它跟我打招呼的声音。

那声音怪怪的，像从很深的洞穴里传出来，并不空洞，很清晰，但像穿越了时空走了很远的路，我说不清楚。我记不得它是怎么说的。嗨？哈喽？阿牛哈塞哟？还是你好？总之我知道那是一句见面的开场白，客套话。我吓了一跳，既被这声音的突然出现，也被这声音古怪的质地。我四下里看，不知所以然，然后它又说话了：在这，我是你的房子。我听清了，但是不敢相信。我没出声，转过来面对着它。

我上下左右打量了一番，没发现什么异常，或者是朋友跟我恶作剧的迹象。重要的是，我在这根本没什么朋友。客户？开玩笑！相信说话的真是我的房子？我有点不知所措了。

"相信我，我知道对你来说有点难以置信。"它又开始说话了，音量不大，但足够听清楚。

"相信你什么？"

"没什么，我只想说说话而已。"

好吧，我假设说话的家伙是我的房子，仅仅是假设，可是我还是不明白为什么我没听别人说起过类似的事情。

"每座房子都会说话吗?"

"并不是所有，一部分吧。需要一定的条件。"

它犹豫了一会，并没说那"一定的条件"是什么，想必是不愿意讲出来吧。这可以理解。当然我也没有追问。些许的恐惧和一大堆混乱的问题围绕着我，我的思路不能沿着正确的轨迹行进下去了。

"有什么我可以帮忙的吗?"

我怎么说了这么一句，可笑。

有一阵子它没出声。我呆呆地站在那好久，有几分钟。我以为结束了，慢慢地往前走了几步，又往左边房子的侧门走了几步，然后才听见它的声音。

"没什么。"

声音的确是从房子传来的，我是说房子本身，而不是房子里的某一点。老实说那时我就已经相信了，说话的的确就是我的房子。

"和你相处很愉快!"

"我也是!"

这是它跟我说的最后一句话。

后来我有点恍惚，回到房间里又睡了一会。接下来的工作我完成得还算可以，我想是忙碌帮我安稳度过了那一天。那天我没继续早睡。之后也再没有早睡。我尽量让自己保持之前的作息。然后那件事也再没发生。我承认我有点恐惧。但又不尽然。我曾想跟别人说一说，又觉得它应该不会愿意。一周之后这件事慢慢冷却下来，我也可以冷静地想想了。我试着换位思考：如果我是它，我为什么要这样做？当然，我没有答案。也可以说我得出了很多答案，但并没有谁可以告诉我哪个答案是正确的。我把房子整个打理了一遍。我擦了每一扇窗户，修理了房顶漏水的地方，更换了室内破损的设施。老实说我也不知道我做这些时是怎么想的。是希望它感谢我还是仅仅不要恨我？是希望它再次跟说话还是不？有时候我觉得它是我的一匹马，被我驾驭着；有时候我又觉得其实我是一个婴儿，被它照料。就是这样。

火 车 上

卧铺列车检票的时间提前很多。他们四个人的铺位都在一个隔间里，两个中铺和两个上铺，一个下铺都没有。买票的时候就知道了，他并没太在意，但事实证明，这个情况在持续一夜的长途旅行中会非常遭罪。

两个下铺是同伴，岁数挺大的女性，半大老太太，在各自的铺位上隔着小桌板对坐，挨着窗户吃东西，好像是吉野家的外卖盒饭。在那两个人旁边，他们花了点时间安顿自己的东西。车厢里有很多小孩，比最开始听见声音时估计的还多很多，他猜那些孩子是学校里的同学，家长领着他们一块儿出门；后来似乎总能听到有一个女人在安排和指挥，又觉得更像是学校搞的夏令营……他没在这件事上多费脑筋，只是觉得那帮孩子特别吵，叽叽喳喳的。

列车员的口气有点虚张声势，说九点半就要熄灯，所以好多人就着急换衣服洗漱，准备休息。母亲和他坐在铺外过道窗边的座位上，翻出一些她带的吃的东西，有橙子、酸奶、鸡蛋、八宝粥……天黑透了，看不见窗外的风景，火车慢慢启动，特别慢，让人心里着急，但连着急都是慢的。开始感到有一点点无聊。

母亲上中铺很麻烦。她的腿有点毛病，不吃劲，自己爬不上去，需要在他和父亲的帮助下，花些力气才行。可是刚上去不一会儿她就要下来，没说干什么，父亲和他说可以帮她去做也不行，非要下来。下来还痛快些，她自己就可以做到，但是一会儿再上去还要两个人帮忙。

火车上有点热，他把外套脱掉放在上铺，还是觉得热，但父亲好像不觉得，他就穿着一直穿着的那件衣服，坐在他对面，也就是刚才母亲坐着的位置。九点半到了，没有熄灯。他们两个有一搭没一搭地聊天。大姑在母亲旁边的铺位上，说自己有点饿，晚上吃过饭了，但是突然又觉得饿。她吃了一个母亲（她的弟妹）带来的鸡蛋，又喝了一袋酸奶。

母亲和大姑都已经在铺位上。父亲和他还在窗边坐着。火车很慢，窗户外面特别黑，看不见任何东西，只有车厢里的倒影。

后来终于熄灯了，大约十点半左右，才能看清窗外的一些东西，山的轮廓，以及一些低矮的房屋，像于暗室的溶液中渐渐显影。他和父亲实在没什么坐下去的理由，聊天内容很寡淡，记不住各自都说了些什么，于是一起查看了下架子上的行李，以及那个纸箱，就各自爬上了铺位。

上铺实在是不舒服。不是位置高，也不是顶棚矮，而是太窄了对他来说。他把随身包放在旁边——那里面装着证件、一点钱和手机等随时需要的物件——总好像有东西硌着，身体很难舒服地平躺下来。

　　而且热……可是他听见父亲居然打了好几个喷嚏。那时应该挺晚了。父亲打了几声喷嚏，大姑让他把被子盖上，别着凉。父亲说他不想盖，不冷。他听见父亲说不冷，但他猜他是冷的，那喷嚏一听就是冷的，也许父亲觉得铺位上太小了，起身整理被子麻烦，所以才不盖。大姑又跟他说了几遍，后来母亲也加入进来，一块儿让父亲把被子盖上，他觉得她们俩甚至有点生气了，然后父亲才起身整理了一下，把被子盖上。

　　他迷迷糊糊地躺在铺上，觉得热，把衬衫脱掉，只穿了件背心，还觉得热。他戴着耳机想听着声音入睡，但睡不着，好像置身于黏腻的温水中，细小的波澜摇晃着拍打，有点睡意也总是醒来。四周呼噜声此起彼伏，像水中随处可见的气泡，迅速生成又猛然间爆裂。上车前他还总怕自己睡着时的鼾声会打搅别人休息，但是此时——不知几时——他已毫无顾虑。

消失的赵哥

　　我看见过赵哥吃土。

　　就是字面意思的吃土，没有引申的意思。在那之后不知道多少天，他就消失不见了。

　　关于赵哥消失这件事，一开始我没注意到，单位里也没人谈论。有一天我突然想起他，觉得好久没有见到他，又哪也没看见，连家属区后院都没有，之后去他部门，问了H主任才知道。他们都说，赵哥消失了。

他们说是消失，听着瘆人，要我看只是离职，或者说是不来上班罢了。离开本来的生活轨道，只是我们看不见他，而在单位看不见，就在哪儿也看不见了。既然我们再也看不见，说他消失，也没什么问题。

除了H主任，我在他部门还跟别人聊了一会儿。据他们说，赵哥并没跟任何人提过离职的事，只是突然有一天没来上班，然后就再也没来，也没人能联系上他。东西还放在那里，谁也没动过，杯子里还留着茶叶底子，好像他只是去了趟厕所，一会儿就会回来。

不过，没人觉得他还会回来，不知道为什么，好像这就是赵哥该干的事，宿命一样，而我们也一直在等着，他就是有一天要离开单位，在众人眼中消失不见。

赵哥个头挺高，瘦，不太爱说话，穿着比较正式，不像我们休闲装运动服也往单位穿。我跟他不同部门，平时几无来往，就是因为偶然看见过他吃土，才算认识他。

有一天中午食堂做了特别好吃的豆子，我吃撑了，然后出门遛弯。不停地右转之后，我就到了家属区。家属区有一栋楼，叫家属楼，此时已无人居住，楼面破败，外墙面有严重水渍，部分墙皮脱落，露出红色的砖块。家属区还有一个小院子，在家属楼后面，需要从左侧一条小道绕过去才能看见，不大。

我就是在那里看见赵哥吃土的，至少我看到他手里的东西和土一样。

关于吃土的细节，没什么好描述的，一点不色情，也一点不诡异，他看到我看到他，还大大方方地问我要不要尝尝。

我说："中午的豆子好吃，我吃太多有点撑，就不尝了。"

他说："那好吧。"

我说："我小时候在一本名叫《天下奇闻》的书里看见过有人吃土的事。"

他说："我没看过。"

我说："太早了，书找不着了，要不我拿来给你看看。"

他说："哈哈，不用，我自己吃我自己的土就行了。"

我说："好吃吗?"

他说："好吃，就是有点干。"

我说："那你就点水呀。"

他说："我办公桌上晾着茶水呢，主任出差回来送我的铁观音。"

我们就这么闲聊了一会儿，然后他看看表，说："午休时间差不多了，咱俩得回去了。"然后我们一块往回走。家属楼侧面那条小道特别窄，我们俩不能并排，他让我先过去，然后自己跟在我后面走出来。

这件事我没跟别人谈起过，但是那天我倒是跟H主任聊了关于赵哥的另外一件事。有一天晚上我跑步的时候看见了赵哥。他在前面走，我在后面慢跑，我的目光被他的背影拽住了。当时我并没认出那人是赵哥，他穿着休闲的衣服，跟上班时的穿着完全不同，手里还拎着半个西瓜和一些熟食。渐渐地，我追上他，回头看了一眼才认出来是他。我跟他打了声招呼，问他吃没吃饭。

当时他说了什么我已经记不得了。我记得我并没停下，转过身继续跑，跑向我们共同黑暗的远处，消失在他如今已经消失的视线之中。

猫王子（节选）

肖云峰

第一章　遇见猫王子

我和猫王子第一次见面，是在一个晴朗的秋日。

天很蓝，云很淡，阳光清透得像在童话故事里一样。红色的健步道两旁，银杏树整齐地排列着，叶子已经变成了好看的柠檬黄色，在微风里，闪着亮澄澄的光。我裹着一件白色的粗线毛衣，漫步于此。

独自一个人。

我刚出院不久。因为什么住院？对不起，我现在完全不想提这件事。

虽然出院的时候，医生一再嘱咐我，要好好休养，不要着凉，但是这么明媚的好天气，我实在按捺不住出来走走的渴望。

风强了一些，树叶发出沙沙的响声。我嗓子一痒，咳嗽了起来，翻飞的发丝差点钻进嘴里。我连忙低下头，左手捂住嘴巴的同时，右手下意识地护住了下腹。

突然，一道灰色的影子从我的眼前掠过。

咦，是什么？我侧过头去。

只见一只猫，端正地坐在一棵高大的银杏树下，前爪拄着地，脊背和脖颈挺得笔直笔直的。

好威风的样子。

它的毛是灰蓝色的，眼睛又圆又大，一圈橙色的圆环包裹着黑亮的瞳孔。目光炯炯有神，像箭一样朝我射过来。

我的心被击中了，朝着它走过去。

它不跑也不躲，一动不动。

我在它面前蹲下身，把手伸过去。

它把头凑过来，小脑瓜一个劲儿地往我的手心里拱，又磨又蹭，眼睛眯成了一条缝儿，惹得我扑哧笑出来："刚刚的派头去哪儿了？果真是这样啊，在爱抚面前，所有的喵星人，都会把节操抛向九霄云外的。"

呼噜，呼噜，它的喉咙里发出满足的声音，尾巴僵直地竖了起来。

我和它玩了一会儿，收回了手。

它却意犹未尽似的，把爪子伸过来，轻轻地触碰我。

我喜出望外："这就是传说中的求爱抚吗？"

我又把手伸过去，挠它的下颌。

它把头抬起来，眼睛完全闭上了。

我又抚摸它的背，忍不住发出感叹："毛真光滑，手感真是好，主人是不是没少喂你好吃的呀?"

我摸得正起劲儿，它的爪子突然朝我伸了过来，尖尖的指甲也露出来了。我一躲，它却侧过头来，咬了我一口。

"啊!"我尖叫着把手缩回来，低头检查被它咬过的地方，有两个红红的小牙印，好在没有破皮。我生气地瞪着它:"怎么能这样呢! 明明是你自己求我摸的呀!"

它一副事不关己的无辜表情。

我站起身来，朝它挥挥手:"回家找你的主人去，我不和你玩了。"

我向前走了几步，又回过头来，发现它竟然跟在我的身后。

"怎么，还想咬我吗?"

它继续用无辜的眼神看着我。

"那你跟着我干吗?"

"刚才的事，对不起。"

这样的一句话钻进我的耳朵，如热巧克力般治愈身心。

我以为是猫的主人来了，前后左右地四下寻找，却连一个人影都没看见。

难道是我听错了?

那个声音又出现了:"是我在说话。"

"你? 谁?"我皱了皱眉，垂下头，不可思议地将目光聚焦在那只猫身上，后退了一步。

"对，是我。"

"天哪，一只会说话的猫?!"这句话我几乎是脱口而出的。

我刚说完，就赶紧用手捂住嘴巴，全身都僵住了，只有眼珠像老鼠一样贼溜溜地转着。幸亏公园里没什么人，不然别人一定以为我疯了。

"你写的故事里，不是经常这样吗？"

"这……虽然我是一个想象力丰富的作家，可现实生活里……"我慌乱得说不出一句完整的话。

"猫只会喵喵叫的……"它说。

我瞪大了眼睛，连连点头。

它的眼神黯淡了，好像有些失望似的。

也不知道出于什么原因，我赶忙解释："我是幻想过很多这样的情景，不过真遇到了，还是觉得不可思议。"

"没关系。"它很善解人意，"不管是谁都难免会慌张。"

"你的主人，第一反应肯定比我夸张。"我放松了许多。

"实际上，他们并没有什么反应。"

"我不相信。"我的音量抬高了些。

"因为他们根本听不懂我说的话。"

"为什么？"

"没有为什么。"它生硬地岔开话题，"我饿了。"

这是它不想聊的话题，我能感受到，因为当别人问起我住院的事，我表现得比它更明显。

"那……到我家坐坐？我请你吃东西。"我朝南边指了指，"离这很近，穿过前面那条小路就到了。"

"事实上，我的家更近，就在这个公园里。"它说。

"我怎么不知道这个公园里还有人家？"

"不是什么人家，是我的家，要来喝一杯咖啡吗？"它对我发出邀请。

"你家都有谁?"

"别担心，只有我自己。"它抬起前爪，"这边请。"

"真是要被你萌化了。"我咯咯地笑起来，这样的心情真是久违了。

"萌?"它好像对这种形容很抵触，向前挺了挺胸膛，"我这叫绅士。"

"绅士? 哈哈哈……好吧，怪不得第一眼看到你，就觉得你头上戴了顶隐形王冠似的。对了，还不知道你叫什么名字呢，我叫小雨，雨水的雨。"

"我……我没有名字。"它说。

"是不想说吧。没关系，那我就叫你王子好了，猫王子。"

"没问题。"

猫王子在前面带路，我紧紧地跟在它的身后，向它的家走去。

又起风了，这次刮得更猛烈。

银杏叶子被拉扯着，在空中纷纷扬扬。有一片打着旋儿钻进了我毛衣的口袋里，像是一页来自天外的信笺。

我和猫王子都只顾着走路，谁都没有发现。

第二章　秘密银行

猫王子在前面带路，我紧紧地跟在它的身后，向它的家走去。

"你的家在哪儿啊?"我问。

"就在那个桥洞下面，很快就到了。"它用爪子往前指了指。

"你在骗我，我常来这里散步，可从来没在桥下看到过猫的房子。桥洞又脏又旧，每次路过，我都必须要快步走，又担心脚步重点会把尘土震落下来。可别告诉我，那些灰尘结的网是你家的装饰。"我笑着对它说。

"你是常常来这里，甚至一天会来三次。早上来跑步，午后来散步，晚饭后也会来。我早就知道你。"猫王子避重就轻。

"早就知道?"

"对呀，我知道你是一个写故事的人。"

"怪不得呢……你刚见我就问：'你写的故事里，不是经常这样吗?'我当时还纳闷，因为我并没有和你提起我的工作。"

"根本不用提，我一清二楚。"

"你是怎么知道的?"我笑着盯着它的眼睛。

"嗯……"它垂下头，"这是一个秘密。"

"秘密不就是用来分享的吗？来，快点说说，是怎么知道的?"我弯下腰，手朝它的头顶伸过去。

它别过头去，伸出两只小爪子来挡："快停下来，'摸头顶'是无论哪一只猫都无法抵挡的诱惑。"

我的手停在半空，半是威胁地说："知道还不快说!"

"实际上，那个秘密并不在我这儿。"它一副很无奈的样子。

"这叫什么话?"

"因为秘密比狐狸还狡猾，心是关不住它们的，嘴唇也守不住它们，还是存进'秘密银行'最安全。"

"秘密银行？你的世界越来越难懂了。"我皱了皱眉。

"没什么难懂的，不过我觉得，我们应该一边喝咖啡一边聊。"

猫王子说着，矫健地一跃。

它跳过了桥洞下阴影和外面阳光的分界线，消失不见了。

"奇怪，跑哪儿去了？"我边嘟囔着，边抬脚，要跟上去。

耳朵里钻进一个声音："不要迈，要跳。"

"跳？你不是在捉弄我吧？"

"我没那么幼稚，双脚跳过那条线，这是门禁。"

"好吧，到一只猫家里做客，已经够神经的了，还跟我提什么门禁……跳就跳，有什么了不起的！"我一副破罐子破摔的口气，脚一蹬地——

双脚再一落地，眼前的一切，完全不一样了。

我的面前，是一棵高耸入云、两个人都很难环抱的巨树。树干是白色的，树的叶子垂下来，是长条形的，边缘布满了锯齿。

猫王子蹲坐在两人多高的地方，回过头来看着我："快上来。"

我站在原地，望而却步："你怎么住那么高？"

"高处的视野开阔呀，猫会爬树的，你不会连这都不知道吧。"

"知道是知道，不过，我还是觉得你应该住在童话小屋或者神奇山洞之类的地方……"

"我不是小精灵，更不是老鼠。还愣着干什么，你该不会是怕高吧？"它催促我。

"这根本不是怕不怕的问题……"我摇了摇头，抱怨道，"别指望我能像你一样，我是一个——人。"

"这倒是事实。"它说着，用前爪抓了一下眼前的一截小树杈。

隆隆隆，树干裂开了，一扇圆拱小木门显露出来，我推开小木门，发现里面垂着一个紫色的草藤秋千。

我眼睛一亮："没想到你家的电梯倒是挺有格调，薰衣草色我最喜欢。"

"那就快请吧。"它一副很骄傲的样子。

我坐在了秋千上。

"扶稳了吗？我要开动了。"

咯吱咯吱的声音响起，秋千缓缓升起，我的脚离开了地面。

你一定以为周围一片漆黑对不对？那你可就错了，这里充满了奇异而斑驳陆离的光。

我坐在秋千上，低头往下看，发现所有的光都是从底部投射上来的。那里是一个巨大的木桩，上面布满了一圈一圈的年轮，就是它们在发光。轻薄又透明的光从年轮里发散出来，交织成一片绮丽无比的幻境。

秋千在缓缓上升，我紧紧抓着紫藤的手放松了下来，内心无比雀跃。那感觉很曼妙，就像是穿越时光。我甚至开始憧憬，等秋千停下来，我就可以回到无忧无虑的小时候。

秋千停了下来，我的身体微微一晃。

面前是另一扇圆拱小木门，猫王子已经蹲坐在门旁等我了。

我从秋千上迈下来，推开小木门，抬头就看见一片片洁白的云朵，错落有致地挂在树梢上。

"哇，好美！"

就在我感叹的时候，猫王子一跳，一跳，再一跳，轻而易举地就到了最高的那片云朵上。

我仰起头看着它。

"别担心，我只是上来拿最好的咖啡。"

我的兴致高涨了起来，指着最低的云朵："我在这上面等你。"

"好的，没问题。"

我抓住一根粗粗的树枝，手脚并用地往上爬。刚一爬上云朵，我就"大"字形地平躺在了上面，胸口起伏着，大口地喘着气："真是把吃奶的力气都使出来了。"

说完这句话，我就后悔了，"吃奶"这两个字像一只蝎子，把我的心蜇了一下。眼下，或许只有刚起了个头的"秘密"话题，能转移我的注意力。

"喂，你刚刚说的秘密银行，到底是怎么一回事？"

"秘密银行是萤火虫家族的产业。它们把秘密存在发光的尾巴里，是保守秘密的好手。"声音从上面传下来。

"这说法听上去很'可口'嘛，是个不错的配咖啡的'点心'，你快点下来，我快要等不及了。"

"马上就来。"猫王子的声调也提高了些。

第三章　猫屎咖啡

很快，猫王子就下来了。它手里端着一个天蓝色的托盘，上面摆着两个绿色的杯子和一个土陶质地的小罐子。

一个杯子冒着热气，我伸手就要去拿："我的嗓子已经冒烟了。"

"别急，这是我的。你的，要现场制作。"

猫王子不紧不慢地伸出爪子，扯下一片小小的云，轻轻朝它吹气。

小云朵飘到杯口，停下来。

我饶有兴致地看着它的表演。

它把灰色的粉末细致、均匀地撒到了小云朵上面。

小云朵下起了淅淅沥沥的雨，杯子上方升起了两弯小彩虹。

等到小云朵完全消失，小彩虹也开始融化，袅娜地滑进了杯子里。

猫王子把这杯递给我："请用吧。"

我接过来，往里面一看，小彩虹还浮在上面。

"看上去很好喝的样子。"我说。

"那是当然，这是用来招待贵宾的，是最珍贵的咖啡。"猫王子很神气地说。

"那我就不客气啦。"

我呷了一小口，可还没咽下去，表情就滞住了。

"就算再好喝，也不用表现得这么夸张。"猫王子满足地端起它的杯子，绅士地喝了一口。

我向前探了一下头，把咖啡咽下去，脸皱成了一颗难看的核桃。

"你这是怎么了？"

"我可以说实话吗？"

"我最讨厌说谎的家伙！"它毛茸茸的脸皱作一团。

"这咖啡的味道，简直像洗澡水里泡了石化的恐龙……"我还是把"屎"这个粗俗的字眼咽了下去，用另外两个听起来文明些的字代替，"粪便……"

猫王子愣了一下，眼角垂下来，嘴角也向下撇，一副快要哭了的样子。

我一时间尴尬地慌乱起来："对……对不起……因为我实在不想成为'说谎的家伙'……"

"我自己都不喝的，拿来招待你，还不领情，真是搞不懂你们人类……"它伸爪子过来，"那我们换一下吧，这杯是正常口味的咖啡，你这份我自己来享用好了。"

它端着咖啡，脸上却是一副勉为其难的表情。

"怎么了？"我笑着问。

"你们人类真的很难懂。"它说，"竟然要喝我们的排泄物。"

我把脖子往前伸了一下："什么排泄物？"

"就是这种猫屎咖啡，不是卖到天价吗？幸亏我是只猫，要不哪有能力用这来招待客人。"

"你……"我用手指着它，脸憋得通红。

"我怎么了？"

"别告诉我这是你用你的……粪便……泡给我的！"

"对呀，我的粪便不就是猫屎吗？"它一脸的无辜。

听它这样说，我两手捂住脸，一阵干呕："你们喵星人才是真的难懂……"

"你放心吧，我没有感染弓形虫。"它摆了摆手。

"根本不是弓形虫的问题好吗？猫屎咖啡是麝香猫吃下成熟的咖啡果实，经由它的胃发酵，把不能被消化的咖啡豆排出体外之后，再经过人工清洗、烘焙而制成的咖啡。"

"是……这……样……吗？"它的眉头垂下来，嘴巴噘起来，活脱脱一个大写的"囧"字。

"卖萌也掩盖不了你的无知。"我揶揄它。

"那你是怎么知道的?"它不服气。

"我在书上读到过呀,而且我今年去巴厘岛度假的时候,参观过咖啡果园,印度尼西亚就是猫屎咖啡的产地呀。"

"这样啊……"它略带嫌弃地把那个杯子推到一边去,"上帝保佑,千万不要让公园里的其他动物知道这件事,每一次在这里开派对,它们都要喝掉大量的猫屎咖啡。"

我淡定地摇了摇头:"它们喝掉的只是猫屎,和咖啡并没有关系。"

"嘻嘻……"它咧开嘴巴笑了,虎头虎脑的,"也不用那么认真,反正它们在意的根本不是咖啡,只是想体会下尊贵的感觉。"

"这倒也是,其实在咖啡加工界,猫屎咖啡的卖点也在于它的故事,而不是味道了。"我说着,端起了另一杯咖啡,喝了一口,"这个味道还不错。"

"那……"猫王子把两个瞳孔缩小成了两颗黑豆,转到了左边,嘴巴向上弯出宛如海鸥飞翔的微笑线。

"你在打什么歪主意?"我问。

它失措地把瞳孔又转回到眼睛中央,眼珠变成充盈的两颗橘色宝石,耳朵背到了脑后,从我的角度看过去,它的脸变成了一个肉嘟嘟的球。"你可以给我讲一个故事吗?"

"讲故事?"我把肩膀端了起来,呷了一口咖啡,"你可要知道,最近我的知名度暴增,我讲故事是很贵的。"

它一边往我的杯子里添咖啡,一边说:"我承认你是很出名,因为你还是报纸上的人。"

"报纸上的人？"

"对，没错。"它把咖啡推到我的面前，"我在一个早上看到的，那张报纸被露水打湿了，沾在公园的长椅上，上面印着你的照片。"

听它这么说，我的眉毛皱了皱，脊背明显僵硬了："你识字？"

它摇摇头。

"幸好……"我叹了口气，端着的肩膀也垂了下去。

"幸好什么？报纸上写了什么？"

"'好奇害死猫'说的真是一点都没错。"我摇了摇头，"难道只能你有秘密吗？我也有的。"

"可是写在报纸上的，还算什么秘密。"它别过头去，吁了一口气。

"全世界都知道，却不想让你知道，就是这样的秘密。"我的语气云淡风轻，但心和胃还是同时隐隐绞痛起来，嘴里泛起了淡淡的苦味儿。

我垂下眼帘，目光落在面前的咖啡杯上，尽可能地把这归罪到里面酸涩的液体上。但我心里清楚，并不是。这苦和往嘴里填了什么东西一点关系都没有，而是从命运的缝隙里渗出来的。

"算了，不想那么多了。"我在心里对自己说，接着抬起头，"来，讲个故事给你听。"

第四章　消失的天使

我坐在云朵上，秋日阳光明亮又清爽，轻柔的风吹过巨树层层叠叠的叶尖，美妙的声音胜过音乐大师奏起的乐章。

我骄傲地扬起了下巴，说："你邀请我来做客，又用这么好的咖啡招待我，我就用一个故事做回礼吧。"

　　"嗯，你等一下！"猫王子扯下一片白云，塞进了耳朵，用爪子搅动了两下，又用力地往外一拉，上面沾着一坨暗黄色的东西。它把鼻子凑过去，闻了闻，脸像团在一起的卫生纸皱起，像是烫手似的，把那片云丢进了旁边的一个空木桶里。

　　"你……也太失礼了吧。"

　　"我是在洗耳恭听嘛。"

　　我又拿起咖啡杯，脑子里浮现出它掏耳朵的画面，没有喝就放下了："那就说一件我真实经历过的事吧。"

　　"我喜欢真实的，讨厌说假话。"它说。

　　"要求还挺多。"我用手指轻轻地碰了碰它的眉心。

　　猫王子的脸又像充气的河豚一样鼓起来。

　　我用手抚了抚胸口，酝酿出和故事契合的情绪，拿捏出一种沙沙的声音讲起来——

　　有一天晚上，我躺在床上看书，放着舒缓的音乐。窗户开着，凉风习习。我看累了，把书扣在胸口，抬头望向天空，月亮又大又圆。我心想，真是个有点美好又有点寂寞的夜晚。

　　突然，一个小男孩从窗户后面探出头来。

　　天，吓得我差点从床上翻下去，要知道，我住的可是十楼哇。

　　"你……你是谁？"我惊惶地问。

　　"我是小天使。"

　　"真的吗？你确定不是……幽灵或者别的什么……"

他摇了摇头，一对白色的翅膀从他的身后张开："我住在柔软的云朵上，和其他天使、仙子一起生活。"

"那你不好好待在天上，来这里干什么？"

"我在找一个人。"

"找什么人？"

"找一个无人能替代的好人。"

"这种限定的话，还真是不太好找。"我说着，坐起身来，饶有兴致地问，"你觉得我怎么样呢？"

"你吗？"他看上去很认真地思索了一下，"我从云彩上往下看的时候，觉得你很温柔。可是到你身边，又觉得你有点寂寞。"

"这么说你认真地观察过我咯。"我站起身，赤着脚朝着窗台走过去。

"你别过来……"

他慌乱地扑棱着翅膀，飞走了。

猫王子一只爪子撑着侧脸，全神贯注地聆听着。时间仿佛凝固了，只有我的血液在流淌；一切喧闹都沉寂了，只有我的声音在震动；一切光明都睡着了，只有我的目光还醒着。

猫王子的下巴抬了一下，疑惑地看着我："然后呢？"

我喝了一口咖啡："然后我就醒了。"

"也就是说那是你做过的一个梦？"猫王子瞪着大眼睛看着我。

"不然呢？你觉得世界上真的有天使吗？"

"有。"它说。

"你真这么觉得？"

它点头："不仅有天使，还有幽灵，有鬼怪……"

我直盯盯地看着它。

"干吗这样看着我?"它警觉地往后躲了一下。

"因为我也相信小天使是存在的。"我的眼皮垂了下来，"但是我身边的人大多不这么认为，所以每次讲到这，我都要停一下，遇到相信的人我才会继续讲下去。"

"是那个小天使后来又来找你了吗?"

"对呀，后来他又来了好几次……"

有一次，我终于忍不住问他："你是不是有什么事情需要我帮忙?"

他摇了摇头："我很喜欢听故事，而你是一个写故事的人。"

"只是因为这个? 可是……我写的故事很少有人喜欢。"

"他们有一天会喜欢的。"他说。

"你真这么觉得?"

他很确定地点头，掏出一张皱巴巴的纸来，递给我。

"这是……"我低头看，竟然是我扔在纸篓里的一个草稿，第一行写着两个字"毛毛"，"哦，是那个蒲公英种子的故事，你从哪里得来的?"

他没有回答，只是说："我喜欢这个故事，为什么不把它讲完呢?"

"出版社的人说这个故事不够曲折，大人会觉得无趣，小孩也不会喜欢。"我说。

"把它讲完吧，会有小孩喜欢的。"他又说。

我用手捂着嘴巴，打了一个哈欠。

"你累了吗?"

"嗯。"

"可你的眼睛比萤火虫的尾巴还亮。"

"我的身体累了，脑子却像陀螺一样，停不下来，这是讲故事的人的烦恼。"我说。

"我随时随地都能睡着。"

"真让人羡慕。"我用手揉了揉太阳穴，"讲故事很辛苦的，每个句子都像是用一缕灵魂造出来的。"

"后来那个'毛毛'的故事你写完了吗?"猫王子问。

我摇了摇头："后来那个小天使突然就消失了，而且，更要命的是，不久后我怀孕了。"

"怀孕?"它看向我的肚子。

"你这样很没礼貌。"

"对不起。"它程式化地说。

"你的道歉一点都不诚恳。"我抱怨。

"我已经很努力地在遵循你们人类的规则了。"

猫王子又一本正经起来。

"你终于说真话了，你是不是根本不把我们放在眼里?"我说着，又把手伸过去。

"拜托，不要……"猫王子嘴上这么说，脑袋却迎合过来。

"求爱抚就直说嘛，那么纠结干吗呢?"我的手摸上了它的头顶。

它的眼睛眯成了一条缝，喉咙里发出呼噜呼噜的声音。

"这就对了，不要总拿这张绅士假脸来做挡箭牌了，萌的路线更适合你啦。很多大作家都有一只忠诚的猫，虽然我现在还只是一个'讲故事的人'，你要是不介意的话，就跟我回家吧。"我对猫王子说。

第五章　能看见幽灵的眼睛

又来到桥洞边缘，阳光和阴影一线之隔。

"别忘了要跳哟。"猫王子一边矫健地一跃，一边提醒我。

"嗯。"这次我没有犹豫，轻轻跳起后，在现实的世界里站定。

猫王子背光蹲坐着等我，像一尊雕像，和这座铭刻了漫长时光的城市遗址公园融为一体。

我抬起头，视线沿着小路一直延伸，越过密集的楼宇，直落到被云霞层层晕染的天边，伸了一个懒腰："一下午就这么过去了，真是浪费生命啊。"

"浪费生命是一种什么本领？你可以教我吗？"猫王子把眼睛睁得圆滚滚的，认真地看着我。

我忍不住笑了："如果这真的算一种本领的话，恐怕你要做我的老师才对。"

"我？"它伸长了脖子，又呆又萌地盯着我，"我真不会呀。"

"每天除了吃，就是找地方蜷起来打盹，夏天嘛，就在阴凉的地方，冬天嘛，就在温暖的火炉旁。如果浪费生命的总分是100分，没有人敢给你们打99分的。"我说。

"可是我不觉得那是浪费生命啊。"它一脸的无辜。

"这……"我竟然无言以对。

突然，它一蹿，高高地跳起，把一片在风里打着转的银杏叶按到了爪子下面，兴奋地冲着我喊："我抓住了一只蝴蝶！"

"你看清楚，那是蝴蝶吗？"

它的脖子伸长，身体弓了起来，爪子轻轻放开："是一片叶子！"

"失望了吧？"

"为什么要失望？"它把叶子拨来弄去研究着，兴奋丝毫不减。

"蝴蝶和叶子相差太多了，好吗？"我实在忍不住，翻了个白眼。

"它们都是用来追的东西呀。"它说。

"好吧，我好像知道为什么去你家，必须要跳一下了。"我喃喃自语。

"为什么？"

"因为我必须要'跳'出自己的世界，才能进入你的世界。"我说。

"跳我很擅长，如果你想学的话，我可以教你。"

"好。"我笑笑，摇摇头，向前走去。

它紧跑两步跟了上来，一会儿跑在我的左边，一会儿跑在我的右边，一会儿跑到我的前面，一会儿又落在我的身后。它不时地跳起，有时是扑一只麻雀，有时是和一截被丢在路边的线头纠缠一阵，有时只是去抓空气中飞舞的灰尘。一跃一落，都很矫捷，没有任何包袱般轻快。

就这样，我们两个若即若离地一起穿越了大半个公园，来到了我家门口。

我掏出一串钥匙，在哗啦哗啦的声音中拧开门锁，把门推开："请进吧。"

对着被推开三分之二的房门，猫王子的前爪贴在地面上，身体匍匐，肌肉绷紧，像是一支在弦上的箭，随时准备射出去。

我也被它弄得紧张兮兮，手搓着粗线毛衣的袖头，梗着硬得像根木头似的脖子，用气声问："你到底看到什么了?"

"你家好像进贼了……"它说。

听到这个说法，我紧绷的脸垮掉了，眉毛垂成松散的八字："抱歉，忘记告诉你，我家……最近……有那么一点点……"我把食指和拇指捏出一个半厘米的长度，"一点点……乱……"

说完，我没给它做出反应的机会，进了房间，用脚把门口散落一地的鞋子扫到一边去，让出一条路。

站在房间里，我对它重新发出邀请："请进吧。"

猫王子还是没有完全放下警惕，把身体像毛毛虫一样伸开，前爪先探过门槛，扭头向左看了看，又向右看了看，然后才把后脚也迈进来。它眼睛瞪得大大的，两瓣下唇向下撇："你确定是'最近''一点点'乱吗?"

我深吸了一口气，眼神跟着锐利起来："我说你这只猫怎么回事，这是做客应有的礼节吗? 你冲自己的大便给我喝，我都没有死揪着不放……"

猫王子瞬间石化，尊严如遭遇重袭般噼里啪啦碎落一地。

"KO（胜利）!"我把小手指在鼻子前弯了弯，一副小人得志的样子。

可是抬起头，面对杂物散落各处、其间点缀着垃圾的房间，再

303

加之随着呼吸往鼻子里钻的异味，我的锐气像是脆弱的气球，一戳即破。

"唉……"我长长地叹了口气，嘴硬有什么用，心底的挫败感像被车轮碾过的烂柿子。

我来到沙发前，把散落在上面的杂物推开："你先在这里坐一下，我打扫打扫。"

猫王子却没有动，浑身的毛都乍了起来。

"都说猫的眼睛可以看见灵异的东西，你可别吓唬我！"我被它弄得紧张起来。

"你的房间里有幽灵。"它很警觉地说，"它们逃不过我的眼睛。"

我心跳加快，讲话都结巴了："真……真的吗……"

猫王子的前爪贴在地面上，身体匍匐，肌肉绷紧，像是一支在弦上的箭："别怕，我帮你把它们赶跑。"

"它们……意思是不止一个吗？"我用手捂住嘴巴，以防心从嘴里跳出来。

猫王子像脚底下安了弹簧，跳上沙发，又跳上沙发靠背，然后是旁边的矮书架，一直跳到大书架的顶部，那是整个房间的最高处，上面有一个大纸箱。

我躲到了厨房里，把头从门缝探出来，只看见它壮硕的背影，在大纸箱前抓着什么。

啊？幽灵藏在那儿吗？我心想。

它抓了一会儿，又绕到了大纸箱的后面。

糟糕，一定是幽灵钻到那儿去了！

它费了好大劲儿才把自己肥硕的身躯挤进纸箱和墙壁间的缝隙。

纸箱颤动起来。

是猫王子在和里面的幽灵搏斗吗?

纸箱在向前徐徐移动。要知道,那个纸箱可是有一定重量的,里面是满满的宝宝用品,很多还是漂洋过海淘来的呢。

一定是搏斗得太激烈了。猫王子,要加油哇!我的手都有些发抖了。

纸箱的边缘已经探了出来,而且还在向前移动。

咦,什么情况?

在我疑惑间,纸箱从上面整个翻了下来。

咣——

纸箱砸到了地板上,里面的东西散落了一地。

猫王子直接从高高的书架顶部跳到地板上,那身姿矫健得不得了。它用爪子抓住贪睡猴玩偶宝宝床铃,用嘴巴撕咬起来。

"你在干吗?"我大步地跑过去,弯下腰,把贪睡猴从它嘴里抢下来。

"幽灵就藏在里面。"猫王子跳起来,伸爪子来抢。

我抓着贪睡猴的手往后一闪:"这是我自己一针一线缝的,满满的全是爱,哪里有什么幽灵。"

"不仅是它,还有这些……里面统统都有幽灵。"猫王子说着,用爪子去抓宝宝围嘴。

我又把围嘴抢下来:"你再这样我就生气了,虽然……虽然我的毛毛不在了,它们也派不上用场了,但是我也不允许你说什么里面藏着幽灵。"

"明明都没用了,还留着干什么?"猫王子问。

我沉着脸盯着它："你看我的脸色。"

"你的脸色很差。"猫王子气都没喘一口继续追问，"毛毛是你的孩子吗？你怎么失去他的？"

我咬了咬下唇："再给你讲个故事吧——从前，有一只猫，想知道餐桌上的罐子里到底是什么，于是它转悠来，转悠去，趁主人不注意，跳了上去，把罐子打翻了，滚烫的汤全部浇下来……"

"天！"猫王子夸张地叫了一声。

"懂了吧？"我用犀利的眼神扫射它。

它连连点头："太惨了，毛毛是被汤烫死的！"

我……真的是惊呆了。

它充满同情心地看着我。

我把牙齿咬得咯吱咯吱响："我是在警告你，应该控制一下你的好奇心！"

这回它终于识相了些，说："幽灵很狡猾的，就是觉察到你有这样的想法，摆明了要吃定你，但是它们逃不过一只猫的眼睛。"

我的心痛了一下，仿佛被它的利爪抓伤了。

"你应该把它们都扔到垃圾箱里去。"猫王子说。

我的表情呆滞了，内心却像溺水的孩子一样挣扎着。

真的可以吗？把它们统统扔掉？像一只猫一样，轻轻一跳，就能跃过对过去的依恋和对未来的恐惧？生命里因为没有"浪费"，也便没有与之相对应的"意义"，如此便可以忽略时间，忘记存在般悠然自得地生活？

"不……我做不到……"不知不觉，泪水已经流到了我的嘴角，"至少现在还做不到。"

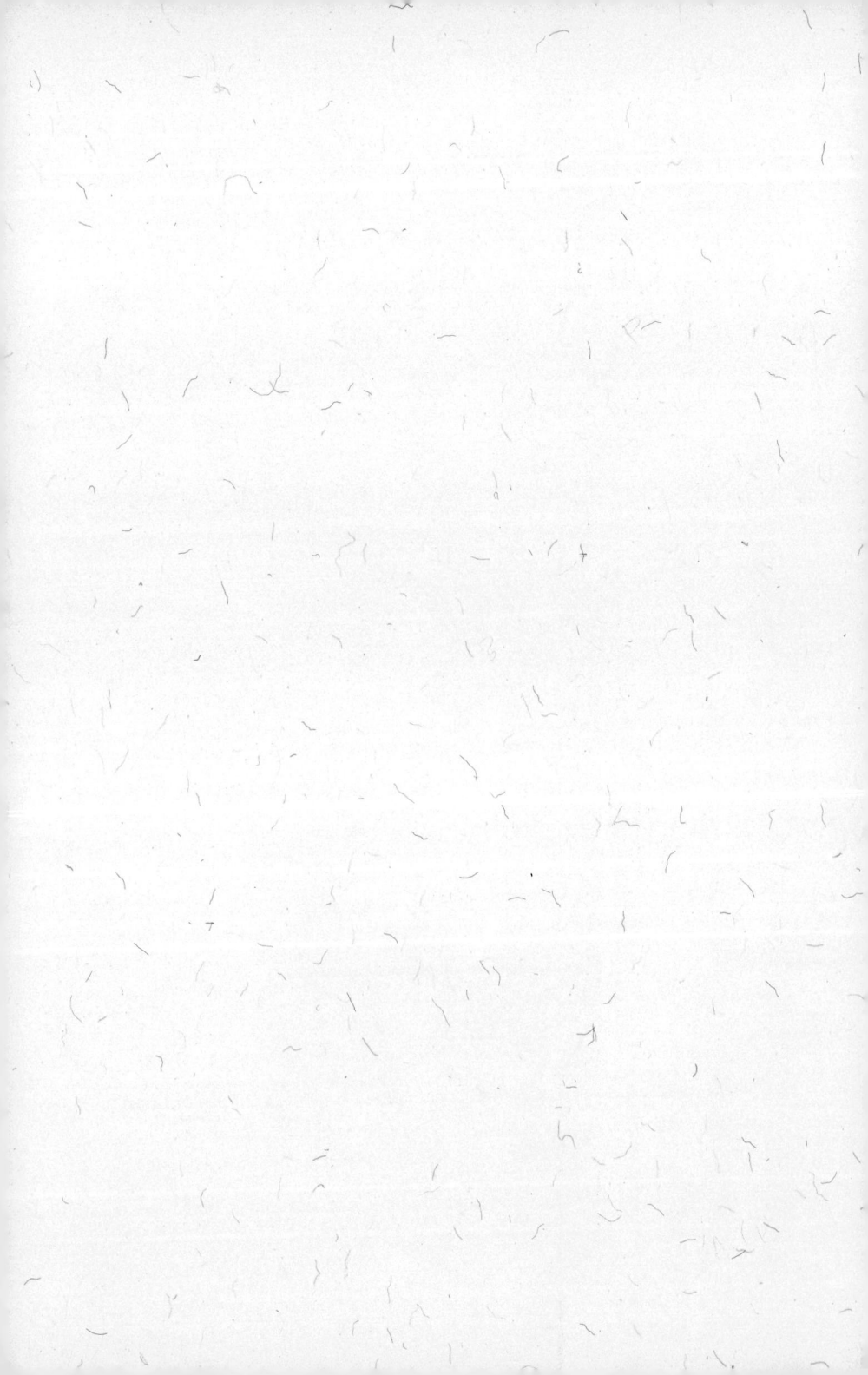